WORLD TEACHER

異せ

ネコ

Illust

1

通通一起上吧！
重頭戲現在才開始。
於前線基地開戰——

包在我身上！

兩位少女為雷烏斯展開攻防戰──
瑪理娜 Marina
茱莉亞 Julia

14
ネコ光一
Illustration
Nardack
WORLD
異世界式教育特務
TEACHER

CONTENTS

Illust:Nardack

《黎明將至》

由數道人稱鐵壁的堅固城牆包圍，聞名世界的國家——聖多魯。

我們之所以來到這個國家，是為了在數年舉辦一次，邀請各國王族參加的會議——國際會議上，跟曾經對我們關照有加的人見面。

然而，聖多魯爆發了王權之爭，我們得知莉絲的姊姊莉菲爾公主也被捲入其中。為了幫助對我來說會成為大姨子的莉菲爾公主，我們在聖多魯王的第一王子桑傑爾的邀請下，進入聖多魯城。

我在那裡認識桑傑爾的妹妹茱莉亞，跟在過去的戰鬥中成為英雄的吉拉多等人加深交流，同時繼續調查聖多魯。

透過調查，我得知城內不僅因為繼承人問題而亂成一團，還有暗地搞鬼的幕後黑手，在莉菲爾的隨從賽妮亞的帶領下，跟據說是聖多魯首屈一指的情報販子接觸。

我從情報販子口中得知被人偷偷抹消的聖多魯內情，以及在過去闖出名堂的名人們的事蹟，跟去程一樣潛伏於夜色中，回到同伴身邊。

然後跟大家分享情報，莉菲爾公主他們回房時，我們也上床睡覺了，度過平安的一晚。

可是，在聖多魯城過夜的第二天……我們一早就遭到偷襲。

「各位早安！要不要跟我一起去運動？」

晃著一頭金髮偷襲……更正，嚷嚷著闖進我們房間的人，是茱莉亞。

她拿著好幾把訓練用木劍，睡眼惺忪的雷烏斯向她詢問詳情，得知她是來邀我們晨練的。

由於沒有理由拒絕，我、艾米莉亞、雷烏斯三個人便答應參加，茱莉亞帶我們來到王城旁邊的森林。

「咦？不是在昨天的訓練場嗎？」

「那裡人多，容易引起騷動。帶你們去我珍藏的好地方。」

「天狼星少爺，我帶了熱紅茶，有需要的話隨時可以跟我說。」

「嗯，等等來一杯吧。」

我們跟著愉悅的茱莉亞走了一段時間，抵達沒有樹木生長的小廣場。在未經人類開發的大自然中自然形成的空間，莫名令人心曠神怡，難怪茱莉亞說這裡是她珍藏的地方。

大家做好暖身操後，我詢問練完劍，正在擦汗的茱莉亞：

「茱莉亞殿下，方便的話，可否請您跟我過幾招？」

「可以嗎！」

聽見我的邀約，茱莉亞大吃一驚，馬上興奮地拿木劍給我，我們一同在廣場中心相對而立。

「沒想到你會主動跟我下戰帖，我還以為必須先打倒雷烏斯，才有那個資格。」

「沒那種規矩，是雷烏斯擅自決定的。」

「什麼!?我的心情好複雜……不過算了，能跟雷烏斯交手，又能和你過招，沒什麼好抱怨的。」

「要立刻開始嗎？您也可以先看看我跟雷烏斯對練再說……」

我在昨天的模擬戰中看過茱莉亞使劍，對方則對我的行為模式一無所知。出於公平原則，我如此提議，茱莉亞卻露出從容不迫的笑容。

「我完全不介意。正因為不瞭解對手，才能樂在其中。」

茱莉亞想必對劍術十分著迷，樂於自我鍛鍊。她真的跟雷烏斯……不對，跟剛劍爺爺好像。

「規則要怎麼定？」

「跟昨天一樣就好。那個囉嗦的傢伙差不多要來了，趕快開始吧。」

她說的囉嗦的傢伙，是指負責盯著她的弗特。

弗特的確給人嚴格又囉嗦的印象，不過這同時也是他認真關心茱莉亞的證據。茱莉亞的行為好像害他困擾不已，忙得暈頭轉向，他應該有很多事要操心。

從剛才那句話推測，茱莉亞沒跟其他人說明就跑來這裡了，我想弗特八成在四處找人。我在內心苦笑，告訴她我準備好了，拿起木劍。

「關於開始的信號，老爺子不在，就由雷烏斯——」

「不需要。您隨時可以出手。」

「你說什麼？」

我側身面向她，藏起一隻手不讓她看到。在一旁觀戰的姊弟倆看見我的架勢，理應會發現我是認真的。

至於茱莉亞，她因為我把先攻的機會讓給她，一臉不滿，但她似乎從我的氣勢感覺到自己誤會了。

「……你不是在炫耀你游刃有餘吧？」

「看過您昨天的表現，我哪敢輕敵。」

「原來如此。看來會是場愉快的戰鬥！」

話音剛落，茱莉亞就飛奔而出，衝到我身前從高處揮下木劍。

我後退半步，閃掉瞄準頭頂的這一擊，茱莉亞卻在途中停止揮劍，追著我上前一步，持劍突刺。

第一招就出人意料，嚇了我一跳，我冷靜地敲打她的木劍的劍尖，使攻擊偏離，木劍擦過我的臉頰，撲了個空。

「雖說是木劍，剛才那招打中的話可是致命傷喔？」

「輕易閃過的你沒資格說這句話。那麼，這招又如何？」

代替問候的第一擊結束後，茱莉亞使出在跟雷烏斯切磋時展現過，緩急交錯的激烈劍閃，我用最小幅度的動作躲開，或者拿手中的木劍不斷擋掉攻擊。

經過三十回合以上的攻防戰，茱莉亞察覺異狀，暫時與我拉開距離。

「你……不只是擋掉我的攻擊，還在刻意讓我瞄準嗎？」

「您發現了嗎？」

我故意露出破綻，引導茱莉亞攻擊特定部位。知道她會瞄準何處也比較好對付。

這一招對於會遵循本能攻擊破綻或要害的人……也就是像雷烏斯那種憑直覺戰鬥的人特別有效，越厲害的人越容易中招。

能夠俯瞰戰局的強者，馬上就會發現自己被誘導，看來茱莉亞已經抵達了那個境界。

「既然如此，我也換個打法吧！」

明明一直打不中我，茱莉亞卻不慌不忙，甚至笑得很開心。

真的跟萊奧爾爺爺好像。在我苦笑之時，茱莉亞的動作出現變化。

「哈哈哈！看你這麼會閃，我更想打中你了！」

不只是像……她跟萊奧爾爺爺根本是同一種人。

萊奧爾爺爺也說過類似的話。

我的腦中閃過雜念，繼續觀察茱莉亞的動作，發現不只動作，她連戰鬥方式都有大幅度的變化。

直到前一刻，她都只是遵循本能攻擊對手的破綻，現在卻會參雜假動作，經常預判戰局。

她的攻勢彷彿在將獵物一步步逼入絕境，我努力抵擋著，茱莉亞露出我再熟悉不過的笑容。

「太棒了！從來沒遇過我這麼久都還沒打中的對手！」

「建議您不要太高興。」

「為何？不覺得很愉快嗎！」

茱莉亞極度亢奮，劍法卻依然冷靜、精確，在各方面來說真是可怕的女人。

瞄準對方的破綻與製造破綻讓對方進攻的攻防戰持續了一段時間，打破均衡的人是茱莉亞。

茱莉亞蹲下來閃掉我瞄準側腹的一擊，直接往我的右腳低空橫掃。

我反射性抬起右腳閃開，往毫無防備的背部揮下木劍，茱莉亞卻搶先蹲下，由下往上使出突刺。

突刺……也就是針對特定一點的攻擊並不難躲。但我從她的視線看出目標並非我的身體，反應慢了半拍。

茱莉亞沒有放過那一瞬間的破綻，從下方敲擊劍柄，打飛我的木劍。我也經常打飛對手的武器，武器被人打飛的次數卻屈指可數。

「得手了！」

在跟她交手的過程中浮現腦海的疑惑，透過剛才那一劍轉為確信。

不只速度，茱莉亞的技術明顯比昨天進步。

應該是跟雷烏斯切磋幫助她有了成長，而非隱藏實力或放水。

僅僅一場模擬戰就能學到這麼多嗎？恐怖的才能令我下意識揚起嘴角，茱莉亞則在這段期間緊逼而來，想給我最後一擊。

她沒有絲毫大意，預測了我會往哪個方向閃躲，從上方揮劍的瞬間……

「還早呢！」

「什麼!?」

我憑藉提升至極限的專注力看穿茱莉亞的動作，從側面拍打揮下來的木劍。

來自側面的衝擊導致攻擊偏移了一些，我利用反作用力扭動身體閃過這一擊，直接抓住茱莉亞的手腕搶走木劍，指向她的喉嚨。

「……是我贏了。」

「唔!?唔……」

我只有點到為止，她看起來不太甘願，不過她輸得徹底，沒資格抱怨。

茉莉亞糾結了一下，在被打飛至上空的木劍掉到我背後時嘆了口氣，乖乖認輸。

「唉……是我輸了。甘拜下風。沒想到你不僅能在我的攻勢下撐那麼久，還反過來搶走我的劍。」

「您也不簡單。能把我的劍打飛的人，您是第三個。」

先不算前世，目前只有萊奧爾爺爺、雷烏斯和茉莉亞。

這一戰挺驚險的。如果這是拿出真本事的實戰，我應該會思考其他手段。

用魔法的話當然可以更快分出勝負，可是在模擬戰用魔法未免太不識相，我便留了一手。

將搶過來的木劍還給茉莉亞，撿起掉在地上的木劍後，茉莉亞悶悶不樂地對我說：

「剛才的模擬戰，我獲益良多，但這句話我非說不可。為何你和雷烏斯都那麼天真？」

雖說喉嚨是要害，她果然無法接受別人對她手下留情。

莉菲爾公主說原因在於她曾經只因為身為女性，就被人瞧不起和嘲笑，可是我也有自身的考量，還是跟她講清楚吧。

「雷烏斯是為了保護珍視之人才變得這麼強，所以他會反射性停手，除非是要拚個你死我活。而且實際跟他較量過的您應該也知道，他不是會看不起對手，保留實力的人。」

「……嗯。雷烏斯的劍技耿直得讓人覺得很舒暢。」

「我則是因為有很多用在模擬戰上太危險的招式。我不想傷害不是敵人的人。」

「你說什麼！」

雷烏斯的理由她能夠接受，聽見我的說法卻不悅地瞪過來。

我等於在說自己放水了，以她的個性會生氣也是理所當然……

「至少我有拿出全力喔，雖然限制了使用的招式。」

「藏招哪能叫拿出全力！」

「茱莉亞殿下……這只是模擬戰。還有恕我直言，覺得對手看您是女性就放水，是您自己的心理因素所致。」

茱莉亞現在需要一個能夠直接點醒她的人。

她貴為王女，又強到足以站在一國的頂端，想必沒有人敢對她講這麼重的話。

因此她有幼稚的一面，別人一對她手下留情，就無法壓抑怒火。必須由勝過她的我糾正她。

或許她總有一天會自己找到出路，不過放任這麼優秀的人才被那些自私的人築起的高牆困住，太糟蹋了。

「昨天，我從莉菲爾殿下口中得知您討厭別人手下留情的理由。可是以您現在的實力，應該只要交手過一次，即可立刻看出對方是不是認真的。」

「…………」

「您應該要更相信自己鍛鍊出來的直覺，不要被過去的記憶影響。只要繼續跟各式各樣的人交手，累積經驗，鍛鍊精神……鍛鍊心靈，您可以變得更強。」

王女這個身分或許會成為阻礙，不過只要她知道世界有多大，她將有無限的可能性。

我希望她成為雷烏斯的好對手，才給予忠告，茱莉亞點頭表示贊同。

「鍛鍊心靈嗎……的確，我只顧著練劍，疏忽了這部分。你還是第一個跟我講話這麼直接的人。」

「那當然。因為我贏過妳了。」

「唔!?」

看見我挑釁的笑容，茱莉亞皺起眉頭，但她立刻開始放聲大笑。這個人果然跟剛劍爺爺一樣，喜歡別人用這種態度跟她相處。

「哈哈哈！你說得對，輸家怎麼回嘴都只會顯得很難堪，而且現在是你比較強，這個事實不會改變。不過你給我記住，下次贏的人會是我。」

茉莉亞露出燦爛的笑容，我滿意地點頭，只有雷烏斯板著臉咕噥道：

「……為什麼換成大哥她就不生氣？」

「因為天狼星少爺理解對方的心情，說了該說的話。你該多向天狼星少爺學習如何與女性相處，不要只學習他的強大。」

「可、可是，女人心真的好難懂。」

「就是因為你老愛講這種喪氣話，才會一直沒進步。你要成為讓諾娃兒和瑪理娜著迷的男人，跟我發誓將一輩子的愛與忠誠獻給天狼星少爺一樣。」

「我不希望諾娃兒和瑪理娜變得跟姊姊一樣……」

「……」

「我、我希望她們維持現狀就好！」

後面再有上下關係顯而易見的對話……用不著放在心上。

就這樣，我和茉莉亞的模擬戰落下帷幕，在我用艾米莉亞遞給我的毛巾和水擦拭身體時，同樣在擦汗的茉莉亞問我：

「話說回來，為何你和雷烏斯的戰鬥方式有所差異？你們不是師徒嗎？」

「是的，不過教雷烏斯劍術的人並不是我。」

「什麼意思？」

她在昨天的模擬戰上得知雷烏斯的流派是剛破一刀流，以為我這個師父也是同樣的流派。

我省略了我的詳細經歷，簡單說明我小時候跟萊奧爾爺爺巧遇，透過這層關係請他指導雷烏斯劍術。

「不過，我開始練劍的契機是大哥。大哥揮劍的時候超帥的，我也想變得跟他一樣。」

「我懂……我太懂了。第一次看到人使劍時，我也激動得全身顫抖。可是先不論契機是誰，既然雷烏斯是跟剛劍先生學劍，師父不就是他嗎？」

「大哥教我的事情比較多，爺爺又完全不介意。」

類似的故事多不勝數，所以大部分的人都會懷疑是冒牌剛劍，茱莉亞卻毫不懷疑。雷烏斯的實力就是最大的證據。

本以為這樣茱莉亞會比較服氣，她卻對雷烏斯投以熱情的目光。

「我好羨慕你。剛劍先生曾經在我國任職，可惜我還沒出生，他就因故離開了。聽說是為了鑽研劍道而踏上旅途。」

爺爺本人是說他一手栽培的徒弟因為貴族的陰謀而喪命，果然有人放出假消息。

「我在的話絕對會挽留他……不，說不定會乾脆追上去請他教我劍術。如果我早出生個五年……」

「勸妳不要。」

比起教人劍術，萊奧爾爺爺那個比較接近遭到襲擊。

還可以再補充一點，徒弟抱持殺意攻擊他，他會比較高興。要是茱莉亞知道萊奧爾其實是這種人，不曉得會露出怎樣的表情……以她的個性搞不好反而會很開心。

「雖然沒辦法向剛劍求教，跟你們交手是不錯的經驗。雷烏斯，若你願意，要不要跟我比一場？」

「是可以，如果我又在最後一刻停手，妳不會生氣吧？」

「嗯，我明白你不是那種人，而且這次我會贏。我想更瞭解剛破一刀流，快點開始吧！」

「那就來吧。其實我也想活動身體。」

看到我和茱莉亞交手，雷烏斯好像也手癢了，從我手中接過木劍，喜孜孜地站到茱莉亞面前。

我看著連規則都沒定，如同小孩般沉浸在對練中的兩人，在我身旁待命的艾米莉亞苦笑著說：

「他們打得那麼激烈，可是兩個人看起來都好開心。」

「儘管不是一模一樣，他們畢竟是同類。」

率直、善良的個性跟雷烏斯相似，又是值得鍛鍊的人才。

若她不是聖多魯的王女，我在剛才給她建議時，就會邀她和我們一起踏上旅程。

對雷烏斯來說會是不錯的啟發，而且茱莉亞的資質優秀到被這個國家埋沒太糟蹋了。

「好想知道她潛藏著多少可能性……真可惜。」

「呵呵，看來您很賞識茱莉亞殿下。既然您這麼煩惱，要不要找她談談？」

「這樣好嗎？對象是王女感覺就會衍生出許多問題，或許還會給大家增添負擔。」

「請您做自己想做的事。不管怎麼樣，我們該做的事都不會改變。」

艾米莉亞笑著表示身為妻子，身為隨從，她會永遠站在我這邊。我輕輕撫摸她的頭，向她道謝，她高興地直搖尾巴。

呼喚茱莉亞的聲音夾雜在搖尾聲中從遠方傳來，回頭一看，弗特將軍面目猙獰地往這邊跑來。

「公主殿下！跟您講過好幾次，請在城裡練劍……」

「哈哈哈！這招已經不管用了嗎！你們真的很有趣！」

「妳才是，跟和大哥打的時候判若兩人！」

「嘖，又來了。公主殿下，差不多該回去了！」

兩人專注在對練上，聽不見弗特的聲音，弗特判斷再喊下去也沒用，嘆著氣介入兩人之間。

雖說是木劍，弗特居然果斷衝進他們倆如同暴風的劍閃，我和艾米莉亞感到驚訝，他不費吹灰之力，用雙手接住兩把木劍。

更令人驚訝的是，接住兩人連岩石都能擊碎的木劍，弗特的身體卻穩如泰山。宛如巨樹，全身上下都肌肉發達的肉體，以及能同時看清兩把劍的攻擊軌跡的眼力……此等實力，難怪會被拜為將軍。

由於模擬戰被迫中斷，放鬆下來的茱莉亞不悅地瞪向弗特。

「呼……我們打得正盡興呢，到底有什麼事？」

「不好意思打擾了您，早上的辦公時間及用餐時間快到了。請您返回王城。」

「什麼!?都這個時間了。」

或許是因為她跟我切磋得比想像中還久，已經到早餐時間了。

戰鬥的喜悅勝不了飢餓，於是晨練就這樣告一段落，走回王城的途中，弗特從未停止訓話。

「真是的！隨從們一早就在嚷嚷您不在房間。請不要害大家擔心。」

「可是如果我先告訴你，你一定會阻止吧？我想跟天狼星和雷烏斯多打幾場！」

「他們是聖傑爾殿下的客人。而且您不該跟他們這麼親近，請拿出王族的風範……」

這樣的對話似乎是家常便飯，茱莉亞面不改色地將弗特的碎碎念置若罔聞。

另一方面，雷烏斯因為他的劍被輕易接住的關係，對弗特起了好奇心，趁著空檔跟他搭話。

「弗特將軍好厲害喔。想不到我的劍會那麼容易就被接住。」

「那當然。世上應該只有寥寥數人能突破老爺子的防線。」

「公主殿下，想靠說我好話來蒙混過去也沒用。你也是，有時間關心別人，不如多鍛鍊自己。」

「這還用說！但一次也好，我想跟弗特將軍認真打一場。」

「哼，說得簡單。不過……我會考慮看看。」

弗特的態度雖然冷淡，看起來倒是承認了雷烏斯，或許是兩位武人對對方有共鳴。

跟他這樣的強者過招會成為雷烏斯的正面經驗，我想著之後也要去拜託他看看，回到王城。

「啊，歡迎回來。」

「歡回……」

《為了應當守護之人》

我們結束晨練，跟茱莉亞與弗特道別，回到房間，迎接我的是睡眼惺忪地坐在椅子上的卡蓮，以及站在她背後的莉絲。

莉絲在用梳子幫卡蓮梳頭，為她打理儀容，還睜不開眼睛的卡蓮的頭部一直晃來晃去，令她陷入苦戰。

「卡蓮乖。大家回來了，該起床囉。」

「起床了……」

「她好像還很睏。莉絲，接下來交給我吧。」

「對了，菲亞姊呢？」

「……歡迎回來。」

菲亞的聲音晚了一點才傳來，難得的是，她還躺在床上。儘管是我說可以好好休息的，照理說這個時間，菲亞通常早就起床了。

「妳不舒服嗎？」

「嗯……昨天不小心喝太多紅酒。好喝歸好喝，那種紅酒還挺烈的……」

「喝了那麼多啊？我碰一下妳的額頭喔。」

我碰觸菲亞發動「掃描」，為她診斷，這時有人叩響房門，由離門口最近的雷烏斯應門。

門外是昨天在城裡為我們帶路的士兵，看到我，他深深一鞠躬。

「天狼星先生，早餐準備好了，我來帶各位去餐廳。還有，吉拉多大人命令我傳話給您。」

這名士兵告訴我，桑傑爾他們本來預計跟我們一起吃早餐，卻突然要處理政務，不便前來。

餐點已經準備好了，他叫我們跟著這名士兵去用餐……菲亞聽了，愧疚地搖搖頭。

「嗚……對不起，我現在沒食慾。我喝水就好，你們幾個去吧。」

「瞭解，可是不能留菲亞一個人，我們輪流去吃吧。」

「那麼，抽中紅色繩子的人跟天狼星少爺一組。」

我轉過頭，艾米莉亞已經準備好籤站在那裡。她怎麼在短短一瞬間變出繩子，我就不多問了。

結果……艾米莉亞的執念讓她跟我分到同一組，莉絲則和雷烏斯一組。順帶一提，卡蓮還很想睡，所以她留在房間，由其他人帶東西回來給她吃。

經過這起小事件，我們輪流去餐廳用餐，沒有發生任何問題，享用了豪華的餐點。

不……有一個問題。

先去用餐的莉絲和雷烏斯回來後，我跟艾米莉亞接著來到餐廳……

「非、非常抱歉！今天早上烤的麵包已經沒剩多少……」

「湯也快喝完了……」

「馬上補充水果，請兩位稍候！」

「……我們吃一般的量就行。」

侍者們既恐懼又愧疚，向我們道歉，我也誠心賠罪。

食慾旺盛是很好，可惜在某些時間及場合會造成困擾。

經過這場騷動，我和艾米莉亞回到房間，昨天說早上就會來的莉菲爾公主一行人已經到了。

我們雖然是受到桑傑爾他們的邀請住進王城，原本的目的是保護莉菲爾公主他們，對方盡速前來與我們會合再好不過。

「妳真的是喔。都叫妳不要放鬆戒心了，還喝到宿醉，太不檢點了吧。」

「知道啦。我也覺得好糗。」

莉菲爾公主無奈地責備躺在床上的菲亞，粗魯的措辭完全感覺不到惡意，比較像摯友在隨口閒聊。

愛睏的卡蓮吃著放在旁邊桌上的早餐，莉絲和賽妮亞勤快地照顧她。

「菲亞姊難得喝醉耶。」

「對呀，這種狀態的菲亞小姐，我只看過兩、三次。」

「她每次都喝那麼多，已經很厲害了。哪像我，喝兩杯就想吐。」

「哎呀，酒量好不會有壞處的。我以前跟莉絲一起喝過酒，這孩子怎麼喝都不會醉，根本沒機會對她下手。」

「等一下。我跟姊姊一起喝過酒嗎？」

「你們離開艾琉席恩前，我不是約你們吃飯嗎？就是那時候。」

記得是莉菲爾公主想跟妹妹吃飯……我們便偷偷和莉菲爾公主一起舉辦餐會。不過莉絲當時完全沒有喝過酒的跡象，我們幾個和莉絲都一頭霧水。

「經妳這麼一說，當時喝的果汁水好像有股怪味……」

「它其實是酒。我騙妳那是有助於養顏美容的特製果汁水，妳就喝光了，直到最後臉都沒紅，甚至跟正常人一樣用走的離開。」

「咦咦……為什麼要做那種事？」

「只是想教妳喝酒。」

她應該是真的想讓莉絲習慣喝酒，不過從那遺憾的表情判斷，搞不好也有想看莉絲喝醉、想讓她回不了家之類的不良企圖。

聽見姊姊的自白，莉絲目瞪口呆，莉菲爾公主離開菲亞身邊，看著我握住門把。

「天狼星也回來了，趕快出發吧。」

「出發……要去哪裡？」

「昨天不是說了嗎？你們要幫國王診療對吧？」

莉菲爾公主今天跟茱莉亞一起吃早餐，在餐桌上和她提到的。

現在，聖多魯王因為神祕疾病的關係昏睡了將近半年，雖說我想幫他看看，對方可是全國地位最高的人。本以為會花上數日，我也做好會被拒絕的心理準備，沒想到這麼快就得到許可。

聽說是茱莉亞從莉菲爾公主口中得知這件事，二話不說就同意了。

除了豪爽的個性使然，她似乎跟莉菲爾公主一樣信任我們。

「不過大家都去實在不方便，莉絲和天狼星去就好。」

「可以理解。各位，抱歉……」

「嗯，菲亞小姐和卡蓮交給我們照顧吧。」

「我會守好這裡。以大哥和莉絲姊的能力，應該一下就能搞定。」

姊弟倆明白自己該做什麼，點頭應允，依舊躺在床上的菲亞跟眼睛還睜不開的卡蓮，揮手為我們送行。

「呼……路上小心。」

「我出發了……」

「卡蓮，妳不用去啦。」

我和莉絲在眾人的目送下走出房間，跟著莉菲爾公主他們前往國王的寢室。

離王城的深處越近，和我們擦身而過的士兵及臣子的眼神也越來越銳利，莉菲爾公主卻毫不畏懼，持續前進，真的很可靠。

離目的地只差一個轉角，這時我聽見弗特的怒吼聲。

「您為何同意了那種要求！」

「不必大吼大叫，我知道自己在做什麼。」

我從轉角後面探頭偷看，弗特在疑似國王寢室的房間前面對茱莉亞咆哮。

跟今天早上的碎碎念不同，他好像是真的生氣。由此可見，茱莉亞是擅自同意我們幫國王看病，弗特聽說後連忙趕過來……嗎？

「那您為何要這麼做？要是國王有個萬一怎麼辦！」

「父王的狀態還能更差嗎？跟他們交手過的我再清楚不過，這些人不會圖謀暗殺。他們絕對不會危害父王。」

「可是……」

「而且我聽莉菲爾說，天狼星先生能夠輕易診斷出疑難雜症，莉絲則會使用效果奇佳的治療魔法，在艾琉席恩被譽為青之聖女。讓他們看看不會有壞處吧？」

「唔……唔……」

有別於晨練時，茱莉亞展現了王族的風範，其威嚴及發言令弗特無法反駁，只得像認輸般嚴肅地點頭。

「我也會在一旁監視，用不著擔心。你當然也會同行吧？」

「那還用說。我可是陛下的盾。」

「這才像你嘛！」

茱莉亞聞言，滿意地點了下頭，轉身呼喚在轉角處等待的我們。她雖然背對著這邊，其實早已察覺到我們的氣息。

在警備嚴密的房門前，莉菲爾公主說她只能陪我們到這裡，停下腳步。連她都無法繼續前進。

「茱莉亞，我說過很多次了……」

「嗯，不管看到什麼，我都不會說出去。老爺子當然也是喔？」

「……我會尊重公主殿下的意向。」

看來莉菲爾公主事先提醒過他們，見識到我和莉絲的能力後，絕對不可以外傳。

我在心中感謝莉菲爾公主的貼心之舉，進入國王的寢室，負責照顧國王的隨從同時往這邊看過來。疑似代表的侍女上前一步，瞥了我們一眼，向茱莉亞鞠躬。

「茱莉亞殿下，請問這兩位陌生人是？」

「嗯，我想請他們幫父王看病。這兩位是艾琉席恩的王女認可的醫生。」

其實我不是醫生，她應該是覺得這樣比較方便說服其他人。

她接著搬出跟弗特說過的那套說法，侍女便靜靜低下頭，讓路給我們。

「他們的診察方式不方便外傳，不好意思，可否請諸位暫時離開？我和老爺子會看好父王，無須擔憂。」

「……遵命。」

感謝他們這麼識相，可是乖乖離開房間的隨從們都沉著一張臉。

恐怕是因為他們看過好幾次像我們這樣的醫生前來看診，卻沒有任何改善。反覆被自身的無力感打擊，使他們心力交瘁。

我心想：「希望至少不是無計可施的狀況。」與莉絲一同站到國王躺著的床前，開始診察。

緊張的看診時間告一段落，我報告完結果後，回到眾人所在的房間，坐到椅子上吐出一大口氣。

雖然整個過程連一小時都不到，對我的診療方式產生興趣的茱莉亞瘋狂對我提問，弗特又全程對我施壓，使我心累。

「辛苦您了。我馬上為您泡茶。」

「歡迎回來。結果如何？」

「該怎麼說呢……」

菲亞好像恢復了一點精神，坐在椅子上喝水。她的疑問令莉絲為之語塞。

卡蓮則徹底清醒，在房間角落跟雷烏斯一起做伏地挺身，我們一回來就中斷運動，走了過來。

「偉大爺爺的病治好了嗎？」

「不，他還沒醒來。」

「咦，連大哥和莉絲姊都治不好？」

「不是的。我們只有先幫國王診察，尚未正式開始治療。」

大家聽了面露疑惑，我環視眾人，說明在國王的寢室發生的事。

『為了診察，我要先碰觸國王陛下的手臂。』

『跟莉菲爾說的一樣。好了……希望至少可以查明原因。』

聖多魯王年過五十，卻長著茂密的鬍鬚及頭髮，外表看來威嚴十足。

然而，國王因為長時間臥病在床的關係，身體消瘦，還長了褥瘡，衰弱不堪。但他並未斷氣，也摸得到脈搏。

在旁人眼中，怎麼看都只是在睡覺。我握住國王的手，茱莉亞為我簡單說明狀況。

『在這個狀態下，餵他喝湯他還是會喝一些。拜照顧父王的大家所賜，勉強能讓他維繫生命，可是反應這麼薄弱，大家很容易感到無力。』

雖說他沒有意識，給他吃飯依然會有反應。

我想起前世也有類似的病症，不過總覺得跟這不太一樣。

『國王陛下昏倒前，有受過傷或生過病嗎？』

『沒有，父王非常健康，也沒有中毒的跡象，卻突然變成這樣。』

昏迷前都還一切正常，表示生病或後遺症的可能性不高……

我凝聚魔力，將「掃描」從全身上下切換成集中在固定一點上，為他診斷……

在國王的頸部偵測到奇怪的反應。

『……原因不明，不過我或許有辦法喚醒國王。』

『此話當真!?』

『慢著！你講這話有根據嗎？你只有碰到陛下的手臂而已。』

『經過觸診讓我確定了。而且我看過類似的症狀，有一種藥應該能讓他醒過來。』

我一面說明，一面用自備的紙和羽毛筆寫下所需物品，用銳利目光觀察我的弗特插嘴問道：

『藥？我們至今以來試過各種藥物，全部沒有效果。』

『那是一種特殊的調合藥。材料我寫在上面，可以幫我準備嗎？』

『我問的是真的有效嗎……』

『等等，老爺子。既然他看過前例，不妨讓他試試。我立刻派人收集材料，什麼時候會做好？』

『那種藥不僅做工繁雜，萃取方式也比較特殊，所以需要一些時間。最快也要等到明天吧。』

我特地強調再怎麼催也沒辦法馬上做出來，茉莉亞露出爽朗的笑容點頭。

『知道父王有可能清醒便足矣。得盡快通知大家。』

『公主殿下，建議您不要。貿然昭告眾人，萬一陛下醒不過來，不只是他，全城說不定都會受到影響。』

『……說得對。我也不想再看到與皇兄為敵的那些人得意忘形的樣子。可是隱瞞此事好像也不太好。』

『至少通知您的兄弟如何？家人有權知情。』

『感謝你願意為陛下診斷，不過請你不要干預別人的家務事。』

『但他說的有道理。我之後去跟皇兄和亞修雷說。』

弗特神情複雜，然而茱莉亞都這麼說了，他想必違抗不了。

迫於無奈，弗特只得閉上嘴巴，我悄聲拜託在一旁等待出場的莉絲對國王做某種治療。

『順便幫他調理身體吧。莉絲，麻煩妳了。』

『嗯，我會盡力而為。呃——想像把髒東西清洗乾淨……』

『哦……從來沒看過用水包覆全身的魔法。她在做什麼？』

『同時從體外及體內治療。很快就看得出功效。』

正確地說是用有淨化效果的水洗去體內的穢物。能夠操縱蘊藏龐大魔力的精靈的莉絲，才用得出這種魔法。

如弗特所說，他們給國王吃過各種藥物，導致體內有好幾個地方有異狀，經過莉絲的治療應該會好不少。

『喔喔，父王臉色變好了！比莉菲爾說的還厲害。』

『這到底是……』

『之後再服用我給的藥，應該就會醒來。在此之前請不要讓他嘗試其他藥物或碰觸他。』

『不用你說我也知道！』

『我會提醒父王身邊的人。得感謝邀請你們進城的皇兄。』

將需要的材料寫在紙上交給他們後，我和莉絲回到房間。

我喝著艾米莉亞在我說明的期間泡的紅茶，聽完製藥所需的材料，莉絲露出微妙的表情問我：

「欸，天狼星前輩，我對那張紙上的材料有印象……」

「有印象很正常。那是煮咖哩用的香料。」

「咦，國王聞到咖哩的味道就會醒來嗎？」

「咖哩聞起來超香的。總覺得……突然好想吃咖哩。」

「我也是！」

「卡蓮想吃甜味的咖哩！」

「……之後再說。」

愛吃鬼們開始扯開話題，艾米莉亞和菲亞則認真思考著。

「不同的調合方式會讓咖哩粉變成藥嗎？」

「妳想太多了。那不是要用來製藥的，我打算拿來煮咖哩給莉菲爾公主他們吃。

藥用放在馬車裡的就夠了。」

「馬車裡的，是你說的常備藥嗎？」

「嗯，不是有醒神藥嗎？我給雷烏斯吃過，藥效非常強烈。」

「啊，那個啊。的確，吃了那個藥死人都會醒來。」

醒神藥是我將苦味及辣味提升到極限的自創藥物，足以讓在訓練時昏倒的雷烏斯整個人彈起來。雷烏斯似乎想起了那種藥的味道，苦著一張臉發抖。

說明到這個部分時，我對菲亞使了個眼色，請她用魔法讓我們的談話聲不會傳出去。

菲亞馬上點頭，使用魔法，雷烏斯歪頭詢問：

「用那種藥是沒問題，不過類似的藥他們早就試過了吧？」

「不，他會醒來的。其實我已經掌握國王昏迷不醒的原因。」

我告訴大家我預計在給他吃藥時除去那個原因，不忍心看聖多魯王臥病在床的莉絲，不悅地瞇起眼睛。

「為什麼你明知道原因，還不立刻幫他治療？」

「抱歉瞞著妳。其實我是為了觀察敵人的動向，才演了這齣戲。」

暗地操弄聖多魯城……這整個國家的騷動的幕後黑手有何目的，至今尚未明瞭，因此我想布一個局，逼他採取行動。

幕後黑手讓國王睡了近半年，一旦知道國王恢復了，肯定會有動作。

「儘管這麼做對國王不太好意思，請他再睡一天囉。」

「天狼星少爺，請問國王陛下一直在睡覺的原因是？」

「他不是在睡覺，是植入這裡的東西害他醒不過來。」

疑似是我用「掃描」在國王頸部偵測到的東西在妨礙他醒來。

起初我以為是被插毒針的痕跡，發現一件事後，我馬上假裝不知道原因。

「我們之前不是在獸王統治的亞比特雷城，見過潛伏在人類體內，操縱宿主身體引起騷動的東西嗎？」

沒錯……我在國王體內找到的，跟操縱宿主從事非人道的實驗，企圖擄走獸王之女的神祕石頭是同一種東西。

但那顆石頭比亞比特雷的還小，沒有自我意志，卻偵測得到微弱的魔力反應，由此可見，原因肯定出在它身上。

「這個國家的處境好像比我想的更危險。等那幾位國王回來，趕快找他們商量吧。」

根據我之前聽說的行程，去前線基地視察的各國國王及重要人物，理應會在今天回來。

我突然提到操縱宿主的石頭，他們很有可能覺得我是在開玩笑。不過若由實際遇害的獸王親口說明，至少不會被當作沒聽見。

接著，我們正式討論了日後的計畫，靜靜等待我指定的材料送到。

然而……情況變化得比我想像中還快。

材料送到後，午餐時間在我製藥——調配咖哩粉的期間到了，我們便和終於有空的桑傑爾他們一同用餐。

他再度挖角我成為他的臣子，除此之外並未發生值得一提的事件。吃完午餐，吉拉多說有事想跟我私下聊聊，把我們叫到房間。

只有我受到邀請，因此我提高戒心，來到吉拉多的房間，在那裡得知重大的情報。

「……真的嗎？」

「是的，我已經查明煽動對桑傑爾殿下有意見的人，害城裡一團混亂的幕後黑手是誰。」

「那你大可趕快抓住他，何必特地叫我過來？」

「想把他定罪的話，需要他跟其他人勾結的證據及罪證，但他遲遲沒有露出狐狸尾巴。而且不能再拖下去了。得在他行動前採取應對措施。」

「也就是說，你想委託我抓住他……不對，既然只有找我一個人，是更血腥的內容嗎？」

「很高興您理解得這麼快。我是相信您的實力才來拜託您……」

吉拉多帶著冷徹如冰的表情深深鞠躬，開口說道：

「可否請您收拾掉企圖掀起革命改變國家的弗特？」

……沒想到他找我的理由，是想委託我暗殺。

委託認識兩天的人有點奇怪，不過吉拉多在這個國家是人稱神眼的智將，應該是因為知道我做得到，才提出要求。看這情況，他應該也知道我在暗地行動。

革命啊。聽起來真可怕。

先不說要不要答應，既然他找上我，就該詢問原因。

「我想問幾個問題。弗特將軍為何要掀起革命？包含根據在內，請你盡可能把手中的情報告訴我。」

儘管我們相處的時間不長，弗特的個性我也算略知一二。

他乍看之下是個頑固的老爺爺，對茱莉亞十分嚴厲，卻又把他當成一家人對待，是會為國家及國王盡忠的老實人。

然而，那只是我個人的觀點，我想知道跟他關係親近的人是怎麼看的，要求吉拉多解釋，他一副在忍耐不要嘆氣的樣子，開始說明：

「他過度美化以前的聖多魯，無法接受現在墮落的狀態。」

「所以他決定革命起義？」

「是的，他想藉由革命讓自己站上全國的頂端，將墮落之人通通肅清，然後再把王位讓給茱莉亞殿下，銷聲匿跡。」

犧牲自己，除去國家的爛瘡嗎……

我不認為這個做法是對的，可以說太過強硬，不過或許就是要有此等的覺悟，才能改變聖多魯的現狀。

「先不論手段，他是真心為聖多魯著想，才出此下策吧？不覺得殺掉他太過分了嗎？」

「桑傑爾殿下也包含在他的肅清對象內。」

弗特似乎認為不能把國家交給身為國王的長子，卻放任那些蠢貨的勢力擴張到這個地步的桑傑爾。

更重要的是，弗特只承認茱莉亞是下任繼承人，桑傑爾會成為阻礙，所以他打算連他一起除掉。

「既然桑傑爾殿下有危險，無論有多骯髒，我只能祭出相應的手段。」

「這就是所謂的忠誠心嗎？既然如此，你不覺得與其交給我這個外人，應該由你們親自動手？」

「我也很想，可惜這對我們來說太困難了。若是率領部隊戰鬥也就罷了，弗特將軍的實力遠在我之上。」

確實，雖說是木劍，那男人不費吹灰之力就接住了茱莉亞和雷烏斯的劍。想要暗殺那麼強的人，要有實力相符的成員及縝密的計畫。

而且萬一暗殺失敗，弗特知道吉拉多盯上他了，桑傑爾自然也會被究責，導致狀況更加惡化。

「我和露卡被他懷疑，光是接近就會受到戒備，唯一能跟他正面交鋒的席岡又不擅長暗殺。意即目前能在不為人知的狀況下除掉弗特將軍的，只有您一人。」

「你會不會太抬舉外人了？」

「您太謙虛了。不只鬥武祭，您的實力在檯面下也傳得很廣喔。大家都說千萬不可以與您為敵……」

畢竟我做過那麼多好事，又為了收集情報或除掉礙事的人，屢次跟地下世界扯上關係。變成名人也是無可奈何。

「可否請您答應呢？我會盡量準備豐厚的謝禮。」

我還沒回答，吉拉多就從椅子上下來跟我下跪。

明白自身的實力，為了主人願意不顧羞恥的忠誠心，值得敬佩。

我不討厭那耿直的個性，不過……

「不好意思，恕我拒絕。」

即使他說的是真相，暗殺一國的名人風險太大了。

不是會不會成功的問題，而是我很清楚，倘若出了什麼意外對桑傑爾不利，這男人會面不改色地犧牲我。

「無論如何都不肯答應嗎？」

「對，因為我沒有要做到這個地步的理由。」

雖說是為了保護莉菲爾公主，我不認為這件事值得讓我把家人和徒弟也扯進來。

我已經確定拒絕了……重點是吉拉多有何企圖。

既然是有英雄之名的男人，應該知道提出這個要求的風險及被拒絕的可能性有多高。搞不好他是懷著死馬當活馬醫的心情，或者顧不了那麼多，但他完全沒有表現出焦急的情緒。

我暗地提高戒心，吉拉多深深嘆息，抬起頭。

「如我所料。那就沒辦法了。」

「……你打算怎麼做？」

「不能放過這個好機會。雖然我不想用這招……」

他留下一句意味深長的話站起身，用手杖的尖端輕敲地板，我立刻感覺到有人正在接近這個房間。這個氣息……不是他的主人桑傑爾，也不是同伴露卡或席岡。

本以為他是想呼喚同伴，靠武力解決，我卻感覺不到分毫殺氣，接近這裡的也

只有一個人。

一名身穿看似睡袍的輕薄衣服的美麗妖精，隨著細微的敲門聲踏進房中。

「吉拉多大人，您叫我嗎？」

長壽的妖精很難從外表看出實際年齡，據我推測大概比菲亞年輕一些。

莫非是想對我用美人計？可是仔細一看，她的狀態異常到我立刻推翻這個可能。

從衣服縫隙間露出的肌膚，看得見令人不忍卒睹的瘀血及傷痕，眼神也空洞得不像有自我意識，下一刻就昏倒也不奇怪。

「你對她做了什麼？」

「對她動粗的不是我，是席岡。他總是遵循本能行動，對待女性也很粗魯。」

「我想問的是，我感覺不到她的意志。」

她並未配戴奴隸會戴的項圈，應該不是奴隸。

不過她的眼睛好像誰都看不見，只是盯著空中，如同人偶，明顯不正常。我的語氣及目光彷彿在質詢犯人，吉拉多卻輕描淡寫地說：

「當然囉。因為她的心已經壞掉了。」

「你對她用了藥嗎？」

「全是我太過大意招致的意外。她成了只能聽我的命令做事的傀儡。」

吉拉多並未對此感到喜悅，反而面有不甘，看來事情沒那麼簡單。

「我以前是研究植物的。在調查人稱森之民的妖精……調查她的期間，我發現妖精的肉體有跟植物相似的部分。」

我那身為聖樹的師父說過，妖精是從聖樹誕生的高等妖精的子孫，留有植物的部分或許是理所當然。

這個世界主要是靠魔法治療，醫療技術並不高，這名男子卻憑藉獨有的技術調查，得到確信。

「於是，我發明了某種藥物，發現只要把自己的血液混入其中，讓妖精攝取，即可奪去意志自由操縱對方。像她這樣。」

「難道……」

「嗯，您猜得沒錯。我在兩位昨晚喝的紅酒中加了那種藥。不過請放心。它對於像您這樣的人族是完全無害的。」

妖精本人似乎也會判斷那種藥物沒有害處，身體會慢慢遭到侵蝕，失去自我。

沒想到他居然會以妖精……菲亞為目標。

這男人有可能在說謊，可是貿然斷定太危險了。我壓抑住內心的憤怒和焦急，瞪向吉拉多，他坐回椅子上，像要乘勝追擊似地接著說道：

「聽說您的妻子莎米菲亞小姐一大早就不舒服，查明原因了嗎？」

「……只是宿醉罷了。」

「真的嗎？不只頭痛，連手指都開始麻痺，動彈不得，想攝取大量的水分……有沒有出現諸如此類的症狀？」

老實說，菲亞的症狀不只宿醉。

他講了這麼多，我卻無言以對，這時我發現，吉拉多同樣面帶愁容。

「我其實不太想用這一招。但我有義務讓聖傑爾殿下坐上王位，不管要背負多少汙名和仇恨。」

「不用講那麼多。你無論如何都要我收拾那個男人？」

「沒錯，幸好其他國王明天才會回來。」

莉菲爾公主說過，在前線基地舉辦的演習拖得比想像中還要久，莉絲的父親、獸王和艾爾貝里歐他們預計明天回來。

其他國王回來後，王城的警備會變得更加嚴密，對吉拉多來說，現在是最佳時機。

「只要您完成這件委託，我保證尊夫人會安全無虞。」

「意思是有辦法救菲亞囉？」

「那當然。否則我怎麼跟你交涉？」

比起交涉，更接近威脅，不過現在跟他講道理也沒意義。

吉拉多從懷裡拿出裝著綠色液體的小瓶子。

「攝入體內的兩天內，都能用這種藥讓它失效。尊夫人莎米菲亞還救得回來。」

我考慮過直接把藥搶過來，但他既然清楚我的實力，不可能沒料到這點小事。事關菲亞的安危，我必須慎重行事，以免釀成無法挽回的悲劇。

「聽你這麼說我就放心了。可是既然有藥可以醫治，為何不用在她身上？」

「我做出解藥時，已經來不及了。換個角度想，可以說是她尊貴的犧牲，才讓我能夠做出解藥。」

「……你手裡的藥是真的吧？」

「不，是假的。被搶走不就完了嗎？我先提醒您，只有我知道解藥的做法，現在開始製作的話，晚上可以做好，只要您在今天之內完成任務，時間相當充裕喔。」

他的態度彬彬有禮，卻像在挑釁我，一步步把我逼急，讓我失去冷靜。

不僅聰明，還有「為了主人」這個正當的理由，相當棘手。雖然想直接射爆他的腦袋，目前好像只能乖乖聽他的話。

「好吧，今晚就解決他。」

「就知道您會這麼說。那個人很難纏，請小心。」

「不管是誰都一定會有破綻。快把藥做好，少在那邊杞人憂天。」

我下定決心。

剩下只需要把工作做到近乎完美，減少我方的損失。

照理說要快點動手準備，但我心中還存有一絲疑惑，走近茫然站在旁邊的女妖精。

「我說過了，跟她講什麼都沒用。她只聽得見我的聲音。」

「她怎麼會來到這個國家？」

「她被在我國作惡多端的奴隸商人抓住時，是我救了她。我向她說明原因，請她協助我做實驗……然後就變成這樣了。」

她沒辦法自己說話，所以我不知道她是不是真的自願幫忙。

目前可以確定的，只有她再也不可能取回自身的意志。這是我瞞著吉拉多用「掃描」調查得出的結論。

我將湧上心頭的負面情緒藏在心底，在離開房間前建議吉拉多。

「我現在就會開始做準備，不要多管閒事。敢妨礙我的人，就算是你的伙伴，我也會毫不留情地除掉。」

「我明白。我也不希望您因為我們插手的關係失敗。」

這種時候應該會派人監視，看來他知道隨便插手只會礙手礙腳。有部分可能是為了在東窗事發時聲稱他跟我沒關係，總之他不會加以干涉正好。

「對了，您有沒有需要什麼東西？不介意的話，我可以為您準備。」

「……有毒藥嗎？最好是強效又立即見效的。」

「那麼請用這個。」

他將剛才從懷裡拿出的小瓶子遞給我。

「這是我做的毒藥。是只要攝取一些，就會像睡著似地一命嗚呼的劇毒。」

「你騙我說這種東西是藥？」

「毒藥不也是一種藥嗎？」

這傢伙真的很會惹怒我，可惜和他吵也沒用。

我默默接過那個瓶子，轉身打開房門。

「晚上我再來回報。給我把東西準備好。」

「恭候大駕。」

我看都不看八成在對我深深鞠躬的吉拉多，頭也不回離開現場。

之後，我回到我們睡的房間，跟大家說我要去整理行囊，前往供我們停馬車的王城倉庫。

北斗安分地趴在馬車附近，一看到我就搖著尾巴蹭過來。

「嗷！」

「乖乖乖。抱歉，今天有很多事要做，下次再幫你梳毛。」

「嗷嗚……」

「北斗先生，今天我也還沒給天狼星少爺梳過毛，一起忍耐吧。」

獨自跟來的艾米莉亞和北斗在互相安慰，我則憑藉現有的資訊制定作戰計畫。

其實，我還沒告訴任何人菲亞被當成人質了。

本來應該要先跟大家說明，思考對策，不過既然是暗殺任務，就得謹慎行動。也不知道有沒有人在竊聽，現在我想盡可能隱藏實力。

我摸了摸沮喪地垂下尾巴的艾米莉亞和北斗的頭，在馬車上找到要用的東西裝入袋中，在一旁幫忙的艾米莉亞面色凝重地詢問：

「天狼星少爺，發生了什麼事嗎？」

「嗯？為何這樣問？」

「那個……被那個人找去後，您就散發一種做好覺悟的氣勢。」

艾米莉亞的觀察力依舊驚人。

我應該完全沒有表現出心煩意亂的樣子，她卻注意到細微的異狀。

「詳情我不能說，總之情況變得非常複雜。還有急迫性。」

「我明白了。有我們幫得上忙的地方嗎？」

艾米莉亞不僅沒有因為我沒說明詳情而生氣，還微笑著點頭。

她的信任導致我高興得想要全盤托出，無奈附近還有人在工作，我不方便透露。

我叫艾米莉亞照常生活即可，繼續收拾東西，她突然拉住我的身體，逼我坐到設置於馬車內的長椅上。

「……做什麼？」

「不好意思，可否請您借我一點時間？」

艾米莉亞無視我的譴責，讓我躺在她的大腿上，憐愛地撫摸我的頭。

平常她不會干擾我做事，因此我感到些許困惑，任由她摸著頭。不久後，艾米莉亞緩緩開口。

「您有難處的話，不說也沒關係。我相信以您的實力，任何問題都能迎刃而解。」

「那妳為什麼要做這種事？」

「您教過我好幾次，遇到困難的時候，需要先讓自己冷靜下來。若您嫌我多管閒事，請儘管責罵我。」

「不……」

我自認很冷靜了，不過知道菲亞被盯上，還是令人著急。

我接受艾米莉亞的說法，先深呼吸一次，重新擬定計畫。因為這次絕對不容失敗。

我花了短短幾分鐘閉上眼睛，穩定心神，抬頭看著面帶慈母般的溫柔笑容的艾米莉亞，向她道謝。

「艾米莉亞，謝謝妳。」

「不敢當。」

「這種時候就別以隨從自居了，以妻子的身分收下我的謝意吧。」

「呵呵呵。可是扶持丈夫也是妻子的職責。」

絕對要守護這抹溫柔的笑容。

我摸著艾米莉亞的臉，再次下定決心。

準備好必需物品後，我請艾米莉亞傳話給大家，離開王城前往市區，用跟昨天一樣的方法拜訪情報販子芙吉艾。聖多魯王的次男亞修雷再放蕩也不可能白天就來，因此我可以大膽地跟她交涉。

然而，這次我想打聽的情報與聖多魯的歷史及現狀不同，相當重要，連總是面帶微笑的芙吉艾都一臉為難。

「這……我不能說。」

「但妳知道對吧？只要拿出相應的報酬，妳是不是就會告訴我？」

「……跟昨晚不同，您變得真強硬。」

「因為狀況有點變化。」

芙吉艾感到疑惑，不過她好像從我的態度看出了什麼，輕聲嘆息，嚴肅地回答：

「若有相應的代價，我當然可能不小心說溜嘴，可是剛來到這個國家的您有那個能耐嗎？」

「那我就先履行跟賽妮亞的約定，做為訂金吧。雖然未必能做到完美，我會改善妳的症狀。」

芙吉艾因為以前中了毒，不只失明和雙腿癱瘓，還只能在有焚香的房間裡呼吸。

我尚未詳細調查，不清楚正確的原因，但從她使用的薰香來看，我認為有辦法治療她的呼吸器官。

芙吉艾聽了，興味盎然地把手放到嘴邊，臉上卻看不見喜悅之情。

「這個提議確實挺吸引人的。許多人想要幫我治療，企圖拉攏我，可是大多沒有成果。」

「魔法和藥物應該治不好。我認為妳在戶外會呼吸困難的原因，在於身體太習慣薰香。」

儘管效果不如麻醉，這間房間裡的薰香有減緩疼痛的效果。

大概是因為芙吉艾中的毒是劇毒，她在薰香中過了很長一段時間，身體習以為常了。

所以在其他地方會下意識產生排斥反應，導致呼吸困難——我基於前世的經驗推測。

「簡單地說，把香的濃度調低即可。」

「不行，光這樣就會害我喘不過氣。」

「雖然這樣講很過分，只能請妳忍耐了。不要一口氣大幅降低濃度，調整成妳會感覺到些微異狀的程度就好，慢慢讓身體習慣。」

「以我的體力來說有困難。不過既然是賽妮亞為我介紹的您的建議，我會積極檢討。」

通常聽見醫生叫自己忍耐疼痛，都會覺得他在胡說八道，芙吉艾卻笑著點頭。這說不定只是場面話，我判斷還不足以獲得想要的情報，決定繼續追擊。

「接下來幫妳看看眼睛和腳吧。方便讓我碰妳的身體嗎？只有指尖也沒關係。」

「……是可以，要對殿下保密喔。他可能會非常嫉妒。」

由於芙吉艾下達了許可，我碰觸她的指尖用「掃描」診斷，基本上如我所料，只要她按照我剛才說的方式做，很有希望得到改善。

而她的眼睛和雙腿之所以失去正常功能，是因為體內的傳導神經被毒素破壞了，但我成功找到幾條勉強還活著的神經。

我迅速用魔力幫她麻醉，運用纖細的「魔力線」及再生能力活性化修復她退化的神經。

接下來只要靠復健鍛鍊萎縮的肌肉，先不說跑步，應該能恢復到可以正常走路。

「這樣治療就告一段落了，感覺如何？」

「眼睛和腿麻麻的，這種感覺……真懷念。」

「過一陣子麻醉就會退掉……到時應該會痛，那是身體逐漸恢復正常的證據。為求保險起見，我幫妳準備了止痛藥，忍不住再服用。」

「好的，謝謝您。」

雖然我有盡量不給她造成負擔，剛才的治療應該消耗了不少體力。

即使如此，芙吉艾體會到明顯的差異，像在細細品味喜悅般，把手放在胸前展露微笑。

「還有，請使用這個工具。不只是妳，對其他人應該也會很有幫助。」

我從馬車上帶過來的，是為了以防萬一做來備用的組裝式輪椅。還附上簡單的說明書，應該不至於不會用。

「我沒有要懷疑賽妮亞的意思，但我真沒想到您會做到這個地步。」

「我認為以訂金來說足夠了，妳怎麼想？」

「是啊……那麼，我有個問題。您擁有如此強大的力量，為何會需要那些情報？聖多魯的問題與您無關，再繼續深入下去，會無法回頭喔？」

「為了守護家人，我無論如何都得知道。還有一件事希望妳放在心上……」

我接著將跟吉拉多和弗特有關的情報告訴她，芙吉艾驚訝得目瞪口呆。認識沒幾天的外人說的話或許沒什麼可信度，不過，她似乎也早就對此存疑，認真開始思考。

閉目苦思了一段時間後，芙吉艾彷彿做好了覺悟，緩慢開口。

「我明白了。首先是關於弗特將軍，他——」

作戰計畫得到保障後，我委託在同一間娼館的蘿絲一份工作，做好準備時已是日落時分。

我帶著所需物品回到王城，告知弟子們這次的作戰計畫，躲在王城旁邊的森林中……也就是今天早上跟茱莉亞練劍的森林。這個地方城裡的人也不容易注意到，正適合暗殺。

檢查完裝備，用「探查」確認弟子們是否有按照計畫行動時，我感應到有個人正發出腳步聲走過來。

「……我來了。給我出來。」

我躲在樹幹後面查看，的確是我的目標弗特。他照著我潛入房間留下的信上所說獨自前來。

明顯是陷阱，卻這麼容易就把他釣出來，是因為信上寫著我從芙吉艾口中得知的弗特的祕密。只要寫上對他而言不方便被其他人知道的事，他再怎麼樣都不能無視。

我雖然躲在樹後面，卻沒有要藏的意思，乾脆地現身，弗特瞪著我釋放殺氣。

「我看你是桑傑爾殿下的客人，才睜一隻眼閉一隻眼，但我不能再坐視不管了。你從哪得知那件事的？」

「運用了一下人脈。我有點事想拜託你，才勞煩你特地跑一趟。」

「哼，那小子派來的嗎？還以為他多少有點骨氣，終究只是那種小角色。」

他迅速從現狀推測出我的目的，臨危不亂，冷靜地拔出腰間的劍。

「不好意思，我也有苦衷。」

「既然如此，我會憑實力讓你從實招來。居然光明正大出現在我面前，是確信自己會獲勝嗎……」

根據情報顯示，弗特愛用的裝備是長槍和盾牌。

他經常在前線作戰，持有能夠輕易掃蕩大軍的長槍，以及阻擋無數攻擊的巨盾，現在卻只拿著一把長劍。

然而，那威風凜凜的架勢堪稱達人的境界，我自然而然懷著跟剛劍爺爺對峙的覺悟，進入備戰狀態。

「我身為國王之盾，別以為能輕易奪走我的性命！」

弗特以驚人的速度逼近，我在千鈞一髮之際閃過他的劍，加以反擊，瞄準手臂的劍卻被輕易躲開。

我直接躍向後方，扔出數把飛刀，弗特隨手用劍將其彈開，跟我拉近距離。我退到更後方，啟動陷阱。

「別以為這點小伎倆就阻止得了我！」

我事先在好幾棵樹上用樹枝和「魔力線」做成簡易彈弓，發射數不清的鐵彈，弗特的速度卻絲毫未減。

我再度衝到弗特身前扔出飛刀，不斷揮劍。

雙方都一步也不退讓的攻防戰持續了一段時間，先倒下的是弗特。

「唔!?呃……嗚。」

「終於生效了嗎？」

力氣比我大的弗特承受不住的一擊，跪倒在地。

我不認為他會這麼快就累，看來我在途中發射的毒針終於見效了。我拿劍和無數的飛刀當障眼法，用含在嘴裡的吹箭射出極小的毒針，連身經百戰的戰士都沒察覺到。

「混帳……東西，這點程度的……毒……」

「別再浪費時間掙扎了。你以為在這個狀態下，你還有辦法戰鬥嗎？」

毒針確實對他有效，只不過針的尺寸太小，花了一些時間。

弗特已經意識不清，瞪著我的雙眼卻依舊燃燒著熊熊鬥志。

然而，既然是達人之間的戰鬥，現在的戰況對他而言堪稱絕望。我不太想對習武之人用這種手段，這次是特例。

我收起長劍，拿著小刀慢慢走向弗特……

「我跟你無冤無仇，不過請你死在這裡。」

——吉拉多——

「……結束了嗎？」

遍布全國的樹根告訴我，在森林裡交戰的兩人中的其中之一，一動也不動了。

我放開手杖，切斷與樹根的連結，深深靠在椅背上，下意識露出笑容。對我們來說最難纏的敵人消失了，會忍不住笑出來再正常不過。

待在旁邊的露卡和席岡從我的表情察覺到了什麼，開口詢問：

「吉拉多大人，一切都按照計畫嗎？」

「嗯，應該是他沒錯。那個囉嗦的男人的反應很好認出來。」

「那個臭老頭真的輸給小鬼啦？反正都要殺，真想親手做掉他。」

「由你下手就沒意義了。還有，我講過很多次，你不准再跟他們有交流。會徒增事端。」

要是他因為有喜歡的女人就跑去找那夥人，被外界懷疑怎麼辦？我瞪著席岡再次叮嚀，他發現我是認真的，別過頭嘖了聲，坐到附近的椅子上。

「嘖，所以我要在這待到什麼時候？我想睡了。」

「你不是想睡，是想去找女人吧？把我的實驗體弄壞成那樣，還不滿足嗎？」

「閉嘴啦。再漂亮的妖精，沒反應有什麼好玩！」

「你們兩個都冷靜點。等到他回來就好。」

雖說我告訴他明天之前都還來得及，他應該馬上就會來，以確保家人的安全。考慮到他拿到藥後反過來攻擊我的可能性，我把席岡找了過來，可是他吵成這樣，或許不該這麼做。

我嘆了口氣，再度透過手杖檢查他們跟聖傑爾殿下的所在地……沒有偵測到可疑的動向。

「聖傑爾殿下好像還跟他的同伴在一起。」

「還在聊天嗎？雖說是他們主動邀請的，王族跟冒險者聊這麼久不太好吧。」

「既然想拉攏他，自然會跟那些人扯上關係。無可厚非。」

「哈，男人沒差啦，快把那幾個女的帶過來。」

聖傑爾殿下那麼努力，我們也不能偷懶。

我將調製好的藥拿在手中把玩，感應到有個人在無聲接近，命令露卡打開房門，天狼星拎著一個皮袋走進房間。

「……國家的英雄齊聚一堂，排場還真大。」

「畢竟我們從今以後就是同一艘船上的人。回歸正題，你那邊順利嗎？」

「嗯，這樣就行了吧？」

他打開散發血腥味的皮袋，裡面裝著一顆剛砍下來的男性頭顱，上面還黏著砍斷腦袋時沾到的頭髮。臉上獨具特色的傷痕及鬍鬚，以及歲月刻下的無數皺紋，確實是我委託他暗殺的弗特。

「哈哈，再了不起的人，只剩一顆頭都會變得悽慘無比。」

「別侮辱直到最後都維持武者風範的人。吵死了。」

「啥!?只不過是宰了個老頭子，跩什麼——」

「席岡？」

「……嘖！」

真是的……是我的教育方式有問題嗎？他成了顆始終沒有成長的棋子。我馬上瞪向席岡要他閉嘴，把藥交給天狼星稱讚他。

「竟然這麼簡單就把那位弗特將軍處理掉。您比傳聞說的還厲害。」

「不用拍我馬屁。這樣你的委託就算完成了吧？」

「是的，城裡的人好像也沒注意到，真是乾淨俐落。我會負責善後，趕快讓尊夫人服用解藥吧。」

「不用你說。」

幸好他很冷靜，跟那些利慾薰心、頭腦簡單的貴族不同，沒有在確定我給他的藥是否真的有效前惹是生非。

妻子得救後，他肯定會反咬我一口，我當然已經做好準備。

「為了以防萬一，明天請讓我跟尊夫人說幾句話。這樣您比較能放心吧？」

只要服用我剛才給他的藥，就不會失去自我，但她其實已經無法違抗我的命令。就算本人不想聽話，身體也會不受控制地服從，說不定反而更惡劣。

一旦知道真相，他八成會勃然大怒，不過只要我先命令妖精他敢對我動手就自殺，他也拿我無可奈何。

之後我再告訴他我對他們沒興趣，聰明的他會怎麼做呢？

八成會逃離這個國家，好讓妖精逃到聽不見我說話的地方。

為我扛下殺死弗特的罪名……

「罪魁禍首講話還敢這麼大聲。不過為了確認菲亞平安無事，這也是必須的。」

不出所料，他心不甘情不願地答應了。

對於擁有要守護的對象的人，這個做法果然最有效。

他的妻子好像不只那名妖精，不過他看起來特別關心妖精，盯上她或許是對的。

總而言之，這樣他們就沒用了。

「我當然會補償您。您似乎沒打算成為聖傑爾殿下的家臣，我會幫您說話的。」

我在內心竊喜凡事都按照我的計畫執行，發現上一秒還面色凝重地盯著藥的天狼星在瞪我。

「不用什麼補償，我有幾個問題想問你。」

「不去照顧尊夫人嗎？」

「這個問題我一定要問清楚。事到如今我就直說了，你真正的目的是什麼？」

那銳利的目光彷彿早已確定答案，他究竟有何用意？

「我的目的跟白天說的一樣，讓聖傑爾殿下成為國王……」

「少給我裝傻。我既然殺了那男人，就不再是局外人，也無法回頭。我有權知道真相。」

真相？沒想到他調查得那麼深……

「吉拉多……不，曾經在聖多魯城工作的魔法技師拉姆達……沒錯吧？我問的是那個男人的目的。」

這人發現我的真實身分了……

「吉拉多……不，曾經在聖多魯城工作的魔法技師拉姆達……沒錯吧？我問的是那個男人的目的。」

聖多魯以前有位製作魔導具的技師——魔法技師「拉姆達」，被譽為天才。他身為平民，卻靠自學學習魔法陣和魔導具的知識，創造劃時代的嶄新魔導具。

他的實力得到承認，被請進王城工作，發明了新魔導具為聖多魯的發展做出貢獻，年僅二十歲就成為魔導具研發部門的最高負責人。

然而……順遂的仕途並未持續太久。

王室發現拉姆達擅自拿王城的財產當成研究費，還擄走無罪之人去做魔導具的人體實驗。他盜用大量王城的財產，再加上周圍那些嫉妒他能力優秀的人也推了一把，導致拉姆達被處以極刑，從歷史上消失。

我斷言吉拉多就是拉姆達，自稱吉拉多的男人面露疑惑，重新握住手杖。

「我就是拉姆達？怎麼突然扯這麼遠。還以為您是更聰明的人，是我高估您了嗎？」

「你認真的嗎？我也聽過拉姆達這號人物，他早就死了耶？」

「你的意思是吉拉多是個大叔囉？這玩笑一點都不好笑。」

三人發自內心感到無言，但我的想法不會改變。

如果情報販子芙吉艾提供的資訊無誤，那是超過二十年前的事情，拉姆達還沒死的話，照理說已經年過五十。

但我面前的吉拉多頂多只有二十歲上下，再怎麼說都藏不住。

重點在於拉姆達的刑罰，是在聖多魯被稱為「流放孤島」的極刑。

如同字面所示，犯人會被五花大綁，用小船載到有大量魔物的魔大陸。

在沒有像樣的裝備又遭到拘束的狀態下，被扔進魔物的巢穴，通常不可能還活著，不過……

「我很清楚。據我所知，流放孤島的罪人中，只有拉姆達的狀況不一樣對吧？」

要等在船上待命的人確認罪人被魔物攻擊後，流放孤島之刑才算執行完畢。本來罪人會在抵達魔大陸岸邊的同時遇襲，很快就會結束，只有拉姆達是在抵達的同時解開拘束，被魔物追著逃進附近的森林。

森林裡也潛伏著許多魔物，因此沒人有辦法進去確認，再加上他們認為缺乏戰鬥經驗的拉姆達不可能活下來，判斷他已經死亡。

這件事只有極少數的人知情，我是白天從芙吉艾口中得知的。當時嫉妒他的人也在那艘船上，想要見證他的下場，那些人告訴娼婦後，再透過娼婦之口傳到芙吉艾耳中。

也就是說，沒人覺得拉姆達還活著，也沒人確認他真的死了。

「畢竟他可是製作魔導具的人。有可能使用藏在身上的魔導具存活下來。」

「您的想像力挺豐富的，可惜魔大陸沒有你想的那麼簡單。」

吉拉多已經不只是傻眼，對我投以憐憫的目光。對旁人來說只是個毫無邏輯可言的妄想，他們會這麼覺得很正常。

其實這是我的直覺。

但那不是一般的直覺，是跨越無數生死關頭磨練出的直覺。

我沒辦法無視它，便私下收集情報，透過這起事件逐漸轉為確信。

「魔大陸無人居住，發生我們意想不到的事也不奇怪吧？」

「唉……假設拉姆達真的還活著，那又如何？」

「從地獄爬回來的男人會做什麼呢……」

拉姆達在文件上是罪犯，其實很可能是冤罪。

聽說他是個不擅交際，滿腦子只想著魔導具的怪人，同時也是重視家人的溫柔男子。城裡明明有他專用的房間，他卻會特地跑回家人住的老家過夜。

再加上拉姆達從平民高升為魔導具研發部門的最高負責人。

嫉妒他的人應該多不勝數，家人被拿來當人質，害他不能幫自己辯解……不是不能想像。

簡單地說，我想表達的是……

「拉姆達換了個名字及外貌，回國等待復仇的機會……不覺得有可能嗎？」

「唔……這個說法雖然有點不合理，我無法斷言完全不可能。不過說我是拉姆達，未免太誇張了。」

「我說，就算你是客人也該適可而止。居然把比任何人都還要認真輔佐聖傑爾殿下的他跟罪犯相提並論，真不敢相信！」

誠心仰慕吉拉多的露卡似乎受不了了，釋放殺氣瞪著我。

他們說得沒錯，我沒有證據證明吉拉多的真面目是拉姆達。

可是那傢伙的行動證明了這一點。

這男人看似擁有只要能讓聖傑爾坐上王位，什麼都願意做的覺悟，就像他委託我暗殺一樣，然而……

「你真的想讓主人聖傑爾殿下成王嗎？在我眼中，你的所作所為全都不夠徹底。」

「這我可不能當沒聽見。我都把性命交給聖傑爾殿下了。」

「你擁有人稱神眼的實力，還讓那些人為所欲為？」

吉拉多是因為就算不在現場，也能完全掌握對象的位置及動作，才得到「神眼」這個別名。

那個能力的真相，恐怕是我在莉菲爾公主的房間發現的植物根部，透過那東西掌握人們的位置。

無論真相如何，擁有那麼厲害的能力卻放著妨礙聖傑魯的人不管，太奇怪了。既然能掌握對方的位置，理應可以在敵人為非作歹或舉辦可疑會議時將他們逮個正著，抓住把柄。

「你嘴上說自己有義務讓聖傑爾殿下成為國王，卻明顯沒有拿出全力。不對，該說另有目的吧？」

本來懷疑過想掀起革命的會不會不是弗特，而是這個人，不過好像不太對。

我越往這個方向想，越覺得奇怪，便自己調查，結果……

「你在侍奉主人的同時跟敵方勢力勾結對吧？」

加入兩邊的勢力，透露情報，讓繼承權之爭越來越激烈，宛如桌上遊戲的玩家，操縱整個盤面的走向。

我和芙吉艾猜測的幕後黑手，就是這個男人。也可以說……這樣是最合理的。

接著思考的是他做這種事的目的。

如果吉拉多是想爭奪王位，讓桑傑爾成王最有效率。

因為他跟桑傑爾建立了足夠的信賴關係，可以在拱他坐上王位後從背後操縱他，或者對他下毒，要他寫遺書把繼承權讓給自己，方法要多少有多少。

他卻沒有積極解決問題，反而害局勢變得更加混亂，相當詭異。

「你看起來想從內部搞垮聖多魯，也可能是別國的間諜……不過看來並非如此。」

我滔滔不絕，因此吉拉多只是靜靜聽著，但我推翻他是間諜的可能性時，他露出大膽的笑容。

「不，您猜得沒錯。虧您有辦法在這麼短的時間內發現。」

「吉拉多!?不可以再透露下去……」

「既然他已經猜到這個地步，與其隨口辯解，不如直接告訴他真相。我是鄰國派來的間諜——」

「你就別再騙了吧？」

間諜要時常配合現狀行動，必須擁有連殘忍的手段都會果斷使用的冷靜頭腦。

這男人似乎有相應的能力及覺悟，但我上輩子是一名特務，見過數不清的同類，看得出他不符合這個條件。

從他的眼神……看得出來。

「你渴望的不只是復仇，而是破壞。那雙眼底潛藏著負面情緒的眼睛，我再熟悉不過。」

歸根究柢，我之所以得出這種妄想般的結論，是因為我看過跟他極度相似的人。

遭受各種背叛，對萬物絕望，為了達成自己的目的，不惜吃著苦頭重振旗鼓，站到大企業的頂點，企圖破壞世界的復仇者。

沒錯……他的眼神跟上輩子與我交戰到最後一刻的復仇者一樣。

「若你不想回答，讓我猜猜看。你真正的目的是破壞這個國家。」

復仇的話，對象會限定在特定人士身上，不過對拉姆達而言，整個國家都是復仇的對象。做事繞了這麼一大圈就是證據之一。

我斬釘截鐵地斷言，吉拉多掩住嘴角忍笑。

「呵呵，哈哈哈！想不到憑那一丁點線索，你就能查得這麼清楚。剛才我還出言侮辱你，容我更正。你遠遠超出我的想像。」

「意思是你承認囉？」

「是的，你說得沒錯，我是拉姆達，企圖毀滅這個腐敗的國家。好久沒人這樣叫我了。」

吉拉多……不，拉姆達揚起嘴角笑了。那暴虐殘忍的笑容……這就是他的本性嗎？

他不再掩飾那雙潛藏著黑暗，有如一絲光芒都照不到的無底沼澤的眼睛，以及詭譎的氣場，對他的變化最有反應的，是旁邊的露卡跟席岡。

「告、告訴這個人沒問題嗎!?要是發生什麼意外怎麼辦！」

「啊啊——不能放他活著離開囉。我幫你幹掉這傢伙，那幾個女人要留給我喔？」

「你們冷靜點。就算他知道我的真實身分，也不能拿我怎麼樣。」

和另外兩人不同，拉姆達帶著從容不迫的笑容輕輕甩手。

「就算他到處宣揚，這件事也太跳脫常識了，而且區區冒險者……不對，現在是殺死國家重鎮的逆賊，又有誰會相信呢？」

雖說是他委託我暗殺的，實際下手的人是我，所以我無法脫罪。

至於拉姆達的經歷，其他人應該想不到有人能夠活著從魔大陸回來，而且一旦承認，等於會害國家蒙羞。即使是真相，我的控訴肯定會被無視。

「而且你無法抵抗我。我想你也發現了，勸你最好不要擅自行動。」

「是嗎？那藥果然是假的。」

「不，是真的。只是光憑那種藥無法徹底治好她。」

拉姆達露出邪惡的笑容向我說明，菲亞不會像那名妖精一樣失去自我，卻無法違背拉姆達的命令。

我反射性散發殺氣，拉姆達不以為意，說出我意想不到的提議。

「你已經沒用了。什麼都別說，趕快帶著同伴離開這個國家吧。」

「要放我走嗎？還以為你會逼我做更麻煩的工作。」

「我的計畫進入了最終階段。只要完成最後一步，其他事無關緊要。」

不曉得他是不是懶得浪費時間收拾我們，對拉姆達來說，復仇是最重要的嗎？

雖然還有許多疑點……這樣我就達到目的了。

拉姆達一副終於走到這一步的態度，望向遠方，我抑制住殺氣告訴他：

「對你來說這或許是難能可貴的恩賜，但我拒絕。」

「你不相信我嗎？我懂你的心情，可惜你只有這條路可以走。先回房重新考慮一下如何？」

「不對，是因為來不及了。」

說出這句話的同時，我聽見接近房間的急促腳步聲。

拉姆達猜到是誰的腳步聲，重新扮演起吉拉多，緊接著，房門像被踹開似地一口氣打開。

「……吉拉多。」

出現在門後的，是表情夾雜憤怒與悲傷的桑傑爾。

他氣喘吁吁，大概是全速跑過來的，桑傑爾呼吸都還沒調整好，就逼近拉姆達。

「桑傑爾殿下，您怎麼了？您不是在跟他們喝茶嗎……」

「你真的想毀滅這個國家？」

「!?」

面帶微笑的拉姆達瞪大眼睛，萬萬沒想到他會這樣問。他現在肯定在絞盡腦汁思考桑傑爾是怎麼知道的。

「回答我！我叫你回答我！你……你！」

「您、您冷靜點！到底怎麼了……唔，你做了什麼！」

弟子們和桑傑爾在的房間離這裡有段距離，不用喊的聽不見。

可是，桑傑爾彷彿聽見了剛才那段對話，抓住拉姆達的領口咆哮。看他那麼激動，絲毫不給拉姆達解釋的時間。

桑傑爾的怒吼聲響徹四方，我的同伴從沒有關上的房門走了進來。

「天狼星少爺，一切按照計畫進行。」

「大哥……如果你要扁這傢伙，我也要加入。我絕對不會原諒他！」

「你們兩個太急了啦。菲亞小姐還沒恢復呢。」

「不用那麼擔心。跑一段路而已，不成大礙。」

「別大意。要聽莉絲的話。」

「公主殿下，您也做過類似的事吧？」

莉菲爾公主和梅爾特跟在我的四位家人後面出現，在他們背後的是……

「……我早就覺得有問題，沒想到這麼誇張。」

「此事非同小可。狀況比想像中更不妙。」

是聖多魯王的長女與次男——茱莉亞跟亞修雷。

國王的小孩同時登場，導致拉姆達一行人陷入錯亂。

「什、什麼情況!?」

「喂，不准看其他地方！你說過要讓我當上國王……把全部獻給我！這也是謊言嗎！」

「皇兄，冷靜點，我能體諒你的心情！」

「吵死了！你們給我閉嘴！」

「好了啦，放開他。你這樣人家要怎麼講話。」

桑傑爾激動到沒人制止得了，不意外。

畢竟他被最信任的家臣兼摯友背叛了。

過了一會兒，桑傑爾被妹妹和弟弟強制拖走，拉姆達好像還沒搞清楚狀況，於是我等艾米莉亞拿著某個魔導具站到我旁邊後，開始說明。

「你現在應該明白了吧？我們剛才的對話，在場所有人都聽見了。」

「怎麼會……不可能。我沒發現發動魔法的跡象。」

「我確實用了魔法。只不過，是你不知道的魔法。」

將聲音傳給遠處的人的風魔法，發動後會讓風與魔力產生流動。

因此精通魔力的人和直覺敏銳的人很快就會發現，我用的魔法卻是連針孔都能穿過的極細「魔力線」，魔力幾乎不會流動。

再加上城裡布滿無數蘊含魔力的樹根，就算有絲線混進其中，也很難察覺到。

就算他發現了，也不可能想得到光憑魔力線就做得到這種事。

「『魔力線』？那種初級魔法是能做什麼……」

「全看使用方式而定。魔力線跟我手中的這顆魔石，和她持有的魔導具連接在一起……艾米莉亞。」

「好的，隨時可以播放。」

艾米莉亞啟動形似收音機的魔導具時，我對從皮帶上拿下的魔石——刻著會吸收周圍聲音的魔法陣的魔石說話……

『魔石附近的對話聲會從魔導具傳出，像這樣。』

「什麼!?」

以前……米拉教騷動時，我同樣有把魔石當成竊聽器使用，不過只有使用「魔力線」的我聽得見。

光這樣就很方便了，為了用在其他地方上，我又做了接收聲音專用的魔導具，讓周圍的人也聽得見。

「喔喔，真的能透過它聽見耶。我也想要一個。」

「這個魔導具感覺可以有許多用途。這次好像還成了拯救國家危機的契機呢。」

倘若知道真相的只有我一人，我或許什麼也做不了，可是有這麼多王族當證人，他沒辦法輕易脫罪。

「……居然有這種魔導具。難怪你這麼聽話。」

「越是從容，越容易露出破綻。何況你握有我決定性的弱點。」

然而光是逼問他，那傢伙八成不會承認自己是拉姆達。

因此我才一直假裝聽他的話，引他大意。老實說，大多數的情況下我都挺不甘願的，但拜其所賜才成功讓他招供我想知道的事。

「等一下，桑傑爾殿下！那個人殺了弗特將軍喔？證據就是那顆頭！」

露卡代替無法回嘴的拉姆達，指向腳邊染成紅色的袋子。

給他確認過後，我就把袋口封住了，眾人透過鮮紅色的血跡及氣味意識到那是什麼東西時，露卡和席岡接著說：

「那個男人是殺死我國優秀人才的罪人！」

「沒錯沒錯！剛才那些話也是被他逼著說出來的。」

「您要選擇相信這種人，而非長年輔佐您的我們嗎？我們也就算了，至少相信您的朋友吉拉多——」

「你們好像誤會了，弗特並沒有死。」

可惜……兩人的動之以情，在茱莉亞這句話面前毫無效果。

「弗特睡在我們房間。他短時間內應該醒不來，可是大家都確認過他四肢健全。」

「怎麼可能!?那傢伙的腦袋明明……」

「滾開！」

席岡急著想撿起袋子，我卻搶在他之前。

「用不著檢查，這顆頭是假的。花了不少時間準備，很像吧？」

其實袋子裡的人頭不是弗特的，而是跟他輪廓相似的罪人。

像歸像，直接拿來用一眼就會被發現，於是我委託在芙吉艾的店以幫遺體化妝維生的男子——女子蘿絲，請他把這顆頭弄得跟弗特一模一樣。

我根據芙吉艾提供的資訊，在城裡的罪人中找到跟弗特比較像的人，再把頭部帶給蘿絲時，時間所剩無幾，幸好她設法趕上了。

最後用從弗特本人身上拿來的頭髮和血抹遍整顆頭部，成了只有近距離仔細觀察才看得出的贗品。

因為人類習慣靠顯眼的特徵認人，而非觀察整體。更遑論弗特這種有明顯舊傷的人。

拉姆達的能力我大致明白了，便反過來利用它。

拉姆達異常安分，八成是知道弗特還活著，在偵測他的反應。過沒多久，他發現茱莉亞所言不假，用力捶打桌子。

「為什麼!?他的生命反應確實消失了……為什麼現在還偵測得到!?」

「當然是因為他死了……暫時性的。」

拉姆達應該覺得我用了他給我的毒，我用的卻是能將生命活動降低至極限……即所謂的假死狀態的藥物。本來是用來裝死，以在敵陣之中逃過敵人的追捕或趁虛而入。

其實這種藥還在改良階段，隨便亂用可能真的會沒命，不過只要馬上讓莉絲治療，即可在不留後遺症的情況下復活。是沒有莉絲就沒用的東西。

雖然是場非常危險的賭局，我們成功騙過了拉姆達一夥人。

至於最重要的問題……

「怎麼可能……不對，該不會!?」

「看來你發現了。你以為抓住人質就能占上風，可惜你犯了一個根本性的失誤。」

菲亞的問題其實早就解決了。

他大概是對自己的研究成果有信心。真該考慮這一招不管用的可能性。

「真不巧，我的妻子不是一般的妖精。你讓她喝下的藥物完全無效。」

因為菲亞體內存在師父——聖樹這個超脫常理的生物的種子。

下任聖樹得到的種子，會為了保護宿主而提供庇佑。實際上，得到種子後菲亞不僅從來沒生過病，對毒物的抗性還變得特別高。

拉姆達想必花了不少時間研究，還是贏不過位於植物頂點的聖樹的庇佑。

「那個……意思是菲亞姊是裝的？」

「嗯，我請天狼星幫我檢查時，他叫我今天盡量不要離開房間。不過……我早上是真的不舒服啦。」

「「菲亞小姐……」」

「妳喔……」

菲亞俏皮地吐出舌頭，其他人卻冷冷看著她。

為求保險起見，我偷了當時的紅酒淋在師父給我的小刀上，請她幫忙調查，答案是完全沒影響。反而是我因為給她喝了難喝的東西，慘遭痛罵。

讓他明白局勢徹底逆轉後，我再度逼問拉姆達。

「好了，有這麼多證人，你也不用隱瞞真實身分了。我想順便問一下你所說的計畫。」

「唉……厲害。事已至此，我也只能笑了。」

「喂，求你告訴我這是一場玩笑。是為了讓我成王的考驗……」

「你真的很笨。都親耳聽見了，還願意相信我？」

剛才氣得握拳的拉姆達判斷沒必要再裝下去，對一臉懊悔的桑傑爾露出鄙視的笑容。

他說出殘酷的回答，想用手杖敲擊地板，我立刻發射「麥格農」擊碎他的手杖。

「要是你再敢亂動，下次我會瞄準你的手臂。」

「喔喔，真可怕。可惜你搞錯目標囉？」

面對以寡敵眾再加上極度不利的處境，拉姆達卻泰然自若。能發動某種招式的手杖已經被我破壞，他還有其他計策嗎？

不……不對。拉姆達是誘餌，真正的目的……

「來吧！」

「嘿咻！」

是露卡和席岡嗎！

露卡在大家的注意力被拉姆達吸引住時吹了聲口哨，席岡則擊碎身後的牆壁，開出一條通往室外的路。

『……──嗷嗚嗚嗚！』

北斗叫我們提高戒心的咆哮聲在同一時間傳來。根據雷烏斯的翻譯，好像是城裡養的龍同時飛出小屋了。

想從牆上的洞逃到外面，騎龍逃走嗎？

包含私事在內，我有很多事想問他，因此我將手掌朝向他的腳而非頭部，雷烏斯和茉莉亞則搶先衝上前。

「休想逃！」

「犯下如此嚴重的過錯，還想逃跑嗎！」

「嘿，抓得到我們就試試看啊！」

雷烏斯和茱莉亞拔劍逼近拉姆達，席岡卻帶著狂妄的笑容擋在兩人面前。他手無寸鐵，不曉得是不是忘了帶武器，以他們倆的實力應該能一擊搞定……

「什麼!?」

「喂喂，就這麼點本事？」

然而，瞄準左手的茱莉亞的劍應聲而斷，試圖砍斷右手的雷烏斯的大劍，則在砍到一半時被迫停下。

茱莉亞的劍疑似是護身用，劍身偏細長，斷掉並不奇怪，可是能只靠一隻手臂擋住雷烏斯的大劍，明顯不正常。雷烏斯或許不是真的想下殺手，卻絕對沒有放水。

「回家重新鍛鍊吧！」

在兩人驚慌失措的期間，席岡粗魯地抓住停下來的大劍，連著雷烏斯一同砸向牆壁。

他口氣輕鬆，力道卻相當驚人，被扔出去的雷烏斯將牆壁砸得粉碎，不僅如此，還穿過好幾道牆壁消失在後方。

雷烏斯固然令人擔憂，現在我沒時間關心他。因為席岡拿出與魁梧身軀形成反差的速度逼近想要暫時拉開距離的茱莉亞，抓住了她。

「唔!?放、放開我，你這愚蠢之徒！」

「嘿嘿，總算逮到妳了。」

席岡粗暴地抓住茱莉亞美麗的金髮，舔著舌頭俯視她。

「個性暫且不提，妳無疑是個極品。我會好好調教妳。」

「混、混帳東西！你根本是真正的人渣，不配叫做劍士！」

「那麼身為劍士的妳，怎麼留著一頭沒用的長髮啊？」

的確，茱莉亞留著劍士不該有的長髮。身為劍士自然會以近距離戰鬥為主，長頭髮容易像這樣被抓住頭髮。

我不認為茱莉亞會不知道，她留長髮恐怕有某些原因。因為都陷入絕境了，她還是沒有用留有一半劍身的劍砍斷自己的頭髮。

「嘴上叫人不要因為妳是女人就看不起妳，卻捨不得拋棄女性象徵的半吊子，哪有資格自稱劍士。」

「閉嘴！你懂什麼！」

茱莉亞忍著疼痛，朝席岡揮下斷掉的劍，卻只留下淺淺的傷痕。

這樣下去不妙，於是我發動「麥格農」，射穿席岡的頭部和胸口。

「嗯？妳做了什麼嗎？」

他被雷烏斯砍中時我就猜到了，看來他沒有痛覺。

不僅如此，頭部及心臟被射中，他仍舊面不改色，傷口還迅速癒合，根本不是人類。

不對，先不論有沒有辦法打倒他。為了拯救茱莉亞，得先設法搞定抓住她的那隻粗壯手臂。

我打算應用超震動鋼絲的原理，靠「魔力線」砍斷它時，發現一件事，用「衝擊」直接命中他的臉。

「噗!?搞什麼鬼！」

「母親……對不起。」

茱莉亞做好覺悟的同時，一束銀光隨著爆炸聲衝進來。

「給我……適可而止！」

雷烏斯大吼著出現，外貌已經變化成人稱詛咒之子的狼人。他趁席岡被「衝擊」遮蔽視線時衝到他身前，一刀砍斷抓住茱莉亞的手臂。

「喝啊啊啊啊啊——！」

雷烏斯立刻放開劍，用他的祖父親自傳授的「狼牙」攻擊席岡的臉。席岡馬上用另一隻手防禦，因此這一擊只有讓席岡稍微後退而已。

但他成功救出了茱莉亞，雷烏斯馬上扒掉還黏在她頭髮上的手，扔到咬牙切齒地瞪著他的席岡腳邊。

「你這……臭狗！竟敢妨礙本大爺，好大的狗膽！」

「閉嘴！你才是，不准抓女生的頭髮！」

「啥？說什麼鬼話——」

「茱莉亞不剪頭髮，當然是因為有重要的理由！連這點小事都沒發現，少隨便摸女生頭髮！」

「你、你是……雷烏斯嗎？」

或許是變身所致，他的語氣有點粗俗。

然而……身為雷烏斯的老師，他的行為值得驕傲。尤其是理解女性想法的這部分，可謂巨大的成長。席岡不耐煩地聽著雷烏斯抱怨，撿起掉在地上的斷肢接在手上，大放厥詞。

「只不過是頭髮，你在吠什麼？女人這種生物，能被本大爺這種強大的男性上，為我服務，就是最大的榮幸。」

「……算了。我不想再跟你說話。」

雷烏斯判斷再跟他說下去只是白費脣舌，再次砍向席岡。

順帶一提，席岡接回去的斷肢跟沒事一樣正常活動，雷烏斯卻不慌不亂地進攻，彷彿早有預料。

變身後身體能力提升的雷烏斯應該不會輸，但這個敵人來歷不明，因此我一面關心雷烏斯，一面將視線移到拉姆達與露卡身上。

那兩個人由艾米莉亞和莉絲阻止，看起來戰況並不樂觀。

「就這點程度？拉姆達大人，請趁現在退下。」

「呼……不愧是龍族。」

「嗯，而且守備滴水不漏。」

艾米莉亞和莉絲釋放的無數魔法，全被露卡用身體擋住。

一般的魔法會被龍族強韌的肉體彈開，即使能夠造成傷害，露卡也會跟席岡一樣當場再生，一擊都打不中拉姆達。

「怎麼有點奇怪？那個人……比起卡蓮的故鄉的龍族，更像我們在學校交戰過的龍族。」

「確實令人在意，可是現在要以阻止他們為重。這次換我吸引那個人……」

「嗯，包在我身上。大家……拜託了！」

由於地點在王城內，她們好像有特別控制火力，不過兩人判斷這樣下去無法阻止敵人，轉換了心態。

艾米莉亞毫不留情地連射「風霰彈」，遮蔽露卡的視線。莉絲則趁機射出「水刃」，砍斷拉姆達的一隻腳。

「拉姆達大人!?可、可惡啊啊啊啊啊──！」

「吵死了。之後再來說妳有多沒用，趕快把腿撿回來。」

遭受多少攻擊都無動於衷的露卡，因為拉姆達受傷而手腳大亂。我知道比起自己，她更重視拉姆達，看來露卡比我想的更崇拜他。

「對、對不起！我馬上去！」

「等一下。只要你們乖乖不動，我可以幫忙治療……咦!?」

以莉絲來說屬於挺強硬的手段，她應該是想以此為條件阻止他們逃走，畢竟斷面工整的話，可以用她的治療魔法接回去。

可是露卡一把斷肢拿到拉姆達身邊，斷面就開始長出大量的植物，與腿部重新連接，拉姆達從容不迫地起身。

雖然跟露卡和席岡不同，再生速度同樣驚人。這樣用「麥格農」也不會有多少效果。

「每個人都有再生能力嗎？真難纏。」

「戰況對我們不利。如果他們打算逃走，我們是會比較安全……」

莉菲爾公主在梅爾特的保護下綜觀全局，眉頭緊皺。

菲亞尚未完全恢復，我叫北斗負責守著剛才交給牠照顧的卡蓮和停在倉庫的馬車，所以也不能叫牠來。

而且我不只要保護莉菲爾公主，還有失去冷靜的桑傑爾，以及從背後擒住哥哥的亞修雷，不方便積極發動攻勢。

「公主殿下，很危險，請您再躲後面一點。」

「嗯，靠你了。話說回來，那些人的應對方式，簡單地說就是必須給予超出再生能力的一擊對吧？」

「用你的魔法不行嗎？既然連龍鱗都能貫穿……」

「或許可以，不過那個位置很可能波及到城裡的人。而且我有問題要問他們，想盡量活捉。」

「你們不是跟這種敵人交手過很多次嗎？有沒有什麼弱點？」

「有是有……嗯？」

根據至今以來的經驗判斷，這種類型的敵人理應會有存在於體內某處的核心。

我想揪出核心的位置，摧毀它奪走再生能力，可惜沒那個時間給我慢慢找。

「果然不肯輕易放我們走嗎？露卡……動手。」

「知道了。」

露卡接獲拉姆達的命令，身上浮現無數的魔法陣，開始釋放大量的魔力。艾米莉亞和莉絲來不及阻止，看到露卡全身的鱗片倒豎，我反射性大叫：

「全員防禦！」

「!?大家都來幫忙！」

「拜託了！」

在莉絲和菲亞製造水與風的護盾，包覆我們的同時，露卡全身的鱗片同時朝周圍發射。

數量破百的無數鱗片化為利刺，射向這一帶，房間變得千瘡百孔，我們則因為兩人的魔法倖免於難。

我擔心的是在防禦魔法範圍外戰鬥的雷烏斯和茱莉亞……

「……沒事吧？」

「嗯、嗯，託你的福沒有受傷。你呢？」

「這點小傷算不了什麼。」

雷烏斯迅速撞飛席岡，拉開距離，挺身保護茱莉亞。背部及肩膀因此插著幾片龍鱗，不過變身後的強壯身軀，只受了一點輕傷。那點小傷馬上就會痊癒。

突如其來的範圍攻擊導致周圍亂成一團，幸好大家都沒事。

然而，拉姆達他們趁我們確認其他人平安無事的期間移動到其他地方，等我發現時，他們早就騎著飛龍從牆上的破洞飛往空中。

「那麼，我們告辭了。接下來有很多事要忙。」

「用不著那麼急吧？」

儘管有些距離，那個位置還射得中。

為了不讓他們逃掉，我射出魔力子彈貫穿拉姆達的右臂，傷口同樣轉眼間癒合了。

　可是，拉姆達想必已經發現我的目的並非攻擊。

　而是用跟「魔力線」連接在一起的魔力彈射中他，藉此讓魔力絲線纏住那傢伙的右臂……也就是俗稱的擲錨攻擊。

「這是……剛才的線嗎？」

「再陪我聊幾句吧。你們的能力真的是只憑自身的力量──」

「我拒絕。」

　拉姆達卻果斷揮動左臂，用手刀砍斷右手，彷彿只是在拆解玩具的零件。

「不只腳，居然連拉姆達大人的手都……我絕不饒你！」

「露卡，妳夠了。沒必要為這點小事嚷嚷。」

「可是！沒什麼……我明白了。不過至少讓我……」

　拉姆達一行人騎著的飛龍逐漸上升，露卡握住從頭上長出的角，強行將其拔出，血肉四濺。

　那異常的畫面令眾人屏住呼吸，露卡紅著臉把角扔過來……

「艾米莉亞，吹走它！」

「是！」

　我反射性對艾米莉亞下達指示。

被風魔法吹向高空的龍角，往周圍釋放烈焰爆炸了。我從未聽說龍族有那種能力，那傢伙留了顆炸彈給我們當餞別禮。

不對……搞不好她已經不是龍族。

射出鱗片時，她的身體浮現了魔法陣，由此可見，稱之為改造人或許更貼切。質問那些人的理由又多了一個，所以我判斷應該要使出殺手鐧，將「魔力線」接上事先設置的陷阱，注入魔力。

「休想逃跑！」

我料到他們會逃跑，透過「魔力線」啟動外面的魔石，魔力絲線構成的網子便覆蓋了整片天空。由於覆蓋範圍相當大，即使是蘊含龐大魔力的魔石，也只能維持數分鐘，但應該足以絆住他們了。

再加上我剛才讓他們見識到「魔力線」的各種用途，拉姆達提高警覺，阻止飛龍繼續前進，我們立刻衝出去拉近距離。

「沒辦法。我其實不太想用這招……」

拉姆達喃喃自語，同一時間，周圍的地面竄出無數巨大的樹根。我們險些被捲入其中，停下腳步，樹根有如生物的觸手般不停扭動，無視我們，襲向魔力網強制扯斷它。

我抬頭看著拉姆達，思考他究竟還藏有多少力量，發現那傢伙露出高深莫測的微笑，立刻大喊：

「所有人停手！別再刺激他！」

「為什麼！要放那傢伙逃走嗎！」

「我的上級魔法應該還打得中他。」

「別問那麼多，快停手！再繼續挑釁他的話，這座城堡的根會動！」

我也不想這麼做，可是貿然將他逼入絕境，遍布王城的樹根很有可能有動作，破壞城堡。我對王城沒什麼感情，不過害它被破壞的話，我會良心不安。

只要注入我的魔力，應該可以讓樹根枯萎，無奈現在沒有那個時間，只能看著拉姆達他們逃跑。

其他人察覺到我想表達的意思，悔恨地停下腳步，不過還有人在後面窮追不捨。

「就叫你等一下了，哥！那傢伙要跑了，放棄——啊!?」

「站住！吉拉多——!!」

桑傑爾憑蠻力掙脫了壓制住他的亞修雷。

不曉得是對朋友的思念，抑或是對遭到背叛一事的憤怒……尚未整理好心情的桑傑爾拚命吶喊，拉姆達卻只是冷冷俯視他。

「直到最後都這麼狼狽。你也差不多該認清講什麼都傳不到我耳中了吧？」

「閉嘴！快給我下來！」

「唉……你真的好幼稚。這麼天真還想治理國家，我無話可說。」

「廢話少說！回來啊，我要揍你一頓！」

「再見了，愚蠢的王子啊。」

「可惡啊啊啊啊啊啊啊——！」

怒火無處發洩，男人悲傷的咆哮……響徹寂寥的黑夜。

《新生命與覺醒者》

聖多魯的英雄……謀反了。

拉姆達一行人引發的騷動，導致在睡夢中的人通通醒來，城裡亂成一團。

茉莉亞跟亞修雷在說明情況，好讓混亂平息一些，我們則聽從茉莉亞他們的建議，回到房間。

『等消息傳出去後，我們應該會立刻召開會議。在那之前先待在房間休息吧。』

『…………』

『哥哥，振作點。現在不是你沮喪的時候吧？』

『……嗯。』

『諸位拯救了面臨危機的我國，本來應該要好好賞賜才對，無奈目前沒有那個時間。我也知道這個請求非常不要臉，不過可否請你們也來參加會議？我們想多聽各方的意見。』

曾經拯救國家的英雄，企圖毀滅這個國家。應該得花上一些時間說明各種情況。

目前他們大概在通知城裡的重要人物，準備召開緊急會議，我用「探查」調查眾人的反應，不禁嘆息。

情況如此緊急，會議室卻沒幾個人，甚至有人依然待在房間。

雖然我早就略知一二，這就是聖多魯國的現狀嗎？實在不像在泱泱大國工作的人，恐怕這也是拉姆達幹的好事。

他疑似一直在拿桑傑爾當障眼法，私下跟忠於欲望的人接觸，偷偷找他們幫忙，將認真工作的人接連趕出王城。

剩下的人則在拉姆達的誘導下墮落，聖多魯逐漸從內部腐敗。

只要他想，隨時可以毀掉這個國家，卻刻意採用這麼麻煩的手段，可見他有多麼憎恨聖多魯。

不知道聖多魯將來會變成什麼樣子，但那是桑傑爾他們的工作，於是我決定暫時轉換心態，思考之後該怎麼做。

因為透過那明顯跨越界線的怪物般的能力，以及調查紅酒時師父說的話，我稍微推測出了那些人的祕密。

『該怎麼說……我也不想承認，但我從他們身上感覺到跟我類似的東西。』

除了對菲亞出手一事，師父這句話也讓我無法放著他們不管，因此我已經做好與拉姆達等人交戰的覺悟。

問題在於，對手是比想像中更神祕的強敵。

我的「反器材射擊」應該會管用，可是從他們的再生速度來看，即使身體被炸飛一半，他們也會直接再生。需要盡早制定對策。

我坐到椅子上，邊想邊喝艾米莉亞泡的紅茶，聽見在房間一角垂頭喪氣的雷烏斯的嘆氣聲。

「唉……該死……」

雷烏斯變身後跟他打得不分上下，不過席岡直到最後都沒有使用武器。

儘管擊退他了，對手並未使用他的別名天王劍，在雷烏斯心中跟輸了沒兩樣。

來到我們房間的莉菲爾公主他們在安慰消沉的雷烏斯。順帶一提，我們跟拉姆達對峙的期間，來探望弗特的賽妮亞也跟我們會合了。

「哎唷，別那麼難過。你成功保護了茱莉亞，驕傲一點吧。」

「那倒無所謂，我覺得那傢伙還沒使出全力。我都認真打了，他卻對我放水，好不甘心。」

「人活著就好。你既然跟剛劍先生交手過，應該明白這個道理吧？」

「真不像雷烏斯先生。您轉換心情的速度應該很快呀。」

「……說得也是。下次我不會輸的！」

沮喪歸沮喪，他卻沒有失去鬥志。對雷烏斯而言，席岡似乎已經是免不了一戰的敵人。

雷烏斯交給那三個人應該就沒問題了，因此我再度陷入沉思，發現幫我倒了第二杯紅茶的艾米莉亞跟坐在對面的莉絲在盯著我看。

「天狼星少爺，方便打擾一下嗎？」

「嗯？妳們怎麼了？」

「呃……該怎麼說呢？總覺得你跟平常不太一樣。」

「在剛才的戰鬥中，我發現您的行為模式跟平常不太一樣，有什麼問題嗎？」

剛才那場戰鬥，我確實比較側重於防禦，沒有積極進攻。

有部分是為了防範意想不到的攻擊，保護大家，最重要的理由是，我猜測那些人背後有更加強大的幕後黑手。也就是提供他知識的人和更厲害的同伴。所以我想避免亮出我方的手牌，除非確定可以收拾掉他們。我向艾米莉亞跟莉絲說明，兩人卻還無法接受的樣子。

「不僅如此。我還有其他問題想問您。」

「我本來以為你是因為菲亞小姐被當成人質，又對我們隱瞞作戰計畫，對此感到愧疚，不過冷靜一想，你從今天早上就是那個狀態。」

「是的，您看菲亞小姐的眼神明顯不同。」

「我、我不是在嫉妒啦。就是，你好像比平常更過度擔心她……」

「啊……那是因為……」

「呵呵，我能理解妳們會擔心，不過天狼星會這樣也沒辦法。」

用不著她們說，我很清楚有些行為不符合我的作風。

然而，唯有這次希望她們網開一面。

我沒有要給心愛之人排序的意思，但現在我無論如何都會忍不住關心菲亞。

坐在旁邊的菲亞代替啞口無言的我，摸著肚子回答：

「因為天狼星要當爸爸了。」

「「「……咦!?」」」

沒錯……菲亞懷上了我的孩子。

我是在今天早上菲亞跟我說她宿醉時發現的。

吃完早餐，我們兩人獨處時，我用「掃描」幫她詳細檢查過，得知她懷有身孕。

『……妳暫時不能喝酒囉。』

『咦!?我確實挺累的，但應該沒嚴重到那個地步……』

『那已經不是妳一個人的身體，得減少對身體的負擔。』

『意思是……啊!?』

菲亞透過這句話及我的眼神察覺到，摸著肚子，我溫柔地抱住她。

『恭喜。終於成功了。』

『真的耶……呵呵，本來以為還得花上一些時間，沒想到這麼快。我才要恭喜你。』

現在我很能體會，迪高興得抱住懷了第二胎的諾艾兒時的心情。

然而菲亞尚未恢復，我不想給她增添負擔，只有輕輕摟住她傳達心意。

我和菲亞相擁了一段時間，正想立刻去向大家報告，菲亞卻希望我等一下。

她建議既然要說，不如等莉菲爾公主他們也在的時候一起，便決定晚上全員到齊再說，然後我就從拉姆達那裡接到暗殺弗特將軍的委託。

我急忙擬定作戰計畫，只跟菲亞一人說明情況，假裝對拉姆達言聽計從。不過老實說，菲亞被拿來當人質時，我非常驚慌。

前世我的確扶養過救回來的小孩，不過我還是第一次有自己的親生骨肉。儘管聖樹的庇佑理應能讓拉姆達的毒失效，我始終無法真的放下心來，直到師父保證不會有問題。

要是艾米莉亞沒有用膝枕讓我冷靜下來，我搞不好會犯下致命性的失誤。艾米莉亞身為隨從，更重要的是身為妻子的應變能力，幫了我一把。

說明完畢後，原本一臉疑惑的艾米莉亞和莉絲露出燦爛的笑容衝向菲亞。

「啊啊……天狼星少爺終於有繼承人了！恭喜妳，菲亞小姐！」

「恭喜！可以摸摸看妳的肚子嗎？」

「呵呵，我才剛懷孕，沒有任何差異啦。」

平常菲亞的立場跟大姊姊一樣，把艾米莉亞和莉絲當成妹妹對待，現在則洋溢母親般的溫柔氣質。或許是她已經有要當媽媽的自覺了。

得到菲亞的允許，兩人觸摸她的肚子，樂得歡呼。我發現雷烏斯不知何時走了過來，尾巴搖來晃去，略顯遲疑。

「雷烏斯也想摸摸看嗎？」

「啊……嗯。不過我是男生，碰她不太好吧？」

「你等於是我的弟弟，不用顧慮那麼多。來，把你的精力也分給他吧。」

「……喔！嘿嘿，大哥和菲亞姊的小孩，肯定超強的！」

雷烏斯摸著菲亞的肚子，笑容滿面，大概是在感受要有新家人的喜悅。

莉菲爾公主一行人也接在徒弟們後面祝福我們。

「哎唷，居然搶先莉絲一步，算妳厲害。我可不想在這個年紀被叫阿姨，得教他要叫我姊姊才行。」

「公主殿下，這種時候就直說恭喜吧。」

「我照顧過小孩子，不嫌棄的話可以找我商量。」

聊著聊著，莉菲爾公主他們為我們送上真心的祝福。

拉姆達的問題也好，這幾天一直發生不容大意的事件，幸好有好消息可以告訴大家。

雖然現在討論這個有點操之過急，我打算跟大家討論一下小孩的名字，這時菲亞笑著輕拍艾米莉亞和莉絲的肩膀。

「久等了，接下來就輪到妳們囉。」

「我很想點頭……不過我預計再等一段時間。」

「這樣呀？妳不是也想要孩子嗎？」

「我們同時生產會給大家造成負擔，至少等菲亞小姐的孩子出生也不遲。重點是天狼星少爺的後代，我有信心能立刻懷上。」

雖然這話由我來說很奇怪，她還真有自信。不知道她的自信從何而來，但我總覺得如果是艾米莉亞，立刻懷上我的小孩再正常不過，真不可思議。

跟坦然回答的艾米莉亞不同，莉絲紅著臉謙虛地說：

「我也慢慢來就好了吧？我還完全不能想像自己當媽媽的樣子，不過小嬰兒……應該很可愛。」

「如果我被妹妹搶先，會有點不甘心，但我也好期待莉絲的小孩。爸爸可能會當眾喜極而泣。」

莉絲的父親……卡帝亞斯極度溺愛女兒。假如他知道莉絲懷孕，八成會忘記國王的威嚴當場大哭。

可是得先跟他報告我們結婚才行。在我思考之時，雷烏斯想到一件事，望向窗外。

「欸，大哥，不用去接卡蓮嗎？」

「我們等等預計要去參加會議，等開完會再去。卡蓮八成早就——嗯？」

我猜測卡蓮應該已經睡著了，用「探查」調查，發現照理說會在我們的馬車裡面睡覺的卡蓮，移動了位置。

北斗陪在她旁邊，所以不至於有危險。那個地方是……

「天狼星少爺，怎麼嗎？」

「沒事，卡蓮和北斗好像不在馬車附近，而是在跟拉姆達他們一起飛走的龍住的小屋。」

「咦，這樣沒問題嗎？」

「有危險的話北斗應該會有反應，用不著擔心……」

「賽妮亞，妳有沒有聽見什麼聲音？」

「……我聽見有某種生物在那一帶怒吼，內容不明。」

聽見順風耳賽妮亞的報告，我再次使用「探查」，偵測到不只一個反應在跟卡蓮和北斗對峙。

雖說沒有危險，最好趕快去看看情況。

我叫其他人一有狀況就用「傳訊」通知我，帶著艾米莉亞離開房間。

即使是客人，擅自走動實在不太好，因此我和艾米莉亞刻意避人耳目，移動到卡蓮所在的養龍的小屋。

「這個時間她通常在睡覺，怎麼會跑來這種地方？」

「那孩子一有想法就會付諸實行。這次的主因應該是拉姆達引起的騷動。」

剛才的騷動及爆炸聲傳遍了整座王城，吵醒卡蓮也不奇怪。可是那孩子平常就無法抵擋睡意，今天怎麼會不睡回籠覺，跑來跑去呢？

我邊想邊檢查飼育小屋，巨大的建築物徹底崩塌。推測是因為露卡召喚的飛龍撞破屋頂飛了出去。

我在崩塌的小屋前發現卡蓮和北斗的身影。

「不行！不准你們再靠近了！」

「嘖，這小鬼怎麼那麼擋路！喂，快把他們趕走！」

「太、太強人所難了吧。」

「那種怪物，我們怎麼可能有辦法對付……」

「……嗷。」

站在卡蓮和北斗面前的，是在城裡工作的貴族及兩位士兵。

氣氛凝重，可是北斗乖乖坐在卡蓮旁邊，看來是沒有人受傷。

卡蓮毫髮無傷是很好，但那孩子為何展開雙臂，站在貴族前面？

平常不太會看到她這麼拚命，令我感到疑惑。我走過去時，北斗小聲吠叫，告訴其他人我們來了。

「嗷！」

「嗚⁉可惡，只要沒有這隻魔物……嗯？你是誰啊？」

「我是那孩子的監護人和從魔的主人。不好意思，可否請你跟我說明到底發生了什麼事？」

「這些人想欺負小娜！」

那名貴族還沒開口，卡蓮就大叫著回答，如同一隻炸毛的貓。

「小娜」是跟露卡一起照顧龍的少女。

想起這件事的同時，我望向卡蓮背後，看見驚恐地抱著小龍的少女——希娜。

「你，快把這個小丫頭和從魔趕走！太礙事了。」

「那是一定，不過你想對她怎麼樣？」

「明知故問。她是引起這場騷動的那夥人的同伴，當然要抓去定罪！」

先不論事情經過，既然這女孩認識拉姆達他們，自然需要跟她問話。

因此我能理解她要把希娜帶回去，可是這名貴族……有點奇怪。

艾米莉亞在我思考的期間走到卡蓮身邊，我則站在貴族面前保護她們。

「她是從鎮上僱來的小孩，只是在幫忙照顧龍，什麼都不知道。把她當成罪犯未免太武斷了。」

「不經過審問怎麼知道！而且雖說是小孩，她懷裡的生物可是龍喔？得趁牠搗亂前抓住！」

「我的從魔可以幫忙制住龍，審問受到驚嚇的小孩，應該問不出什麼東西。我有個提議，她跟我家的孩子是好朋友，若你願意交給我處理……」

「外人少對我們的做法指指點點！小心我以叛國罪的罪名把你們抓起來！」

他說得有道理，看起來卻異常著急。

從高級的衣服與目中無人的態度來看，這名貴族要不是城裡的高官，就是爵位不低，為何會在這裡？

「我明白了。我們馬上離開，在此之前想請教一下。聽說城裡要召開緊急會議，你不用參加嗎？」

「我就是想帶那個小丫頭去參加會議……」

「也就是說，你在去會議室前先跑來這裡囉？」

若是上司命令的，還可以理解，可是在去會議室前先跑來這裡，還只帶幾個士兵，太可疑了。

那麼他來這裡做什麼呢？貴族的視線落在希娜……不對，是她懷裡的小龍上，告訴了我答案。

滿多喜好獨特的人會想要養龍，這人的目標很可能不是希娜，而是那隻龍。他不僅擱置重要的會議，還趁亂企圖把想要的東西納入囊中，真是忠於欲望。

然而，貴族在跟我爭論的期間沒耐心了，命令背後的士兵使用強硬手段。

「我沒時間陪你們幾個耗！喂，把那丫頭抓──」

「住手！」

兩名士兵迫於無奈，走向希娜，地鳴般的巨響突然傳來，令他們停止動作。

我轉頭確認聲音的主人是誰，看見一名光頭男子氣勢洶洶地走過來。

「是你的聲音嗎！知不知道我是誰！」

「我才要問你知不知道我是誰。只會靠外表認人的蠢貨，還有臉抗議啊。」

「嗯……莫、莫非是!?」

沒錯……這位光頭男子就是不久前被我打倒的弗特，現在看起來判若兩人。雖說是為了欺騙拉姆達，讓他剃光頭髮我還是挺內疚的。

一根頭髮都不剩的弗特，毫不掩飾不悅的表情，站到貴族面前。前一刻還高高在上的貴族屈服於弗特的魄力，面露懼色。

「你怎麼在這裡？你應該有收到召開緊急會議的通知！」

「你、你不也一樣！我才要問你來這種地方做什麼！」

「我接獲茱莉亞殿下的命令，前來尋找客人。剩下的事交給我處理，你趕快去會議室吧。」

「呃，我……」

「若有比王城的危機更重要的事，請務必跟我分享。」

弗特似乎聽見了我們的對話。貴族男子無法反駁，帶著士兵逃也似地離開。

這樣礙事的人就消失了，不過還不能放心。因為雖說是作戰計畫的一環，我可是想奪走他性命的人。

儘管他應該聽茱莉亞解釋過，我的所作所為招人怨恨也不奇怪，因此我默默提高戒心。弗特依然神情嚴肅，低頭看著我。

「如我方才所說。茱莉亞殿下找你，麻煩你跟我一起去會議室。」

「好的，可以給我一點時間嗎？」

我望向用艾米莉亞給的手帕幫希娜拭淚的卡蓮，弗特明白了我的意圖。

「跟那傢伙有關的人嗎？有沒有打聽到什麼情報？」

「你也看到了，她處於混亂狀態，所以我們還什麼都沒問。既然被留在這邊，應該不會握有多重要的資訊，可以讓我家的卡蓮照顧她嗎？」

「……行。打聽到有用的資訊記得立刻回報。」

這個答案真是出乎意料，與此同時，我發現剛才的氣勢消失了。

我想起我還沒跟弗特道歉，決定趁這個機會向他賠罪。

「……哼，純粹是我太弱了。從結果上來看我還活著，而且犧牲頭髮就能找出叛徒，不成問題。我唯一的遺憾是無法親自揪出那傢伙，不過若你實在過意不去……」

弗特直盯著我，揚起嘴角。

「等這件事告一段落，再跟我打一場。這次要拿出真本事。」

「我很樂意。在那之前，想請你跟我家的雷烏斯較量一番。」

「沒問題。真期待那傢伙的劍能否撼動我的盾。」

不管他再嚴肅，骨子裡終究是個武者。

可怕的是，我對他下了半天不能自由行動的藥，他卻已經可以四處走動，就算有莉絲幫忙治療也太誇張了。這人疑似跟某位劍痴是同類，總覺得以他的實力，能夠輕易擋下雷烏斯的劍。

總而言之，弗特不打算阻止我們的樣子，我先在卡蓮面前蹲下來，與她視線齊平。

她也知道自己是自作主張，不安地注視我。我露出溫柔的微笑，把手放到她頭上。

「有沒有被怎麼樣？」

「沒有，那些人很生氣，卻沒對卡蓮做什麼。」

「是嗎？應該是因為北斗在。我有很多話想問妳，在這邊不方便說，先回房間吧。當然要帶上妳的朋友。」

「可以嗎？」

「可以，陪在小娜身邊吧。」

「嗯！」

我擅自決定帶她回房，弗特一語不發，看來是沒關係。

抱著小龍瑟瑟發抖的希娜，提心吊膽地抓住卡蓮笑著伸出的手。

「我先回房把這孩子交給我的同伴，再去會議室。」

「那我也一起去吧。有點事要辦。」

我問心無愧，沒道理拒絕讓他同行。

我逮到這個好機會，順便問了下北斗可不可以一起去，弗特點頭答應，我們便帶他回房。

其他人沒想到我會多帶人回來，為此感到疑惑，不過看到卡蓮平安無事，大家都鬆了口氣。

「看起來沒受傷……卡蓮，不可以隨便亂跑喔。」

「對不起。」

「好了啦，她有在反省，別再念她了。話說回來，那孩子是誰？」

「卡蓮的朋友小娜。」

希娜牽著卡蓮的手跟過來，一被莉絲和莉菲爾公主她們注視，就躲到卡蓮背後。認識的人和自己照顧的龍同時消失，身邊又全是陌生人，有這種反應很正常。順帶一提，小龍叫都沒叫一聲，乖乖待在希娜懷裡，大概是害怕北斗。

在艾米莉亞準備紅茶和茶點，好讓希娜靜下心來時，坐在床上的菲亞招手叫我過去。

「我也不想把小孩子當壞人看，可是帶她過來真的沒問題嗎？」

「我剛剛調查過，沒有異狀。而且對惡意很敏感的卡蓮願意對她敞開心胸，至少不會有危險。不好意思，我得去參加會議，麻煩妳視情況想辦法跟她打聽一些情報。」

「這樣呀，知道了。包在我身上。」

考慮到拉姆達留她下來當密探的可能性，我在回房的路上用「掃描」調查過希娜跟小龍，並未偵測到施法痕跡。

至於跟我們一起過來的弗特，他一走進房間就跑去找雷烏斯說話。

「咦？我也要參加會議？」

「沒錯，跟天狼星先生一起參加。」

「非去不可嗎？我要保護姊姊她們。」

「所以我才允許那隻百狼進到室內。除此之外，我還會派值得信任的部下在房間附近待命。」

「唔……有北斗先生看守，應該沒問題吧？」

雷烏斯望向我，北斗在的話可謂守備萬全，因此我點頭同意。

得到我的許可，弗特點了下頭，打開房門回頭看著我們。

「走吧，不能再讓茱莉亞殿下等。」

「啊，對不起，還有一個要求，在去會議室前我想去一個地方……」

聽見我的要求，弗特一臉錯愕，不過說明理由後，他馬上就答應了。

去完我要去的地方後，我們來到會議室，室內怒吼聲四起，場面極為混亂。

在大吵大鬧的是城裡的高官，有武官也有文官，從參雜憤怒及困惑的氣氛來看，應該大略說明完這起事件的經過了。

茱莉亞坐在會議室內的大桌的上座，面色凝重，大叫著安撫這些高官，坐在她旁邊的桑傑爾則一直低著頭。

仔細一看，我發現兩人的弟弟亞修雷不在場。身為王族不參加重要會議實在不太好，不過這對亞修雷來說似乎是家常便飯，他在不在都沒差，大家也放棄了。實際上，沒人在乎亞修雷缺席。

我和雷烏斯兩個外人出現在會議室，引來一陣小騷動，可是我們後面的弗特一瞪，那些人馬上就閉嘴了。

「茉莉亞殿下，我帶他們來了。」

「來了嗎？那麼天狼星先生和雷烏斯請坐那邊。」

茉莉亞指向她旁邊的座位，怎麼想都不是客人該坐的位子。

但她都指定了，我也沒有其他選擇，便跟雷烏斯一同入座，重新環視室內。

我再次觀察周圍，聚集在會議室的高官，差不多有三十人。

超過一半的人對坐下來的我投以憤怒及疑惑的目光，雷烏斯和弗特狠狠瞪過去，他們立刻別過頭。被用這麼不舒服的眼神盯著看，只會令人不快，幸好沒找我的妻子來。

弗特在茉莉亞身後就定位時，一名高官瞪著我開口。

「茉莉亞殿下，您剛才說的是這兩個人嗎？」

「沒錯，他們是揭發暗地策劃讓我國陷入混亂的吉拉多——不，拉姆達的陰謀，避免最壞情況發生的恩人。」

不知為何，茱莉亞驕傲地稱讚我們，那些大人物卻依舊把我們當成可疑人士看待。

「此話當真？」

「搞不好是他們用卑鄙的伎倆趕走吉拉多先生，以討好桑傑爾殿下喔？」

「您要我們相信這些來歷不明的冒險者，而非我國的英雄嗎？」

如我所料的反應。我很清楚自己很可疑，茱莉亞和桑傑爾之外的人又沒親眼看到拉姆達背叛，會這樣想也沒辦法。

然而，這好歹是負責治理國家的國王之子說的話，大可更有危機意識一點。

大部分的高官卻當場反對，看來拉姆達慢慢注入的墮落毒素，侵蝕得比想像中還要嚴重。最後甚至出現主張要制裁我們的人，茱莉亞彷彿要將那些的奚落聲盡數駁回，吆喝道：

「那麼他們為何不在這裡？那些人好歹是英雄，卻搶走了屬於我國的飛龍逃走囉？」

「就算您這麼說，我們沒有看見是否真的是吉拉多先生做的。突然要我們相信，太強人所難了。」

「嗯，我不認為那位吉拉多先生會做這種事。」

這些有意見的傢伙，八成是從拉姆達那裡得到好處的人。

或許是因為他們一直走在別人幫自己鋪好的平坦道路上，缺乏決斷力，變得非得依賴別人才有辦法前進。

所以他們才會抗議，一副不願接受現狀的態度，弗特像要對他們施壓似地說：

「正因為那傢伙引發騷動，茱莉亞殿下才會在這種時間召集你們。如果你們還沒睡醒，連情況有多急迫都無法判斷，要不要我讓你們醒來？」

「「唔……」」

他的怒吼及氣勢，讓幾位高官也開始承認事情非同小可，大概是他們深深體會過弗特有多麼嚴格。

結果變得像在威脅人一樣，可是他們一直插嘴太煩了，所以茱莉亞並未制止。

眾人終於安靜下來時，茱莉亞再度開口。

「好了，逃走的拉姆達一行人下落不明，不過他們都直言想要毀滅聖多魯了，肯定會採取某些措施。請諸位提高戒心。」

「哪能這麼悠哉！我們認為應該馬上派出追兵，殲滅那幾個對我國出手的愚蠢之徒！」

「他們可是飛到天上消失囉？我姑且派了弗特的部下去追，但應該很難揪出那群人的根據地。所以我想叫各位準備應戰。」

「唔……對不起，我有點操之過急。馬上通知城裡的人……」

「等一下。在此之前，是不是還有事要做？」

正準備呼喚傳令兵時，有幾個人舉手望向桑傑爾。

「桑傑爾殿下，這次您打算怎麼負責？」

「…………」

「不說話也改變不了結果喔？那些人是你的家臣乃眾所皆知的事實。」

「嗯，身為主人，應當為臣子的暴行負責。」

繼我之後，下一個目標轉為桑傑爾了嗎？

言之有理，可惜他們明顯是想把責任通通推給桑傑爾。

我這個外人沒資格插嘴，不過只有桑傑爾一人遭受抨擊的畫面，看了就覺得不舒服，譴責他的人也只顧著明哲保身，尚未搞清楚狀況的樣子。

我正想開口說幾句話……

「夠了！」

始終低頭不語的桑傑爾大叫著捶打桌子。

足以撼動會議室的怒吼令眾人大吃一驚，桑傑爾順勢起身，瞪向這些大人物。

「看我不說話就這麼敢講！你們幾個不也一樣只會依賴他，怎麼還有臉出聲！」

「您怎麼這樣說！他是您的臣子，我們怎麼可能會去──」

「我全都知道！我爸睡著後，你們的同夥就突然變多，是因為你們會私下協助那傢伙！」

「您就算被逼急了，也不能含血噴人啊。」

「那我問你，我爸昏迷後，你們的反應怎麼這麼快？怎麼想都是早就知道他會昏倒，給我從實招來啊？」

「這麼短的時間內，我的伙伴有好幾個人背負莫須有的罪名，離開王城。真的非常神祕，可否分享一下你們用了什麼伎倆？」

弗特也加入話題，附和桑傑爾。

有些人被那彷彿看穿一切的目光注視，尷尬地別過頭，無言以對。

「先不論情況如何，那傢伙逃跑了。意即你們幾個也跟我一樣，被玩弄於股掌之間對吧？既然如此，有什麼資格說我？」

「但您身為位居高位的統治者，不負起責任要如何以身作則……」

「就說了，現在不是吵由誰負責的時候！你們以為茱莉亞為什麼要找他過來！」

雖然有點接近惱羞成怒，怒火似乎讓桑傑爾稍微恢復正常了。

可是拖了那麼久，也該進入正題了吧。在我偷偷嘆氣時，意想不到的人物現身於會議室。

『……真不像樣。』

音量絕對不大，卻充滿令人繃緊身子的威嚴。

有人聽見這句嘲諷，大聲怒吼，不過一看見從門後出現的身影，所有人都像石化般閉上嘴巴。

「唉……我才睡了一下，怎麼就變得這麼亂。」

「父、父王！」

「……爸。」

語氣雖然粗魯，卻比在場所有人都還要有威嚴的男人——聖多魯王進入會議室。

由於他睡了很長一段時間，臉頰消瘦，如同獅子的茂密頭髮及鬍鬚失去光澤，還像被人抬轎一樣，讓士兵扛著椅子移動，無法自己起身，國王的尊嚴卻絲毫未減。

證據就是吵成那樣的高官同時低下頭，在國王移動到茱莉亞旁邊時，一聲都不敢吭。

「父王，您終於醒來了。」

「是啊，感覺差到不行，不過終於能動了。」

聖多魯王乍看之下在睡覺，其實好像有一些意識，大略知道自身的處境。

至於我為何會知道，是他親口說的。

沒錯……開會前，我先去了一趟國王的寢室，除去他昏迷不醒的原因。

「嗨，小哥。我記得你叫我不要勉強，但我實在忍不住。打擾一下囉。」

「好的，如果我判斷情況不妙，會立刻阻止您。」

睡了那麼久，他的身體理應會無法正常活動，聖多魯王卻露出笑容，不僅如此，還輕輕抬起手，真的很驚人。

不僅如此，除去讓他昏睡的原因後，他睜開眼睛第一句話就是「肚子餓了」。跟茱莉亞和弗特是同類，他肯定是武鬥派國王。

國王連同椅子來到茱莉亞旁邊時，桑傑爾失去剛才的氣勢，再度陷入消沉。慘遭拉姆達背叛，再加上城裡被搞得亂七八糟，他好像覺得自己很沒用。

「怎麼？跟我女兒不同，你挺沮喪的嘛。剛才的氣勢跑哪去了？」

「……吵死了。」

「哈，現狀我大致聽說了，少因為遭人背叛就煩惱成這樣。」

「什麼!?你又懂我的心情了！」

「哼，瞧你還是有怒吼的力氣。話先說在前頭，成為國王後，遭人背叛可是理所當然喔？我不會叫你不要難過，至少不要表現出來。」

被搭檔背叛，自然會難過，可是以國王的身分跟許多人接觸，一路奮戰的父親所說的話，比什麼都還要有重量，桑傑爾無法反駁。

「以一個國王來說，你雖然不夠成熟，有那份心想保護我的國家，倒是值得讚許。」

「……我並沒有保護好這個國家。」

「所以我才特地強調『有那份心』。你還只是隻雛鳥，失敗再正常不過。」

這時，終於開始恢復冷靜的高官們緊張地跟國王搭話。

「陛下，您醒來真的太好了。」

「嗯？喔，抱歉抱歉，打斷你們說話了。」

「不會，您醒來的話，這點小事根本不算什麼。敢問您剛才那句話究竟是什麼意思？」

「您說的不像樣，該不會是在指我們吧？」

「廢話，不像樣到我光在旁邊聽就一肚子火。」

聖多魯王露出真心錯愕的表情回答，臉上寫著「你們在說什麼鬼話」，俯視那群高官接著說：

「因為你們盡是只會吵著要人負責，連國家深陷危機都沒發現的無能。再仔細想一下，逃亡的那些人是誰。」

「您別說笑了。雖說是曾經的英雄，敵人只有三個喔？在我國的戰力面前不值一提。」

「那麼是誰讓那些不值一提的敵人為所欲為啊？」

「陛下，可否請您別再羞辱我們？」

「只等著別人餵飼料的老狗少吠了！」

國王應該是因為認識以前的他們，才會說這種話。拉姆達伸出魔爪前，這些人在國王心中或許是有用的人才。

「我喜歡貪心的你們。像餓狼似地立下功績，企圖奪走我的王位的氣概。不過才一陣子沒見，你們的牙齒和爪子就被拔光了，不僅如此，還淪為靠別人賞賜的功勞逞威風的窩囊廢。我的國家不需要那種沒用的傢伙。」

「請、請您三思！全是吉拉多——不對，拉姆達的陰謀所致！」

「我們會從現在開始洗心革面……」

「我不知道他怎麼哄騙你們的，但落得這個下場，原因出在你們自己身上。之後我再慢慢跟你們問話，給我全招了啊。到時再下達處分。」

宛如死刑宣判的話語令心中有愧的高官面露絕望，國王臉上浮現從容的笑，繼續說道：

「我先提醒一句，最好不要跑去投靠他們。對吧？小哥。」

「……是啊。」

在這個時候把發言權交給我嗎？

本來我是想讓他們理解清楚國家的處境有多危險，多虧這位國王，省略了一堆步驟。

他幫我節省了時間是事實，我便開始說明該在這場會議上傳達的重要事項。

「站在我個人的角度來看，拉姆達目前可以說是因為恨意過深，整個人壞掉了。否則他何必拐這麼大的彎，特地成為自己憎恨的國家的英雄，幫助應該報仇的對象。」

「可是拉姆達那夥人從內部削弱我國的國力，是不是因為他們在戒備我們的戰力？」

「有可能，但我認為有其他原因。如兩位所見，拉姆達他們的能力是未知數，只要他們有那個意願，隨手就能摧毀王城喔？」

我徵求許可，在旁邊的牆壁開出一個洞，讓其他人見識底下數不清的植物。

大部分的人以為那只是普通的植物，一頭霧水，接著想到尚未清除，拉姆達為了破壞我的「魔力線」召喚的巨大植物，明白我不是在說笑。

「他隨時可以報仇，卻沒有動手，持續在檯面下活動，真實身分一暴露就直接逃跑。詳細原因我不知道，只有一件事可以確定。光殺掉還不夠，他恐怕是想讓你們嘗嘗絕望的滋味。」

人類越高興，失敗時的打擊就越大。

拿桑傑爾當煙霧彈，暗地勾結憎恨的對象，是想讓他坐上夢寐以求的王座後再破壞一切。

這麼麻煩的事，只有被憎惡沖昏頭的人才會認真去做。

「簡單地說就是復仇吧？把他憎恨的對象交出去不就得了？」

倘若犧牲數人即可保護國家，國王應該會果斷付諸行動。

「「!?」」

幾位高官聽見他冷酷的想法，有所反應，我搖頭否定。

「不，當事人已經清楚表明他無法接受這個國家的存在。只要聖多魯不滅亡，拉姆達應該永遠不會停手。」

我接著補充拋棄國家逃跑也不失為一個選擇，可是那傢伙會追到天涯海角，八成逃不掉。從聖多魯王的表情來看，他好像沒有那個意思。

「不管過去如何，那傢伙把我的國家弄成這樣，我不打算放走他。」

「我也是，父王。背叛哥哥的傢伙不可饒恕，像席岡那種蠢貨，非得親手砍了他我才甘願！」

國王及王女實在很可靠，問題在於這幾位高官。

其中一部分看起來幹勁十足，贊同國王的決定，不過也有許多神情擔憂，在絞盡腦汁的人，我對那些想要逃避的人說：

「為求保險起見，我先提醒一下，假如拉姆達那夥人跑來跟各位接觸，最好不要幫助他們。因為不用想都知道，他一達成目的，就會讓各位嘗到比死亡更痛苦的滋味。」

只要他說一句「我可以饒你一命」，感覺會有很多人輕易上鉤。

我語帶威脅，鄭重地叮嚀他們事已至此，只能戰鬥到其中一方沒命。

所有人都搞清楚狀況後，聖多魯王宣布暫時中止會議，以審問那些跟拉姆達勾結的人，處分他們。

「你們幾個給我聽好。在我決定方針前，要是你們敢擅自離開這間會議室，或者企圖逃出王城，我會將其視為叛徒。問心無愧的話乖乖待在這就行，至於良心不安的傢伙，仔細想想站在哪一邊能夠活命吧。」

國王似乎想把這些人單獨叫到其他房間問話。

當場審問是也可以，不過一對一比較容易為了保全自己，招供跟其他人的關聯。幾位高官表情各異，緊張地坐在椅子上，看來國王確定要熬夜囉。

我和雷烏斯可以直接回房，因此我想清掉遍布王城的植物。在我思考之時，聖多魯王突然想到什麼，開口說道：

「那我也去做個了斷吧。畢竟我確實在這種狀況下呼呼大睡。」

「爸不需要做那種事。是我們不好，被人耍得團團轉。」

「父王是中了奸計，才會昏迷不醒。」

「不，有部分也是因為我沒有果斷決定，才會引發這麼多事端。所以我處理完這個問題就會退位，下任國王就決定是桑傑爾了。」

「「……什麼？」」

他彷彿只是在決定晚餐的菜色，輕描淡寫地說出對國家來說事關重大的國王退位及繼承宣言。

通常由長男桑傑爾繼承並不奇怪，可是這麼乾脆又在這種情況下決定，不太恰當。

突如其來的發言令眾人為之語塞，國王拍拍桑傑爾的背，豪邁地大笑。

「有這個氣勢就足夠了。剩下的事情要嘛你們幾個輔佐他，要嘛好好鍛鍊他，應該能成為一個稱職的國王。畢竟是我的孩子。」

「等、等一下！現在的我哪有那個資格！」

「有沒有資格由我決定。而且要跟被那傢伙欺騙的人共事，你也費了一番心力吧？」

有人混水摸魚，就會害到其他人。

桑傑爾一直在幫只選輕鬆工作做的高官收拾爛攤子。當然不是憑一己之力，但他的負擔應該挺重的。

全是因為拉姆達在搞鬼，至少這幾天我從來沒看過他樂得清閒的樣子。

「而且經歷過失敗，懂得吃苦的人會變強。若你不想繼承王位，我就選茱莉亞或亞修雷囉。」

「亞修雷……不行吧。那傢伙根本不想當國王。」

「那就是茱莉亞。喂，妳有沒有意願成為聖多魯的女王？」

「不，既然有哥哥在，我不打算繼承王位。而且，我終於找到了。」

「找到什麼？」

「喔喔!?是嗎？終於出現妳看得上的對象！」

茱莉亞露出爽朗的笑容，單膝跪在雷烏斯面前宣言。

「雷烏斯，這句話是以一名女性的身分說的，而非聖多魯的王族。希望你用心聆聽。」

「喔，總之聽妳說就好了嗎？」

「嗯，我在此向你求婚。你願意成為我的伴侶嗎？」

「…………咦？」

我一直搞不懂為何要找雷烏斯參加會議，現在終於真相大白。嗯……好吧。妳要告白是可以，但一般而言是由男性向女性下跪求婚，所以這個畫面有點奇怪。

首先是英雄們的背叛，接著是國王隨口說出的退位宣言及指定繼承人，最後是王女的求婚。今天這個國家到底發生了多少大事？

會議室在另一種意義上掀起一陣騷動，我看著被茱莉亞的告白嚇得目瞪口呆的雷烏斯，思考該如何逃出這個房間。

「……發生了這種事呀。」

「嗯，本來就有一堆事要處理，之後更是亂成一團。」

茱莉亞的求婚在會議室掀起軒然大波的數分鐘後。

我和雷烏斯回到伙伴們所在的房間，報告事情經過，出乎意料的發展令大家不知所措。

國王退位和拉姆達的問題固然非同小可，我們現在最在意的，是茱莉亞的訂婚宣言。

聽見我的說明，艾米莉亞狠狠瞪向不停拿桌上的零食吃，彷彿要掩飾什麼的雷烏斯。

「所以？你怎麼回答茱莉亞殿下的告白？」

「呃、呃，我回她『妳突然跟我告白，我不知道該怎麼回答，讓我想一下』……」

「嗯……這次我可以理解雷烏斯的心情。」

「再說，挑那種場合告白也太奇怪了吧。所以？妳為什麼會在這裡？」

「當然是要正式跟雷烏斯的家人問好。」

茱莉亞一副理所當然的態度坐在雷烏斯旁邊，眾人的視線刺在她身上，當事人卻優雅地喝著紅茶，彷彿在問：「有什麼問題嗎？」

「在那種場合告白，是因為我實在壓抑不住自己的心情。雖然很沒出息，這證明了我還很幼稚。」

「想到什麼就做什麼呀。於好於壞都很符合妳的作風。」

「那個，我比較想問茱莉亞殿下不留在那邊沒關係嗎？」

聖多魯王應該正在跟下任國王桑傑爾一起個別審問那些高官。不是說茱莉亞非得在場，但她至少該以王族的身分陪同吧。

面對我的問題，茱莉亞只是不以為意地笑了笑。

「我有一事相求。沒有臣子在的時候，希望各位不要叫我殿下。尤其是妳們，將來我得叫妳們姊姊呢。」

「稱謂之後再說，現在先討論雷烏斯的問題。事已至此我就直接問了，茱莉亞殿下為何選擇雷烏斯當伴侶？」

「對呀，妳都開玩笑地說過如果沒對象就要跟劍結婚，居然突然跟雷烏斯告白。我實在很想知道原因。」

「果然是因為他保護了茱莉亞殿下……茱莉亞小姐嗎？」

從之前的狀況看，我認為茱莉亞喜歡強大的男性。

雷烏斯不僅在跟茱莉亞切磋時獲勝，還從席岡手下救了她，又挺身幫她擋住敵人的攻擊。

所以茱莉亞愛上他並不奇怪，不過從她的反應來看，這些並非決定性的因素。

「我確實在認識雷烏斯的過程中迷上了他，但我想讓他成為伴侶的最主要原因，是他保護了我的頭髮。」

茱莉亞憐愛地撫摸頭髮。我見到她之後，說不定是第一次看到她做出這麼有女人味的動作。

對立志成為劍士的人來說，長頭髮挺礙事的，為什麼不剪掉？我想過好幾次這個問題，茱莉亞慢慢開始說明。

「我的母親在我年幼時去世了，她真的很疼我。身為國王的妻子，她卻沒有把我交給侍女照顧，每天都幫我梳頭，稱讚我的頭髮漂亮。」

「真是個好媽媽……」

「媽媽也會每天幫我梳頭。」

「我想學劍的時候，她也鼓勵我，叫我盡力去做想做的事。母親是比父親更令我尊敬的人。」

聽起來是個堅強的女性，不愧是那位國王的妻子。

茱莉亞似乎已經走出了喪母之痛，沒有表現出任何難過的樣子，面色凝重地碰觸綁頭髮的緞帶。

「母親常對我說，變強固然重要，表現得跟男生一樣也沒關係，但我終究是總有一天會找到喜歡的人，跟對方結合的女孩子……」

「身為母親，果然會擔心這一點。」

「難道妳珍惜頭髮的原因是……」

「嗯，母親臨走前都還在提醒我要珍惜頭髮。她說被我美麗的頭髮吸引的男性中，或許會有命中註定的對象……」

茱莉亞的母親雖然用了「命中註定」一詞，我倒覺得沒有那麼深的含義。

推測是希望比起自己更愛劍的茱莉亞能夠多少留有一點女性特質，才出此下策。不論男女都會被她耀眼的金髮深深吸引，這個計策還算挺成功的。

「對我來說，頭髮是跟母親的羈絆。那個蠢貨粗暴地抓住我珍貴的頭髮，雷烏斯卻沒有砍斷我的頭髮，而是砍斷他的手救了我，還真心為我生氣。」

「我只是……無法原諒那傢伙。不只是為了妳。」

席岡起初直接用手擋下了兩人的劍。

所以他瞄準手臂的原因，純粹是第一擊沒能砍斷它。雷烏斯如此否認。

「但你為我生氣是事實吧？你說的那句話觸動了我的心弦，使我深深體會到我是個女人。」

比自己更強，擁有鋤強扶弱的溫柔心地，知道女性的頭髮有多珍貴。

意即，雷烏斯完全命中茱莉亞的喜好。誠可謂命中註定的對象。

「仔細一想，從接觸到你率直的劍時，這份心意說不定已經在我心中萌芽。當時我因為被怒火沖昏頭，到處追著你跑，真的很難看。太不像話了。」

如果她是紅著臉嬌羞地講這句話，搞不好會有一堆男人為她著迷，茱莉亞的神情卻依然威風凜凜。

女性組跟在想這些事的我不同，點頭對茱莉亞的真心表示理解。

「您願意喜歡我那有點脫線的弟弟，我非常高興。」

「沒想到妳會選擇雷烏斯。那孩子雖然超級遲鈍，又有幼稚的一面，我認為他有成為好男人的潛力。」

「可是雷烏斯已經……對吧？」

「是的，該跟茱莉亞殿下講清楚。」

艾米莉亞閉上嘴巴，對弟弟使了個眼色，叫他自己解釋。雷烏斯想了一下，面向茱莉亞。

「那、那個，我很高興妳喜歡我，不過我已經有戀人了。」

「唔，有幾個？」

「咦!?呃、呃……兩個……吧？一個叫諾娃兒，一個叫瑪理娜……」

意想不到的回問，以及三位姊姊要他講清楚一點的眼神，令雷烏斯不知所措，但他還是設法擠出答案。

對我們來說如同家人的諾艾兒的女兒——諾娃兒。

以及雷烏斯的摯友艾爾貝里歐的妹妹——瑪理娜。這兩位是雷烏斯的戀人。

我好奇的是茱莉亞不僅沒有嫉妒，還面不改色地回問人數，她早料到了嗎？

「且慢，我記得瑪理娜是……艾爾貝里歐先生的妹妹對吧？原來如此，她那麼能幹，可以理解。」

「妳跟瑪理娜說過話嗎？」

「沒有當面說過話，我看過好幾次她在艾爾貝里歐先生旁邊輔佐他的樣子。是嗎？所以我是三老婆。」

「咦？三老婆？」

「我不認識諾娃兒小姐，但我既然是在她們兩位之後告白，當然是三老婆囉？」

看來她完全不介意雷烏斯有不只一位對象。

有很多值得吐槽的地方，可是雷烏斯的真心話還沒傳達給她，我們便沒有插嘴，默默旁觀。

「說起來，我連自己喜不喜歡妳都不知道耶？妳突然叫我當妳的伴侶，我很困擾。」

「說得也是。我太高興了，沒顧慮到你的心情。抱歉。」

「這樣啊。那我們暫時——」

「那我再問一次，怎麼做你才願意讓我當你的伴侶？至今以來我從未特別注意，不過聽說我的長相及身材是男性容易喜歡的類型喔？」

「就跟妳說我沒辦法立刻決定了！」

茉莉亞繼續發動攻勢，企圖多少吸引一點雷烏斯的注意力。

雷烏斯的反應有點不對勁。平常他會拒絕得更乾脆，這次卻略顯猶豫。

我猜是因為他的內心某處對茉莉亞有好感。

雷烏斯看的是一個人的本質，不會以貌取人，想必是茉莉亞直率的個性及好感，動搖了他的心。

或是因為第一次見面他們就打了一場，從劍士之間的交流開始認識彼此，他對茉莉亞的感覺比較接近好友，而非異性，導致他困惑不已。

時間會解決這個問題，無奈他們面前還有一堵高牆。

娶了三位妻子的我沒資格插嘴，因此我沉默不語，跟我有同樣想法的莉絲和莉菲爾公主代替我開口。

「那個……茉莉亞小姐打算讓雷烏斯入贅嗎？」

「我也想問。我們並不反對，可是以妳的身分，跟雷烏斯結婚會衍生各種問題吧？」

無論她對我們有多麼平易近人，茱莉亞可是一國的王族。

茱莉亞冷靜回答兩人的問題。

「他願意入贅當然最好，不過我怎麼樣都無所謂。」

「意思是入贅的話，我會變成這個國家的王族囉？我不太想耶。」

「是嗎？那就由我嫁進你家。王位決定由哥哥繼承了，放我自由應該也無妨。」

「咦咦……這麼容易就決定沒問題嗎？」

「欸！妳該再煩惱一下，至少跟家人商量……不對，商量過了。」

「嗯，父王本來已經不寄望我能找到伴侶，所以他會全力支持我。」

常聽說一國的王女被用在政治婚姻上，不過茱莉亞並非如此。再加上所有重要人物都無法違抗的茱莉亞的父親也站在她那邊，身分差異的問題可謂迎刃而解，接下來就是看雷烏斯的想法了。

儘管還要徵詢諾娃兒跟瑪理娜的意見，這種事只能當面詢問才知道，現在無可奈何。

總之為了讓雷烏斯和茱莉亞更瞭解彼此，我們決定坐下來聊一聊。艾米莉亞她們也加入對話……不對，是在一旁監視，有點像由家長陪同的相親。

「呃……茱莉亞的興趣是什麼？」

「我的興趣？當然是鑽研劍術。」

「我也是。揮劍的時候心情會莫名平靜。」

實在不像相親會有的對話，但他們聊得很開心，不成問題……吧。看起來可以放著他們不管，因此我起身離席，前往裡面的房間找菲亞。

卡蓮和抱著小龍的希娜和睦地睡在一起，菲亞則坐在隔壁那張床上看著她們，神情平靜。

「她們睡得好熟。」

「發生那起事件後，這孩子好像一直很緊張。明白這裡不會有危險，就像昏倒似地睡著了。」

「卡蓮也撐不住了嗎？」

這個時間，小孩子早該上床睡覺了。雖然還有許多沒解決的問題，希望她們先忘掉一切，好好休息。

我摸了下趴在附近的北斗的頭，坐到菲亞旁邊壓低音量。

「跟希娜聊過後，有什麼收穫嗎？」

「我們沒有講到太多話，只知道希娜不是這座城市的居民。」

拉姆達他們說希娜是從鎮上僱來的，其實是在其他大陸買來的奴隸。

當事人不太記得當時的情況，拉姆達來到這個國家任職前買下了她，希娜便聽從指示，一直跟著他。

「希娜只是按照命令幫忙照顧龍，對於重大資訊一無所知。不過她的手腳有幾道不像受傷的傷痕，我有點在意。」

「說不定是實驗留下的。拉姆達他們應該是發現這孩子的祕密，才跟奴隸商人買下她。」

「希娜的祕密是什麼？你說過不會有危險。」

菲亞面色凝重地望向我，我緩緩點頭。

開會前我用「掃描」檢查過，並未在希娜體內偵測到拉姆達動過手腳的痕跡，可是這孩子……

「這孩子疑似有龍族的血統。」

「該不會……」

「嗯，光看外表是人族，但我從希娜身上感覺到與龍族相似的氣息。」

露卡說她是由龍族和人族生下的小孩，很可能是騙人的。

我沒有實際接觸她的身體調查過，無法確定，不過看她把身上的鱗片當成子彈射出，還拔掉角當成炸彈投擲，怎麼想都不會是龍族。

據桀諾多拉所說，角對龍而言是能夠凝聚魔力的重要器官，絕對不可能當成消耗品用。所以不能將露卡……不，不能將那三個人概括成一般的人類和龍族。

扯遠了，總而言之，我認為希娜才是人族和龍族生下的小孩，拉姆達他們透過調查她的血液與身體，發現操縱龍的手段。

「沒有被毆打的痕跡，可見她並未遭受虐待，這或許是唯一的救贖。」

「是啊，這孩子長大後，那名高大的男子肯定會對她出手。跟她一樣……」

菲亞想起因為實驗而精神崩潰的妖精，表情有點憂鬱。

菲亞的同胞淪為要是拉姆達沒下令，連開口講話都不會的人偶，目前被懷疑是拉姆達的同夥，關在城裡的牢房。

然而，失去自我的她不可能會說話，令負責盤問的人傷透腦筋。假如茱莉亞沒有叮嚀其他人，她肯定會被拷問。

「我之後再去跟國王商量要怎麼照顧她。等我一下。」

「麻煩你了。別忘了還有這孩子喔。」

「嗯，她是卡蓮的朋友，得想辦法保護她。」

若能帶走希娜，回卡蓮的故鄉找桀諾多拉他們商量說不定也不錯。

我看著外表與種族不同，卻跟姊妹一樣親暱地一起睡覺的兩人，下意識打了個哈欠，大概是我的精神也放鬆了不少。

「呼啊……休息一下吧，反正沒事做。」

「不好意思，把事情都交給你處理，不用管牆壁裡的植物嗎？」

「已經處理好了。」

拉姆達在王城布下的植物，通通被我注入過多的魔力枯萎了。這樣他就無法破壞王城，情報也不會外洩。

我卸除裝備，坐到空床上，打算在聖多魯王他們審問完畢前好好休息。

「我先睡一覺。有什麼事就叫醒我，不用客氣。」

「你太愛操心了啦。不用顧慮我們，睡到天亮吧。」

「沒錯，我們也會找時間休息，剩下的事包在我們身上。」

不久前還陪在雷烏斯身邊的艾米莉亞，一聽到我要睡覺就馬上幫我拿毯子來。

我蓋著毛毯躺到床上，菲亞突然跑過來跟我一起睡，輕輕摟住我的頭。

「嗯？還有讓妳擔心的事嗎？」

「不是啦。我想讓你仔細感受你親自保護的兩條命，雖然其實是聖樹大人的庇佑救了我們。」

「……真是的。妳不僅想當孩子的媽，還想當我的母親嗎？」

「只要是為了你，要我當什麼都行。」

菲亞在用她自己的方式慰勞我，於是我決定乖乖收下她的好意。

直接感受心愛之人的心跳及體溫，使我深深體會到不只菲亞，我的孩子也平安無事，過沒幾秒就不受控制地閉上眼睛，意識逐漸遠去。

「今天真的辛苦你了。好好休息吧。」

「晚安。」

最後聽著艾米莉亞和菲亞溫柔的聲音，墜入夢鄉。

漫長的夜晚結束，天色將明時，我自動醒了過來。

我感受著甜美的香氣及體溫望向身旁，睡得安穩的菲亞近在眼前，另一邊則是……

「呵呵呵……早安。」

「早。」

艾米莉亞抱著我的手臂，用臉頰磨蹭。

她跟我撒嬌再正常不過，但我完全沒發現她什麼時候鑽進我床上的，看來昨晚我相當疲憊。

聞夠我的氣味後，艾米莉亞從床上坐起來，切換成隨從模式向我報告：

「您就寢之後，什麼事都沒發生。不只北斗先生，賽妮亞小姐和梅爾特先生也留在房間，警備滴水不漏。」

「他們沒有回房？」

「是的，莉菲爾殿下說大家最好暫時待在同一個地方。」

「是嗎?有點不好意思,害他們要顧慮我們。」

「也不能這麼說……」

艾米莉亞的表情五味雜陳,將視線移向抱著莉絲,滿足地睡在床上的莉菲爾公主。乍看之下是溫馨的畫面,莉絲卻有點不舒服的樣子,或許是因為姊姊無意間加重了力道。

我煩惱著是否該馬上起床,幫大家泡好紅茶的賽妮亞加入我們之間的對話。

「她很久沒跟莉絲殿下一起睡了。可以讓莉菲爾殿下再為所欲為一下嗎?」

「可是莉絲看起來好難受……」

「別看她那樣,其實有在控制力道了。」

莉絲也習慣睡覺時找東西抱,莉菲爾公主卻更勝一籌。

我默默將視線從被煩人的愛情折磨的莉絲身上移開,看到雷烏斯睡在另一張床上。就算是茱莉亞,也不至於跑去跟他一起睡。

「茱莉亞殿下跟雷烏斯聊過一陣子就回房了。他們約好下次要一起練劍。」

「她熱情的攻勢還在持續啊。艾米莉亞是怎麼想的?」

「這個嘛。雷烏斯娶不只一位妻子是沒關係,但我擔心那遲鈍的孩子能不能照顧好茱莉亞殿下,還有諾娃兒跟瑪理娜的心情。」

「真嚴格。不過可以理解。」

「她是在知道雷烏斯是什麼個性的前提下想跟他交往的，不會有問題吧？有問題的話，大家一起商量就好。」

菲亞在我跟艾米莉亞談話的期間醒來，忍著哈欠坐起身子。這個想法樂觀了些，可是菲亞說得也有道理，目前或許該默默守望兩人。

最後，我看到梅爾特睡在房間的沙發上，下床慢慢伸展身體。

「呼……我睡著後什麼事都沒發生，代表還沒審問完嗎？」

「那位國王真有精神。不過也是因為沒有這點氣概，當不了國王吧。」

「天狼星少爺，您今天的行程是？」

「先吃飯。反正她八成會來找我們，之後再開飯吧。」

不管怎麼樣，今天感覺也會有一堆事要辦，填飽肚子才會有精神。

我邊說邊繼續做著柔軟操，這時其他人也醒來了，我們便各自整理儀容，如我所料，茱莉亞出現了。

她跟昨天一樣神采奕奕，帶了幾位推著早餐的傭人，不是獨自前來。

「雖說父王醒過來了，城裡依然亂成一團。不好意思，今天請你們在房間用餐。」

「我也比較喜歡在房間吃。可是一大早就吃肉啊……」

「嗯，早餐要吃飽才會有精神。蔬菜和水果當然也準備了不少，各位選自己喜歡的食物吃吧。」

「我全都要大份的！」

「我也是！」

美女大清早就吃掉一堆肉的畫面固然驚人，可惜我家有對擁有鐵胃的大胃王姊弟——莉絲與雷烏斯，所以我沒什麼反應。

一睜開眼睛就想逃跑的希娜，跟卡蓮坐在一起吃早餐。看來她的恐懼沒能戰勝食慾。

「……好吃。」

「嗯，老師和姊姊他們做的菜更好吃喔！」

「……好好喔。」

「那我們一起吃吧。好不好？」

「嗯，這幾天找時間做菜給妳吃。」

手邊有我之前假裝要調藥給國王服用，派人買來的香料，要不要來煮咖哩呢？在我思考之時，我發現旁邊有人散發跟這個場合格格不入的氣息。

犯人是坐在雷烏斯旁邊的茱莉亞，不知為何，她正經八百地注視手中的叉子，一動也不動。

「……雷烏斯，其實我剛才找為我整裝的侍女商量過，該如何跟意中人培養感情。」

「喔、喔，突然問這種問題，肯定嚇到人了吧？」

「嗯，她們喜極而泣。還有人散發殺氣，為何要氣成那樣？」

「我哪知道。」

「總之我問了許多問題，她們告訴我有個讓男女加深情誼的好辦法。」

茉莉亞一面說明，一面叉起切成小塊的肉遞給雷烏斯。

「聽說是要由我親手餵食對方。簡直像對小孩做的事，這樣做真的對嗎？」

「大哥和姊姊常做，應該沒錯。」

「是嗎？那就趕快……」

雷烏斯好像完全不覺得這有什麼好害羞的，說不定是因為他常看我和艾米莉亞互餵。

茉莉亞彷彿被雷烏斯推了一把，手腕施力……

「喝啊！」

「唔喔!?」

朝雷烏斯的嘴角刺出叉子，根本是要致人於死地。

雷烏斯馬上轉頭閃開，我想不用多說了，所有人都啞口無言。

「妳、妳幹麼!?」

「呃，她們叫我使勁全力刺出去……不對嗎？」

「怎麼看都是想殺了我！」

茱莉亞擅自解讀侍女的建議，招致這樣的後果。那個雷烏斯居然變成吐槽人的那一方，真罕見。

「這不是信任對方的實力，配合時機餵食對方的行為嗎？我以為這是一種鍛鍊方式。」

簡單地說，是要他用牙齒咬住刺向自己的叉子……嗎？

徹頭徹尾的武鬥派或許會像這樣，再平凡不過的行為都會跟鍛鍊聯想在一起。

「才不是！算了，我示範給妳看，把嘴巴張開。」

「這樣啊。那就拜託你了。看我一次就咬住那塊肉。」

「照常吃飯就行了啦！」

茱莉亞讓雷烏斯用正確的方式餵食，露出並不排斥的表情，深深點頭。

「原來如此，還不賴。我無法用言語描述清楚，但我知道自己是高興的。」

「換妳了。用餵的就好，不要用刺的。」

「嗯，我不會犯下同樣的失誤。」

雷烏斯的新女友人選，在各方面相當難搞。

不久後的將來，瑪理娜和諾娃兒也會加入，雷烏斯今後究竟會過著什麼樣的生活？

熱鬧的早餐時間結束後，聖多魯王仍未審問完那些高官，雷烏斯便遵守昨晚的約定，跟茱莉亞一起出去練劍，我則帶著莉絲和賽妮亞來到城裡的廚房。

目前無事可做，我想親自下廚，履行跟卡蓮的約定。

我借了城裡的廚房煮咖哩，城裡的廚師被氣味吸引，紛紛聚集而來。我們互相交流料理資訊，煮好兩大鍋的咖哩。

時間將近中午，在我招待家人和要求試吃的廚師享用咖哩時，國王的使者前來通知我們審問時間結束了。

等等要在會議室宣布結果，聖多魯王想在那之前跟我談談，於是我獨自來到他指定的房間，他正在跟桑傑爾共進午餐。

「怎麼？你不吃了嗎？你不吃我就通通吃掉囉。」

「我吃飽了。我才要問你剛起床就吃那麼多，胃撐得住嗎？」

「不吃飽病哪會好。而且這道料理多少我都吃得下。」

桑傑爾臉上帶著強烈的倦色，八成是熬夜工作所致。大病初癒的聖多魯王則正好相反，不僅不見疲態，還精力十足地把麵包泡進咖哩，一口接一口。

那盤咖哩……該不會是我剛才煮的吧？

我從昨晚就沒見過這兩個人，為何他們在吃我煮的咖哩？我感到疑惑，國王發現我來了，笑著抬起手。

「喔，小哥！這個叫咖哩的東西超好吃的！多煮一點吧。」

「是可以，您怎麼知道我煮了咖哩？」

「剛才端午餐過來的廚師身上有股香氣。我問了那是什麼味道，他們說是你煮的料理，分了一些給我們。」

咖哩煮好時，我分了數人份給城裡的廚師，答謝他們借我用廚房，他們就是在吃那個嗎？

國王將咖哩吃得一乾二淨，喝光杯子裡的水，滿意地吁出一口氣。

「呼……吃飽了吃飽了！再來杯酒就更棒囉。」

「剛起床就吃那麼多，沒問題嗎？你吃了五盤耶。」

「我的胃沒那麼脆弱。」

國王沉睡了數個月，只有攝取可供維持生命的食物。本來胃應該是無法負荷的，當事人卻神色自若。

我想著等等最好用「掃描」幫他診斷，聖多魯王想起找我來的理由，變得比較嚴肅，轉頭望向我。

「抱歉，讓你特地跑一趟。有件事我想在處理我手下那群白痴前問問你。」

「如果是我能回答的問題，我會盡量回答。」

「是嗎？那我簡單地問一下，認識拉姆達的那個叫希娜的女孩，真的什麼都不知道嗎？」

這件事我今天早上跟茱莉亞說明過，理應會傳到國王耳中，不過他好像是非得親耳聽見才會滿足的類型。

那銳利的目光告訴我，一旦說錯話，即使是恩人，他也會果斷砍掉我的頭。我感到一陣緊張，直盯著他回答：

「是的，那孩子是在某座城市買來的奴隸，毫不知情，只是聽從命令行事。硬要說的話比較接近被害者。」

儘管沒有確切的證據，我並未說明希娜體內流著龍族的血。

這件事跟拉姆達他們的資訊另當別論，還很有可能被用在戰爭上，我打算隱瞞下去。

不久後，或許是我乾脆的態度奏效了，國王露出大膽的笑容捻著鬍鬚。

「哦……你似乎有所隱瞞，跟我想問的事情無關嗎？」

「我能說的只有那孩子對拉姆達一無所知。」

「那就好。我欠你人情，現在就先滿足於這個答案吧。」

我面不改色，聖多魯王卻比想像中更敏銳。

他透過直覺及本能猜到我心中的想法，卻願意放我一馬。

「謝謝您。我有個不情之請，那孩子可以交給我照顧嗎？我知道有個地方可以收留她。」

「行。」

「還有關在牢裡的那位女妖精……」

「嗯，想帶走就帶走吧。」

「老爸!?」

本以為他會拒絕，或者講些什麼，這個反應真是出乎意料。

對我來說正好，桑傑爾卻看不下去，開口制止。

「不要隨便決定！我也不想講這種話，但她們好歹是重要證人耶？」

「反正她們一個不知情，一個不說話。你想享受欺負手無縛雞之力的小孩和女人的樂趣嗎？」

「怎麼可能！我懂你想表達的意思，可是其他人會接受嗎？」

「我會讓他們接受。比起連是否問得出來都不得而知的資訊，我們現在有更該做的事。搞不清楚狀況的絆腳石，就快點消失吧。」

絕大多數任職於王城的臣子都墮落了，一國的根基被人搞垮。在跟八成會找機會進攻的拉姆達他們戰鬥前，要先處理這個問題，國王應該是想以重建國家為重。

「而且把小孩交給小孩照顧，把妖精交給妖精照顧最適合。只不過，別擅自把她們帶到外面。」

國王吩咐我若有得到其他資訊，要立刻回報，我點頭答應。

這段對話到此結束，國王雖然吃得下飯，要他走路卻還有點勉強，叫來幫他搬椅子的士兵，露出無畏的笑容。

「那麼，去教訓一下那群沒骨氣的白痴吧。」

這個人真的昏迷了半年嗎？我如此心想，和桑傑爾一起跟在國王的神轎後面。

幾位高官聽從國王的命令，從昨晚到現在都沒離開過這個房間。半天沒來的會議室，充滿獨特的緊張氛圍。

長時間的緊繃狀態，加上必須留在這裡待命，導致他們疲憊不堪，但國王一出現，他們馬上挺直背脊。

聖多魯王在桑傑爾、弗特，以及中途來跟我會合的茉莉亞的包圍下，環視屏息以待的高官們，開口說道：

「好了……我從你們口中得知一堆事，通通無聊透頂。虧你們有辦法在這麼短的時間內墮落至此。」

「「「…………」」」

「我也中計了，沒什麼資格罵人，可惜你們幹的全是不容忽略的好事。需要大掃除一下。」

聽見掃除，高官們緊張地凝視國王，國王一個個點名要處罰的人。

其中也有之前纏上卡蓮跟希娜的男人，剛被叫到名字就嚇得臉色鐵青，開始發抖。

結果……將近半數的人都被叫到，國王的眼神變得更加冰冷。

「剛才叫到的人回房待命。不准離開房間。」

「禁、禁足……嗎？」

「真的只有這樣？」

高官們鬆了口氣，從他們的反應來看，原本搞不好可能被降職，甚至砍頭。現場有資格面不改色地跟國王提議的茱莉亞，代表一部分的人發問。

「父王，不管有什麼原因，這個處分會不會太輕了？」

「詳細內容我之後再想。假如因為人數太多就隨便處罰他們，會招致反感。」

「那麼，為何選擇把他們關進房間？」

「直覺告訴我，剛才叫到的人有可能叛變，關起來是為了讓他們徹底跟外界斷絕聯繫。你們想要的話也可以睡牢房喔？至少那裡應該最安全。」

國王聲稱他是想防止內亂才暫時這麼做，其實應該是在戒備拉姆達。他考慮到了以那個人的能力，即使是在城內，也可能用意想不到的手段跟叛徒接觸。

「我等你們到拉姆達的問題解決。若你們在下次跟我見面前變得像樣一點，我會更正對你們的評價。」

「唔……」

「遵命……」

審問時八成爆發了嚴重的衝突。被點名的人全部無言以對，沒被叫到的人嚷嚷道：

「陛下，我不是在幫他們說話，可是這樣下去情況不妙。」

「一兩個人也就算了，接近半數的人不能做事，會影響國政吧？」

就算這次被叫到的人沒什麼在做事，位居高位的人一口氣變少會造成其他人的負擔，導致指揮系統出問題。

國王當然也明白，帶著從容不迫的笑容望向旁邊的弗特。

「簡單地說就是人手不足囉？弗特。」

「在！」

弗特用敬禮回應國王，緩緩打開會議室的門，往走廊吆喝。

弗特回到原本的位置時，一群人走進會議室，看起來不太對勁。他們身穿跟這些高官一樣的衣服，大多數人的頭髮和鬍鬚都未經修剪。

最令人驚訝的，是站在最前面的人物。

「「亞修雷!?」」

「嗨，哥哥，姊姊。老爸也總算醒來了。」

身為王族卻沒來參加會議的次男亞修雷。

亞修雷突如其來地登場，令他的兄姊大吃一驚，當事人依然一副吊兒郎當的態度，走到父親面前。

「我就想說怎麼沒看到你，原來跑去那個地方啦？」

「嗯，為了貫徹我的愛。只要能跟她在一起，要我捨棄王族的身分都沒問題。」

「喂喂喂。你們在說什麼？你帶來的那些人是誰？」

「咦，你不認識嗎？不久前你們還會一起工作耶。」

聽見亞修雷這句話，不只桑傑爾，其他人也想起來了，看著這群人驚愕地瞪大眼睛。

只有國王和弗特冷靜沉著，尤其是國王，他掃了這群人一眼，放聲大笑。

「噗哈哈！光頭弗特雖然超級好笑，你們也變了啊！」

「哎呀，一點都不好笑。我們也過得很辛苦耶。」

「您睡了那麼久，怎麼都沒變？現在可不是笑我們的時候。」

「沒關係啦。不管他睡多久，陛下的本性都沒變。」

他們是曾經在王城工作的高官。

看這個態度，他們應該是基於人情為國王做事的臣子，而非渴望金錢及地位。拉姆達的奸計害他們率先被趕出王城。

他們跟國王有著緊密的羈絆，宛如長年以來的戰友，早就明白自己該做些什麼，大多數都只簡單打了聲招呼就離開會議室。推測是回去原本的職位工作，以填補人力空缺。

「老、老爸，那些人不是離開聖多魯了嗎？為什麼都在……」

「父王和弗特知道他們在哪裡嗎？不對，亞修雷也知道……」

「那還用說。那些傢伙怎麼可能輕易從我的國家消失。」

「對不起，沒能告訴兩位。是陛下說要保密的。」

「畢竟他們要用來應對緊急情況。亞修雷也在，出乎我的意料，不過算了。」

茱莉亞跟桑傑爾大吃一驚，我卻知道這些人在哪裡。

在守護這個國家的城牆外面的部落，坐在路邊的那些人，散發非同小可的氣息。他們被趕出王城後，仍未失去對國王的忠誠心，潛伏在外面的部落伺機而動。幫忙藏匿他們，把他們留在這個國家的人，就是情報販子的首領兼部落的頭目——芙吉艾。

我和芙吉艾初次見面時，她說過她備有應對方案，其中一個就是這個。亞修雷應該是為了芙吉艾，才帶這些人過來助我們一臂之力。

講點題外話，謎團重重的芙吉艾的真實身分，在昨天揭曉。

「亞修雷殿下，那孩子的狀況如何？」

「嗯，她變得非常有精神。聽說她昨天遇到一位優秀的醫生，努力一下說不定就能離開房間了。」

「……這樣啊。」

如雪般白皙纖細的芙吉艾，其實是弗特的孫女。

我不知道為何會變成這種情況，不過集合家族之力保護國王和國家的精神，真的值得敬佩。

芙吉艾能走出房間後，亞修雷希望她跟自己約會，弗特帶著複雜的表情注視她，國王為了平息混亂的場面，開口說道：

「這樣人數問題就解決了。來準備跟盯上我國的蠢蛋打一架——」

「傳令！傳令！緊急求見陛下！」

場面終於穩定下來，我們正想認真準備迎戰拉姆達等人的下一刻……一名士兵衝進會議室。

明知道裡面在開會還衝進來，想必情況十分緊急。

國王安撫了一下驚慌失措的士兵，催促他報告……

「前、前線基地傳來急報！魔大陸和這塊大陸突然連接起來了，布滿地面的魔物正在接近聖多魯！」

日後，我應該會這樣想。

轉生到這個世界後經歷的最大規模戰爭，就是在此刻揭開序幕……

《開戰・初日》

「前、前線基地傳來急報！突然出現一條道路，將魔大陸和這塊大陸連接在一起，布滿地面的魔物正在接近聖多魯！」

突然闖入的士兵的報告，令會議室再度陷入一團混亂。

大群魔物接近，會緊張再正常不過，可是聖多魯一直在跟數年發生一次，會有大量魔物從魔大陸襲來，人稱「氾濫」的現象抗戰。

意即這種情況他們早習慣，也有所準備，幾位高官卻慌張得可以用反應過度來形容。

「怎麼可能!?未免太快了！」

「可是我們確實接獲報告了喔？」

「是不是誤傳？趕快向前線基地確認氾濫是否真的發生……」

說起來，氾濫是我們所在的休普涅大陸和魔大陸因為地殼變動的關係，被從海底隆起的岩礁連接在一起，棲息於魔大陸的魔物大量渡海而來的現象。

然而氾濫大致上是每十年發生一次，上次在數年前發生，照理說至少要再等五年。

氾濫卻於此時發生，難以置信的事件令他們手腳大亂。

其中還有人咄咄逼人地質問前來報告的士兵，聖多魯王咂了下嘴，對眾人吼道：

「你們幾個如果只會亂叫，不如閉上嘴巴！喂，那邊的情況如何？講詳細一點！」

「我、我沒有親眼看到魔物，是早上監視塔傳來消息……」

監視塔是蓋在離魔大陸最近的城牆上的高塔。

如名所示，是用來監視魔大陸的塔，一有異狀，情報就會透過前線基地回報給聖多魯。

「昨晚，魔大陸的方向開始傳來巨響，陸地從海底浮現，連接這塊大陸與魔大陸。跟氾濫一樣。」

「世上偶爾會發生不可能的事。如果跟氾濫一樣，不要著急，按照以往的方式應對即可。那邊的人應該也知道該如何處理。」

「根、根據報告，從魔大陸出現的魔物明顯不正常。不只歐克和食人魔，連哥布林那種魔物都帶著劍或長槍，還跟人類一樣，行動有一致性……」

「什麼!?」

即使是智商低下的哥布林，也懂得撿長度適中的樹枝或人類丟掉的武器來用。

不過人類不會踏進的魔大陸上不可能有武器掉落，報告內容卻顯示幾乎所有的人型魔物都拿著手製武器。不僅如此，只懂得遵循本能突擊的魔物，好像懂得持盾布陣了。

齊全的裝備和統一的動作，明顯是異常狀況。

「不只布滿地面的魔物，還有大量會飛的魔物及中型龍族，第一城牆已經……」

「應該……淪陷了吧。照這情況來看，第二城牆八成撐不久，前線基地搞不好也有危險。」

想從魔大陸攻進聖多魯，必須攻破四道城牆。

離魔大陸最近，設有監視塔的城牆叫第一城牆，接著是中規模戰力常駐的第二城牆。然後是配置最多戰力的前線基地，最後是守護聖多魯城及城市的最終城牆。

氾濫發生時，會由第一城牆掌握魔物大軍的規模，跟魔物保持一定的距離，退到第二城牆，守在那裡殲滅魔物。

也就是說，通常魔物大軍在第二城牆或前線基地即可殲滅，這次的規模卻大到連前線基地都很有可能淪陷。聖多魯王迅速做出判斷。

「您想會不會太多了?我不認為前線基地會那麼容易就淪陷。」

「嗯，就算魔物持有武器，也不可能攻破那道防壁。」

「少天真了！氾濫突然發生就已經是異常現象，應該要考慮到最壞的情況。若魔物在早上發動攻勢，第二城牆說不定已經淪陷，在前線基地開戰。」

聖多魯到前線基地之間，只有一塊地勢沒有起伏的廣大平原，可是再怎麼策馬狂奔，也要半天才趕得到。

儘管這名傳令兵在中途的駐地換馬，以最快的速度趕回來，仍舊過了半天以上，那裡應該正在激戰。

現在必須盡速制定驅逐魔物的對策，支援前線基地，不是重建國家的時候，我們卻更擔心一件事。

「等一下，老爸。各國的國王都在前線基地喔？」

「還有雷烏斯的摯友及戀人。最好趕快派馬叫他們回來。」

「不用急，他們不是預計今天回來嗎？八成早就遠離那裡了，除非是腦子有洞的笨蛋。」

不管怎麼樣，傳令兵都會經過前線基地，那邊的人不會不知道，以這個時間來看，各國的重要人物照理說要開始移動了。

我發動廣範圍的「探查」，在附近偵測到有點懷念的反應……不對，是剛好回到王城。

我們叫被勒令關禁閉的高官離開，正準備跟聽說消息、回到會議室的重要人物一起開會時，會議室的門打了開來，各國國王從門後出現。

「由於事關緊要，打擾各位開會了。」

「唔？哦，你終於醒來啦。」

「是啊，給各位添麻煩了。聽我的部下說明狀況了嗎？」

「嗯，詳情我是回到城內才知道，傳令兵似乎是在我們離開前線基地後抵達的。」

「他快馬加鞭地從旁邊經過時，我還在納悶，沒想到竟會發生這種事。」

「那就好說了。老實講，現在情勢急迫。可以的話希望諸位伸出援手，但我不會強人所難。建議你們馬上離開我國。」

各國國王都帶著許多自己國家的士兵前來，不過那些士兵僅僅是護衛，只擁有最基本的戰鬥能力。而且別國的問題應該很難幫上忙。

聖多魯王深知這一點，原本就不抱期望，各國國王也迅速判斷幫不了忙，跟臣子與其他國王討論後，決定離開這裡。

現在已經不是舉辦國際會議的時候，聖多魯王請各國國王隨意行動，向幾位重要人物和士兵下達指示。

各國國王離開後，我跟聖多魯王打了聲招呼，走出會議室，跟同伴討論行事方針。

莉絲的父親——卡帝亞斯帶著家臣，在會議室外等我出來。

「好久不見，天狼星。過得好嗎？」

「是的，看到您這麼有精神，真是萬幸。」

由於這裡是公共場所，卡帝亞斯以國王的態度與我交談，眼中卻洋溢親愛之情。

「我有很多問題想問你，在這邊不方便促膝長談。可否帶我去見莉菲爾跟你的同伴？」

「莉菲爾殿下和我的同伴在一起，我帶您回房。」

「有勞了。還有……那個，那孩子呢？」

「跟莉菲爾殿下在一起。她很期待見到您。」

「嗯！」

他語氣沉穩，眼神卻在叫我快點讓他跟莉絲見面，我便帶著卡帝亞斯回到房間。

「歡迎回來，天狼星少爺。」

「哎呀，爸爸。你終於回來啦。」

「怎麼這樣跟父親說話。那孩子在哪……」

「好好好，我知道。莉絲，過來。」

「怎麼了？啊!?」

「喔、喔喔喔……」

在隔壁的房間跟卡蓮和希娜聊天的莉絲一出現，卡帝亞斯威嚴十足的表情就瞬間崩壞。

他露出只能用傻爸爸形容的陶醉笑容，想要擁抱莉絲，意識到在身後待命的家臣，清了下嗓子停止動作。

「咳……抱歉，你們去外面等一下。我在這個房間不會有危險。」

「「遵命！」」

幾位家臣似乎認識我們，沒有多說什麼，走出房間。

確認他們離開後，卡帝亞斯想著這次終於可以擁抱莉絲……卻發現還有不認識的人，再度停止動作。

「呵呵，沒關係的，爸爸，菲亞小姐和卡蓮都知道。」

「是、是嗎？莉絲啊，我好想妳！」

卡帝亞斯終於露出本性，百感交集地抱緊莉絲。

很久沒看到他態度驟變的樣子，莉絲既傻眼又高興，回抱父親。

「喔喔……我的天使！長得這麼可愛！」

「有嗎？姊姊也這樣說，但我沒什麼感覺。」

「不！我看得出來。妳越來越像蘿拉，逐漸成長為美麗的女性！」

如我所料，累積一年的對女兒的愛爆發了。

莉絲讓父親為所欲為了一段時間，由於卡帝亞斯一直不放開她，她便靈活地乘隙溜走。

「唔!?為何要逃走！」

「這樣不好講話吧？我有想介紹給你的人，今天先到此為止。」

「…………說得也是。」

卡帝亞斯故作鎮定，被女兒拒絕卻讓他真心感到沮喪。

換成是我，也會嘗到絕望的滋味……不對，他是特例。上輩子我當成女兒養大的小孩，曾經因為青春期特有的反抗心理而推開我，我沒有難過成這樣。

我也想讓這對父女繼續沉浸在重逢的喜悅中，可惜現在有要事要討論，得請他們忍耐一下。

簡短介紹完菲亞和卡蓮後，我們向眾人說明有一大群魔物從魔大陸逼近，分享情報。

「難怪城裡那麼吵，想不到發生了這種事。」

「國際會議（Legendia）也停辦了對不對？爸爸打算怎麼做？」

「我預計跟其他國王一樣，收拾好行囊就離開聖多魯。這麼做很像見死不救，我也於心不忍，不過就算我們加入戰線，幫助也不大。」

再怎麼愧疚，一國之君也不能貿然讓臣子冒險。我們可以體諒卡帝亞斯的難處，所以連莉絲都沒有反對他的決定。

雷烏斯面色凝重，在對話中斷時詢問卡帝亞斯：

「那個……你認識艾爾貝里歐和瑪理娜嗎？是一對狐尾(Fox Tail)族兄妹。」

「嗯，莉絲寫的信上有提到他們。我們聊過幾句，是對心地善良的兄妹。」

「這樣啊。他們在哪裡？有跟你一起回來嗎？」

雷烏斯一直坐立不安，八成是因為感覺不到兄妹倆的氣息和氣味。

我的「探查」也無法在城裡偵測到他們，看卡帝亞斯一副難以啟齒的樣子……

「很遺憾，那兩個人留在前線基地。為了跟誓言要擋下魔物的獸王共同奮戰。」

「啥!?為、為什麼？」

聽說艾爾貝里歐兄妹經常跟獸王聊天，或許是因為有我們這幾位共同好友的關係。

聊著聊著，不只獸王，艾爾貝里歐跟獸王之子奇斯也成了好朋友，他無法對朋友見死不救，決心與獸王他們一同留下。不可能拋下哥哥的瑪理娜當然也在一起。

「我也阻止過，他們卻表示不能違背自己的本心，被那麼正直的眼神注視，我一句話都說不出來。」

「該死，艾爾那傢伙。幹麼主動跳進火坑啊。」

「可以理解你想要抱怨，不過他們應該也不想被你罵。」

「而且，他的妻子跟即將出生的小孩好像在故鄉等他回去。我認為我離開戰場的時機是對的，可是將前程似錦的年輕人留在戰場，怪不舒服的。」

我現在才知道艾爾貝里歐夫婦的小孩快出生了。有機會見面的話，得祝賀他一聲。

話說回來……艾爾貝里歐的故鄉差點遭到大群魔物襲擊的時候也好，結婚前要上戰場的時候也罷，我的徒弟怎麼老愛立這種不祥的旗幟？或許他就是出生在那種星球的男人。

接著浮現腦海的疑問，是身為別國國王的獸王為何留在前線基地？

恐怕是因為獸王的國家亞比特雷，跟聖多魯位在同一塊大陸上。

聖多魯滅國的話，下一個被盯上的很可能是他的國家，因此他想親眼確認敵方的規模。

得知朋友的動向後，我們該如何行動呢……方針早已定案。

「大哥……」

「我知道，別露出那種表情。既然他們在那邊，就由我們跑一趟吧。順便幫他們一把。」

雖說是為了讓雷烏斯成長，我曾經說過要對艾爾貝里歐見死不救。雷烏斯聞言咧嘴一笑，用拳頭敲了下掌心。

然而，我們的目的地是有大群魔物逼近的前線基地。

只有雷烏斯幹勁十足，其他人都有點不安。尤其是莉菲爾公主和卡帝亞斯，板著臉深深嘆息。

「就知道你們會這麼做，認真的嗎？」

「我不是在懷疑你們的實力，不過沒必要特地跑到那麼危險的地方。」

「陛下說得有理。可是除了艾爾貝里歐，還有一件事令我在意。」

聖多魯王他們在專心思考對策，所以我打算從另一個方向審視這起事件。

「聖多魯王應該也有發現，這次的氾濫不像自然發生的。」

也可能是每十年發生一次的法則崩壞了，可是這個世界存在能任意讓地面隆起的方法——魔法。

例如「土工」可以讓土變成施法者想像的形狀，還能讓地形變化，挖掘洞穴或建造高臺。意即只要有相應的魔力，確實有辦法創造連接兩塊大陸的道路。

想讓巨大的陸塊變化，需要大量的魔力，但只要毫不吝惜地使用耗費數年收集的魔石，並非不可能。

若有辦法以人為手段讓氾濫發生，最可疑的人是……

「這次的氾濫，極有可能是昨晚逃跑的拉姆達引發的。當事人也說過類似的話。」

『我的計畫進入了最終階段。只要完成最後一步，其他事無關緊要。』

拉姆達昨晚講過這句話，他說的最終階段，或許就是刻意引發「氾濫」。

不對，不只是刻意引發，他明顯動了手腳。如報告所說，每隻魔物都持有武器，還跟人類一樣動作統一。

我曾經跟好幾個會操縱魔物的敵人戰鬥過，可以視為拉姆達也擁有類似的手段。

「拉姆達的目的是聖多魯，身為外人的你為何要幫忙到這個地步？你這麼氣菲亞被盯上嗎？」

「有點私事，不過那也占了一部分的原因。」

師父說她覺得拉姆達和她有相似之處。

再加上他能操縱植物，擁有異於常人的能力，跟師父留下的東西有關也不奇怪。

「我旅行是為了增廣見聞，可是大約在一年前，多出了另一個目的。就是尋找師父留在各地的魔導具。」

話雖如此，我基本上是順路才會去做，不會積極尋找。畢竟師父本人也叫我順便處理即可。

然而，師父留下的東西跟足以撼動全國——不，是全世界的事件有關，身為弟子不能坐視不管。

雖然師父傲慢、殘忍、順從本能，給其他人添了一堆麻煩，她可是把面臨生命危機的我撿回去養大的恩人。

因此師父留下的東西如果被人拿去為非作歹，我想將其破壞，稍微為師父洗刷汙名。

「雖然有可能跟師父無關，既然牽扯到了這個地步，不見證結局我不服氣。」

「唉……拿這些孩子沒辦法。」

「那麼其他人……莉絲打算怎麼做？」

面對父親和姊姊百感交集的目光，莉絲略顯愧疚，卻直截了當地回答：

「我當然也要去！」

「這會是一場激戰，豈止傷患，還會看到死者喔？我個人是希望妳留在城裡等。」

「那不是更需要我了嗎？應該有很多人受傷，會用到我的力量。」

「……別勉強自己喔。」

莉絲理應明白聚集成群的魔物有多可怕，卻毫不畏懼。

她確信有自己能做到的事，點了下頭。既然她如此決定，我也不打算阻止。

之後，莉菲爾公主他們出於擔心，圍在莉絲身邊，我則坐到附近的椅子上面向菲亞。

「菲亞，抱歉……」

「嗯，我懂。我留在這裡。」

「妳不介意嗎？」

雖說菲亞懷孕了，目前只是懷孕初期，輕度運動或戰鬥，照理說不成問題。不過凡事總有萬一，再加上其他原因，我希望菲亞留在城裡，她體諒我的心情，主動說要留下。

「卡蓮跟希娜要留下對吧？所以我也跟這兩個孩子一起等你們回來。就像等丈夫回家的妻子。」

「……謝謝。其實我希望妳去更安全的地方，而不是這個混亂的國家等我。」

「我不知道有比你身邊更安全的地方，而且我不是只會靠人保護的女人。別顧慮我，去做你想做的事吧。你回來的時候，我會用擁抱迎接你。」

等等要去的地方對小孩而言太刺激，因此我打算把卡蓮和希娜留在這，菲亞自願保護她們，我真的很感激。

她展現年長者的風範，笑著為我送行，我抱住她表達謝意。

然後，我站到一直在觀察卡帝亞斯的卡蓮面前，單膝跪地與她視線齊平，簡單說明現在的狀況。

「嗯……卡蓮要看家嗎？」

「我們要去的地方太危險了。希望妳跟菲亞一起留下。」

「……知道了。卡蓮會跟小娜一起等。」

卡蓮感受到我的心情，乖乖點頭，這次應該是因為她擔心希娜，不想離開她吧。突然好想稱讚她，於是我盡情撫摸了卡蓮的頭。

這樣要去前線基地的成員就決定了。

「那邊搞不好已經開戰，馬上著手準備吧。」

「等一下。我不會阻止你，可是聖多魯王會同意嗎？」

「國王欠我人情，大概沒問題。我去徵求他的允許，順便請他照顧妳們。」

向大家下達簡單的指示後，我再度前往聖多魯王所在的會議室。

會議室的氣氛仍舊亂成一團，聖多魯王忙著到處下令，卻馬上抽空聽我說話。

「這樣啊，若你想去那裡，我完全不介意。小哥你真的很愛管閒事耶。」

「有很多原因。視情況可能會立刻回來。」

「你們撤退的瞬間，就能確定戰況有多不樂觀了。總之有人願意幫忙，我再感激不過。麻煩各位鼎力相助。」

「那麼我們一準備好就出發。還有另一件事，想麻煩您照顧內人和孩子們。」

我接著說明菲亞跟卡蓮她們會留在王城，聖多魯王靈機一動，點了下頭。

「那裡確實不是小孩該去的地方。好，幾位小姐包在我身上。這傢伙會好好照顧她們。」

「啥!?你還有其他部下吧。為什麼是我……」

「在這個狀況下，其他人哪可能抽得出時間。你現在應該有空，如果你無論如何都不想幫忙，就去拜託值得信賴的人。」

「……已經不在了。」

桑傑爾看似稍微正常了些，不過被視為搭檔的人背叛，心裡還是有疙瘩的樣子。

他固然令人擔心，我更不能理解他的父親在想什麼。

因為桑傑爾可能會恨我。

從結果來看，我揭發了敵人的身實身分，救了被騙到現在的桑傑爾，然而人生也會有不知道真相比較好的時候。要是沒有我，他就不會失去搭檔。

桑傑爾最好不要跟我們扯上關係，若他不敢反抗父親，是否該代替他拒絕？在我思考時，國王拍著兒子的背告訴他：

「若你沒人可以拜託，就自己照顧他。而且就算你不認識小哥的同伴，叫做希娜的小妹妹總認識吧？」

「只見過幾次面，而且幾乎沒說過話。」

「總比陌生人好。這邊暫時由我獨自指揮就行，你去想辦法搞定那張臭臉和負面思考。」

語畢，國王便把桑傑爾趕出會議室，我簡短把該說的話傳達給聖多魯王，離開房間。

桑傑爾站在走廊上，悔恨地雙手握拳，發現我走出來，嘆著氣回過頭。

「老爸雖然那樣說，你真的打算把她們交給我照顧嗎？交給這種一直被騙的白痴。」

「我想問，您不恨我們嗎？」

「……不恨。沒有你們的話，我說不定會繼續幫那群人破壞老爸的國家。」

看來是我杞人憂天。

他在沮喪的同時認清現實，明白找別人洩恨是徒勞無功。

聖多魯王對兒子的個性瞭若指掌，他應該是想以此為藉口，讓桑傑爾的精神穩定一點，才暫時把他調離現場。

「那我也不會介意。內人和孩子們就麻煩您了。」

「真是個怪人。啊啊……可惡，知道了啦。我會在能力範圍內顧好她們，趕快把事情辦完回來吧。」

「那是一定。對了，方便請教您一個問題嗎？」

「怎麼？還有其他問題？」

「我能理解您的心情會很複雜，可是您不需要想那麼多。」

「……什麼意思？」

不太想聊的話題令桑傑爾面露不悅，我直盯著他，接著說道：

「不管那個男人想搞什麼鬼，您該做的事都不會改變。」

「我……該做的事？」

「跟您當時說的一樣，揍他一頓。無論他有什麼苦衷，他都利用了與過去那件事無關的您。不如說不揍他一頓，您應該無法消氣吧？」

「…………是啊，你說得沒錯。我非得揍那傢伙一頓才服氣。」

再過一段時間，他應該會自己振作起來，可是既然要把菲亞和孩子們交給他照顧，我想給他一些建議。

我向他說明這次的氾濫極可能和拉姆達有關，好為迷惘的桑傑爾指明一條道路。

「就算這場騷動與他無關，拉姆達一定會出現在您面前。不管您是想揍他還是想跟他談談，都得先破解對方的陰謀。我建議您先不要胡思亂想，專注在一件事上比較好。」

「除了揍他一頓，我不能去想其他事嗎？」

「我是不能。但目前能想出最佳對策的，是令尊和他的臣子。這個問題不是您一個人就有辦法解決的。」

有時明白自己的極限位於何處，承認弱小也是必須的。這是我講過好幾次的個人意見。

這樣講固然傷人，我卻明白地向他指出這一點，桑傑爾似乎也有頭緒，默默聽我說明。

「令尊直接宣布您就是下任國王。可是在這種滿腦子雜念與後悔的狀態下，有辦法學好要怎麼當一位國王嗎？因此他才叫您暫時去照顧小孩，想讓您恢復鎮定。」

「嘖……我連這點道理都不懂嗎？」

「國王有時會需要比任何人都更早冷靜下來。所以，您要不要先去跟我家的卡蓮聊聊天，讓她治癒一下？那孩子有點特別，不過相處久了就會發現她很可愛喔。」

「哈，你搞什麼啊？明明比我年輕，怎麼講這種笨爸爸會說的話。」

我們認識的時間雖然不長，把家人交給看著那位國王的背影長大的桑傑爾，總比交給陌生人可靠。

儘管他尚未真的打起精神，桑傑爾終於放鬆肩膀，展露笑容。我和他聊起了菲亞和卡蓮。

我和桑傑爾回到房間，跟待在那裡等我們的菲亞和兩個孩子說明剛才做出的決定。

「哦，真沒想到來的會是王子——不對，是下任國王。」

「別這樣，現在叫我國王太早了點。總之我會盡量待在妳們旁邊，有什麼需求大可直說。我會盡全力保護妳們。」

桑傑爾轉身走向兩位孩子，我把手放到菲亞肩上，再次告訴她：

「那我走了。孩子們麻煩妳了。」

「路上小心。卡蓮也來送他出門吧。」

「嗯，老師加油！」

「……嗯。」

卡蓮聽菲亞的話揮手為我送行。仔細一看，雖然動作很小，希娜也在對我揮手，好溫馨的畫面。我非得平安歸來才行。

我有點依依不捨，走出房間，回去找已經做好準備，在馬車旁邊待命的同伴。姊弟倆和莉絲在馬車前等我，北斗也在……不過人數明顯變多了。

「久候多時，天狼星先生！不對，該叫你大哥吧？」

「大哥……」

雷烏斯不知為何一臉為難，旁邊是將金色長髮綁在腦後，穿著便於行動的鎧甲的茱莉亞。儘管不及雷烏斯，背著一把大劍的模樣威風凜凜又美麗，儼然是一名女戰神。

我立刻猜到茱莉亞為何穿成這樣出現在這裡，但還是姑且問了一下理由。

「當然是因為我也要去前線基地救援。我本來想率領私兵過去，想到雷烏斯跟我說過你們的馬車比較快。是否能多載我一個？」

「……令尊同意了嗎？」

「父王叫我能利用的資源就拿去用，至少要撐兩天。」

「這樣啊……」

什麼樣的父親教出什麼樣的女兒。他們實在太隨便了，我頭好痛。

聖多魯正在重新調整整個管理體系，難以湊齊戰力派到前線基地。

於是比起內政更擅長戰鬥的茱莉亞，決定率領能立刻動身的上百名士兵前往前線基地救援。

茱莉亞貴為一國的王女，同時也是聖多魯的最強之一，她站上前線，全軍的士氣也會提升，我認為派她到前線是對的。

因此我完全不介意用我們的馬車載她過去，但還有另一個問題。

我先答應讓茱莉亞同行，探頭窺視馬車內部……

「哎呀，看來她順利徵得允許了。我們也隨時可以出發。」

「……您怎麼在這裡？」

沒錯……最大的問題是坐在莉絲旁邊的莉菲爾公主。

她的隨從賽妮亞跟梅爾特當然也在，該吐槽的是莉菲爾公主穿著不像要來送行的輕便服裝。

我一眼看出原因，用眼神詢問，可惜她好像是認真的。

「當然是因為我們也要去呀。」

「姊姊，還是不要吧……」

「放心，我們不是要去戰鬥，而是身為艾琉席恩的下任繼承人，我必須要去。」

莉菲爾公主和茱莉亞不同，不擅長戰鬥，卻是憑藉天生的直覺和豐富知識帶領家臣的王女。

意即她是待在陣地下達指示的那一方，不會站上最前線，沒那個必要特地接近戰場，莉菲爾公主卻果斷回答。

「就算有那方面的知識，我尚未親身經歷過大戰，所以我想感受一次戰場的氣氛。」

「要是妳發生了什麼意外怎麼辦？」

「艾琉席恩未必不會在某一天被戰火波及，就像現在這樣。我不想成為畏懼戰爭的女王。」

累積經驗應該確實是她的主要目的，但我總覺得還有其他原因。

卡帝亞斯似乎也同意了，她都說到這個地步，我沒道理拒絕。而且假設我拋下她離開，她可能會自己跟來，帶著她說不定還比較好。

「我們打算待在莉絲身邊。不會妨礙大家的，可以帶我們一起去嗎？」

「……我明白了。馬車會晃得很厲害，請小心不要撞到。」

多虧我參考上輩子的知識製作的懸吊系統，馬車沒有晃得那麼厲害，可是北斗一旦全速奔馳，效果就不大了。

為求保險起見，我著手檢查馬車，以免車輪在途中鬆掉，身後傳來宏亮的粗野聲音。

「「「茱莉亞殿下啊啊——！」」」

聲音的主人是裝備各種鎧甲的士兵，總共有一百人左右。他們以令地面為之震動的氣勢往這邊跑來。

異常有壓迫感的團隊列隊排在不停向雷烏斯示好的茱莉亞面前，同時下跪低頭。

「非常抱歉，我們準備好了，但還有人需要一些時間，請您稍待片刻！」

「「「請您稍待片刻！」」」

聽說茱莉亞手下有願意拚上性命追隨她的親衛隊，就是這群人。

我看著聲音整齊一致的親衛隊，目瞪口呆。茱莉亞一臉嚴肅，對疑似代表的中年士兵怒吼。

「比我還慢成何體統！等等你們全都要接受懲罰，集體負責，給我做好覺悟！」

「「「是！」」」

明明在挨罵，親衛隊的表情及回應卻洋溢喜悅之情，是我的錯覺嗎？這些人……好適合綁上寫著「茱莉亞命」的頭巾。

親衛隊因為被茱莉亞訓話而兩眼發光，臉上的笑容卻因為下一句話瞬間消失。

「還有，計畫有變。我要坐他們的馬車過去，你們等所有人都準備好後，移動至前線基地。」

「「「⁉」」」

「茱、茱莉亞殿下！我認為騎馬會比馬車快得多！」

「話雖如此，到哪找比這位北斗先生更快的馬？」

親衛隊成員略顯不服，不過一看到坐在地上等候命令，英姿煥發的百狼，他們通通無法反駁。

「……遵命。我們也會馬上出發。」

「拜託了。對了雷烏斯，你要坐哪裡？我坐你旁邊。」

「喔喔……茱莉亞殿下露出了天真爛漫的笑容……」

「她從未對我們露出那種笑容……嗚！」

茱莉亞的表情從威風凜凜變成溫柔的微笑，親衛隊見狀，一副發自內心感到不甘的模樣。也對，主人被突然冒出來的男性搶走，不可能笑得出來。

充滿恨意的視線集中在雷烏斯身上，這時我剛好檢查完馬車，催促其他人上車。

「收到，你們一路上要注意體力。很可能在抵達的同時就會開戰。」

「「是！」」

茱莉亞吩咐親衛隊，確認她和姊弟倆都上車後，我坐到駕駛座上，正想命令北斗出發……

「好，走吧！讓我見識一下百狼的速度！」

「……嗷。」

「唔，怎麼了？還不到時候嗎？」

茱莉亞卻比我更早發號施令，或許是因為她平常是指揮人的那一方。然而北斗不可能聽話，站在原地一動也不動，茱莉亞納悶地歪過頭。

「茱莉亞殿下，北斗先生只會聽從主人天狼星少爺的命令。在這個隊伍中，隊長是天狼星少爺。」

「喔，的確。我從現在開始是各位的弟媳，又是隊裡的新人，得自重一點。」

「大哥，我有點怕見到瑪理娜，為什麼啊？」

身為將來的大姑，艾米莉亞開始調教——指導她隊伍裡的上下關係，雷烏斯則因為要向瑪理娜報告茱莉亞的事，開始感到不安。再加上有兩位王女同行，現在的狀況實在很混亂，一點都不像要去有大群魔物逼近的地方。

總之得想辦法管好大家。我繃緊神經，重新對北斗下令。

「久等了。北斗，出發！」

「嗷！」

北斗叫了聲做為回應，馬車掀起一片沙塵，立刻疾馳而去。

以這個速度，半天的路程數小時即可抵達，可是馬車晃得比想像中還厲害。我和弟子們早已習慣，平衡感也受過訓練，沒什麼問題，不過對於從未體驗過的兩位王女而言，或許會有點難受。

「太厲害了！百狼拖著一輛馬車，還能跑這麼快嗎！越來越想騎在北斗先生背上！」

「雖然講這種話有點不合時宜，感覺像在跟莉絲一起旅行，我開始期待了。」

「公主殿下，我能理解您會興奮，不過請小心不要撞到。」

「那你再靠近一點怎麼樣？保護我是你的職責吧。」

不……她們比想像中更無所謂。

緊急時刻艾米莉亞和莉絲可以用魔法輔助，雷烏斯也會注意不讓茱莉亞受傷。這部分應該可以交給大家，於是我留意著馬車的狀態及速度，凝視前方。

——艾爾貝里歐——

「奇斯，差不多該撤退了。再遠離正門會有危險。」

「說得也是。受傷的人給我快點回來！我們沒空理絆腳石！」

那一天……世界第一大國聖多魯國建立的巨大前線基地，遭到大群魔物襲擊。

而且來襲的不只是普通的魔物。

占了絕大多數的人型魔物全都帶著劍或長槍之類的武器，還跟我們一樣列隊或布陣，發動攻勢。

明顯異常的狀況，導致習慣「氾濫」這個現象的前線基地的指揮官與士兵驚慌失措，尚未準備好迎擊魔物，就這樣任由他們接近，攀附在城牆上。

多虧人稱鐵壁的前線基地的戰力及裝備，再加上王族中唯一留在這裡的獸王陛下精確的指揮，前線基地並未淪陷，避免了最壞的情況發生。

魔物再團結一致，都不可能破壞連上級魔法都能輕易抵擋的穩固城牆，以及必須靠好幾個人一起推動轉盤才能開關的堅固城門。

因此我們打算用魔法或弓箭減少聚集在城牆外的魔物，等聖多魯的援軍和物資送到，再轉守為攻，魔物的數量卻出乎意料。

不僅如此，會飛的魔物也很多，我們被迫迎擊，分散了針對地面的攻擊。

但我們還是善用地利之便，設法擊退從空中來襲的魔物，以及把爪子勾在牆上，強行爬過城牆的魔物。過沒多久，出現一群難纏的敵人。

「嘖！下一波這麼快就來了。跟老爸預料的一樣。」

「看來我們還不能撤退。」

除了遵循本能敲打正門的魔物，又出現一群持有巨大破城槌的歐克。前線基地至今以來抵禦過好幾次魔物的侵襲，倒是第一次遇到破城槌。

儘管只是用繩子把圓木捆起來做成的簡單槌子，獸王陛下依然判斷不能坐視不管，立刻組成菁英部隊，命令他們下到地面直接破壞槌子。

人人都明白這樣很胡來，無奈指揮官沒有先見之明，害有能力打倒歐克的會用魔法的人，大多已經耗盡魔力。部隊也只剩下獸王陛下的私兵，因此這個計畫並未受到其他人的反對，付諸實行。

我也加入了那個部隊，成功打倒群聚在正門及持有破城槌的歐克，後面卻又出現一批持有破城槌的歐克。

「艾爾貝里歐，你回去吧。你跟這個國家又沒有關係，別讓妹妹和老婆操心。」

「你不也有妹妹嗎？我還能繼續戰鬥，更重要的是，因為這點小事就撤退，會被我的師父和伙伴笑。」

跟連退路都沒有的那場戰鬥比起來，現在的處境好太多了。

話雖如此，真的很對不起懷著我的孩子卻沒有半句怨言，送我離開的妻子——帕梅菈。畢竟是我主動跳進這個火坑。

可是，我不想淪為會對朋友見死不救的父親，萬一我什麼都沒做，就這樣跟他道別，想必會後悔一輩子。我握緊劍柄，想著一定要活下來，調整呼吸，確認周圍的狀況。

就我看來不足以致命。物資也儲量充足，聽說至少可以再撐幾天。

然而，開戰後已經過了將近半天，太陽快下山了，我想在天黑前把持有破城槌的魔物收拾乾淨。

我們命令傷患撤退，手持斧槍的奇斯站到最前面時，從城牆上方支援我們的妹妹——瑪理娜的聲音傳入耳中。

『哥哥！奇斯殿下！獸王陛下下令回到上面！』

「什麼!?要是我們擋不住這波攻勢怎麼辦！」

聽見妹妹用風魔法傳達的命令，奇斯大聲怒吼。我意識到這個命令的用意，走向奇斯安撫他。

「恐怕是考慮到我們的體力。獸王陛下判斷戰鬥時間會拖得很長。」

「不過，還有大隻的魔物沒處理掉。」

「放心，他已經派人代替我們了。」

轉頭一看，新的一批獸人用繩子從城牆跳下來，奇斯心不甘情不願地退至後方，我也打算跟上……

「瑪理娜，小心上面！」

就在這時，一隻巨大飛龍逼近瑪理娜正在迎敵的位置。

數不清的魔法與箭矢射向那隻飛龍，卻沒能在牠接近前殺死生命力堅強的龍種。

「可惡……你的敵人在這裡！」

瑪理娜反射性使用製造幻影的能力，創造自己的分身，轉移飛龍的注意力。飛龍被多達二十隻的分身騙過，從瑪理娜頭上飛過去，飛行時產生的劇烈風壓卻將她從城牆上吹了出去。

「瑪理娜!?唔！」

那個位置……還來得及！

我全速狂奔，試圖接住她，無奈不幸的事情接連發生，一隻小型飛龍迅速撲向垂直墜落的瑪理娜。

我正想把劍扔出去，看見一道人影，停下手來。

「…………喝啊啊啊啊啊啊啊——！」

銀光伴隨令人懷念的咆哮從天而降，將逼近瑪理娜的飛龍一刀兩斷。

他直接踢擊空氣，轉換方向，溫柔抱住半空中的瑪理娜，降落在我和奇斯面前。

「呼……瑪理娜，妳沒受傷吧？」

角。

「啊……嗯……」

真是的……幫助我的時候也好，現在也罷，你果然是我們兄妹倆的英雄。

看著將妹妹攔腰抱在懷裡的雷烏斯，明明戰況如此危急，我卻自然而然揚起嘴角。

——雷烏斯——

我們的目的地前線基地，騎再快的馬都得耗費半天才趕得到，不過拜北斗先生所賜，最後只花了一半的時間。

但我們下午才從聖多魯出發，抵達時太陽都快下山了。

茱莉亞說魔物從早上開始進攻，前線基地或許尚未遭到攻擊，可是血腥味越來越重，看來如大哥所說，前線基地已經開戰了。

「大哥！」

「嗯，不像剛開打的樣子……立刻參戰吧。」

移動過程中，大哥向茱莉亞詢問前線基地的構造、那裡儲備的武器及物資等各種資訊。

有別於平地，要在規模這麼大的基地戰鬥，有時會沒辦法聚在同一個地方，因此他先說明了等一下該如何行動。

「我們雖然不習慣在這種場所戰鬥，防衛戰的基礎我都教過了。我也會簡單下達指示，基本上請大家配合戰況，臨機應變。」

「「是！」」

「大哥，我該怎麼做？不用客氣，儘管對我下令。」

「這裡是您的國家，我認為您按照平常的方式行動即可。還有，可以不要叫我大哥嗎？」

「兩件事都瞭解了。那麼我就等正式跟雷烏斯結婚後，再這麼稱呼你。」

唔唔……為什麼？我喜歡瑪理娜，想要見她，為什麼會這麼害怕跟她見面？

我搖頭驅散莫名其妙的想法，看見比王城的城牆更加巨大的牆壁——前線基地，北斗先生逐漸放慢速度。

「差不多要到了。各位，按照計畫行事。」

「包在我身上！」

「喔！」

「我會努力！」

大哥、我和茱莉亞在馬車減速的同時跳下車，衝向前線基地。姊姊她們會把馬車停在安全的地方，所以我們可以無後顧之憂。

看到我們突然出現，士兵們提高戒心，不過他們馬上發現茱莉亞也在場，紛紛歡呼。看這情況，用不著說什麼，茱莉亞抵達前線基地的消息就會自動傳開。

茱莉亞進入基地內部，尋找前線基地的指揮官，大哥則去尋找獸王陛下。我正想跟上大哥時，發現一件事，停下腳步。

大量的魔物及鮮血，把周圍的氣味弄得一團亂。但我確定瑪理娜和艾爾在這裡。以艾爾的個性，八成在前線奮戰，移動到高處說不定可以立刻找到他。我也知道不該浪費魔力，可是我一直有種不祥的預感，跳起來使用「空中踏臺」，飛到能夠俯瞰基地的高度。

「哇……上面和下面都一堆魔物。」

尤其是空中的魔物，或許是我這輩子看過最多的數量。

擁有利嘴及利爪的大鳥、形似長翅膀的哥布林的魔物，乍看之下，最多的是小型飛龍。飛行魔物不斷進攻，在城牆上戰鬥的士兵努力用魔法和箭矢趕走牠們。

我環視城牆上方，尋找那兩個人，在遠方看到使用魔法跟士兵共同奮鬥的瑪理娜……

「!?糟糕！」

該死，有隻特別大的飛龍往她那邊飛過去了。

本來想扔出大劍幫助她，空中卻冒出無數瑪理娜的幻影，飛龍瞄準其中一個幻影，從她頭上飛過去。好厲害，幻影的數量明顯比之前看到的多。

我不在的時候，她也很努力呢。在我心生佩服之時，瑪理娜不知為何飛了出去，往城牆底下——聚集大量魔物的地方墜落，我立刻用「空中踏臺」在空中飛奔而出，加速墜落。

「少擋路！喝啊啊啊啊啊啊——！」

我在途中斬殺其他的飛龍，再度用「空中踏臺」改變墜落的方向，成功接住瑪理娜，將她抱在懷裡。

我感受著從手臂傳來的溫度與懷念的味道，降落於地面上，對抬頭看著我的瑪理娜微微一笑。

「呼……瑪理娜，妳沒受傷吧？」

「啊……嗯……」

不久前我還有點害怕見到她，一看到瑪理娜的臉，就覺得無所謂了。我深深感受到，我果然喜歡瑪理娜。

剛才離得太遠，我看不清楚，現在仔細一看……

「欸，瑪理娜。妳是不是變漂亮了？不只頭髮，連尾巴都變得好有光澤。」

「你、你怎麼一見面就講這種話！你真的是雷烏斯嗎？」

「問這什麼問題，當然是我啊。啊……不只變漂亮，還有點變重了？好像比我之前抱妳的時候重。」

「唔!?那多餘的一句話……確實是雷烏斯。」

瑪理娜羞紅了臉，捶打我的胸膛。

我向她解釋我不是在說她變胖，是身體變強壯了，瑪理娜卻不肯停止攻擊。

我煩惱著這種時候該說什麼才好，跟瑪理娜同樣思念的戰友——艾爾笑著走過來。

「好久不見，艾爾。我有很多話想跟你聊，先幫我搞定她吧。」

「你還是老樣子。別擔心，我妹只是見到你，太害羞了。你就任她擺布一下吧。」

「哥！」

「拿妳沒辦法。來吧，不會痛，要打盡量打。」

「唔唔唔……搞得我像壞人一樣！」

喔，我做好覺悟後她反而停手了。瑪理娜的臉依然紅通通的，又沒叫我放她下來，再繼續抱著她一下好了。

幸好其他士兵也上前應戰，我們身邊目前沒有魔物。不要聊太久的話，站在這邊講幾句話應該沒關係。

「你搞什麼啊。突然從天而降，還一見面就跟女人卿卿我我。」

「抱歉，我很久沒見到她，太高興了。見到許久不見的戀人或家人，你也會很高興吧？」

「唔……梅、梅雅莉……」

艾爾安慰著想起妹妹、默默流淚的奇斯，瑪理娜擺出一張臭臉，尾巴卻在磨蹭我。我下意識露出笑容，大概是因為跟大家在一起很開心。

可以的話我想跟他們聊久一點，可惜沒那麼容易。

「抱歉，妳下來一下。」

「咦!?」

我感覺到敵意，望向上空，數隻魔物在往我們這邊撲過來。

我將瑪理娜放到地上，擺好架勢準備迎擊魔物時，另一道黑影落在我們的腳邊。

「喝啊啊啊啊啊啊——！」

金色人影——不對，持劍的茱莉亞從比魔物更高的位置降落。

茱莉亞以驚人的速度跳下城牆，從瞄準我們的魔物旁邊經過，在我們面前著地。

「茱、茱莉亞殿下!?」

「喂喂，聖多魯的公主怎麼會在這裡？」

「當然是來戰鬥的。因為我的國家有危險。」

茱莉亞說出這句話的同時，盯上我們的飛行魔物通通一分為二。總共有四隻，茱莉亞在擦身而過的同時把牠們全砍了。這就是她使用原本的武器的實力嗎？

我為精湛的劍技讚嘆不已時，發現茉莉亞甩掉劍上的鮮血，瞇眼盯著我。

「真令人羨慕……」

「羨慕什麼？」

「我在上面看到了，你不是把瑪理娜小姐抱在胸前嗎？至今以來我都是抱人的那一方，這還是第一次想被人抱。之後可以對我做一次嗎？」

「……雷烏斯？」

「啊……呃，瑪理娜……小姐？」

跟、跟姊姊一樣的笑容!?

瑪理娜什麼時候也學會這招了？我顫抖不已，望向茉莉亞求救，她點點頭，彷彿在說：「交給我處理吧。」

「瑪理娜小姐，別露出那種表情。純粹是我迷上了雷烏斯，向他求婚。」

「求婚……」

「嗯，可是不管我有多深愛雷烏斯，我都是在妳和諾娃兒小姐之後愛上他的女人。可否請妳允許我當他的三老婆？」

「看來我得跟你好好談談囉？」

「嗚咿!?」

我受不了瑪理娜像在逼問我的視線，躲到艾爾——不，躲到奇斯後面。

「幹麼躲到我後面？」

「呃，我想說你被揍也不會有事。可以幫我擋一下嗎？」

「乾脆我親手揍你如何？」

因為你常被媽媽痛揍嘛。論毅力我不會輸，唯有耐打的程度我自認比不過你。

可是奇斯逃到旁邊了，我只好再度跟瑪理娜對峙。

跟魔物戰鬥遠比這輕鬆得多，但我也該做好覺悟了。因為我是瑪理娜的戀人，換成大哥，這種時候應該會先安撫她。

我壓抑住想要逃避的衝動，重新直視瑪理娜的瞬間……我拿著劍，用另一隻手摟住她。

因為又有一批魔物從上空襲來。這次有三十——不，隨便估計都超過五十隻。

「來了！」

「嘖！上面的人在搞什麼鬼！」

「不……等一下。情況不太對勁。」

艾爾他們也拿起武器，進入備戰狀態，卻沒有更多動作。

因為掉在周圍的魔物全都被射穿頭部，一命嗚呼。

是誰做的自不用說。抬頭一看，大哥正站在城牆上使用魔法。

『雷烏斯，你先叫他們三個退下，你和茱莉亞殿下負責清掉持有破城槌的魔物！』

「……好！」

沒錯，瑪理娜固然重要，現在可不是興奮的時候。

我打起幹勁，大聲回應大哥，看著懷裡的瑪理娜告訴她：

「抱歉，瑪理娜。現在情況危急，之後再跟妳解釋清楚。」

「……不用那麼著急，我大概猜得到。反正應該只是茉莉亞殿下突然跟你求婚，你不知道該如何是好吧？」

「嗯、嗯，差不多。虧妳猜得到。」

「知道你的個性就猜得到。等等要仔細跟我說為什麼會變成這樣喔！」

瑪理娜有點害臊，笑著用手指戳了我的鼻尖一下。這句話讓我輕鬆了一些，在城牆上的姊姊用風減緩落地的衝擊，降落在我們面前。

「啊，艾米莉亞小姐！」

「晚點再跟妳敘舊和說明。要走囉，瑪理娜。」

「咦!?去哪裡……哇!?」

姊姊跟我一樣把瑪理娜抱在懷裡，用風魔法飛回大哥身邊。瑪理娜要爬上城牆會很費力，姊姊才特地來接她吧。

「看，瑪理娜都回去了，奇斯也快回去吧。這裡交給我和茉莉亞。」

「有你在，情況就不一樣了。一起把這附近清乾淨吧！」

「我懂你的心情，可是我們該回去一趟。師父也在上面。」

「……好吧。不過抓繩子爬回去有夠麻煩的。」

他們兩個沒辦法像姊姊那樣靠風飛行，也不像大哥那樣會靈活運用「空中踏臺」，所以只能乖乖用繩子爬回城牆。

在我想著乾脆把他們扔回去時，艾爾跟奇斯迅速飛往上空……不對，是像被拉上去一樣飛走了。

「不只艾米莉亞小姐，那兩位也會飛嗎！之後得去討教一番。」

「不，應該是大哥做的。」

因為我有一瞬間瞄到「魔力線」纏在他們身上。

以大哥的力氣，當然很難把他們拉上來，不過獸王陛下也在上面，推測是請他幫忙的。

「你們真的好有趣。真期待未來的生活。」

「嗯，跟大哥和姊姊在一起都不會無聊。我也想教妳很多事，在那之前得先收拾這些傢伙。」

從這些在旁邊戰鬥的士兵來看，戰況並不樂觀。

沒有輸，可是由於魔物蜂擁而至，光是守住正門就分身乏術，幾乎沒有時間去打倒大哥所說的持有破城槌的魔物。

不過現在開始，大哥會幫忙解決空中的魔物，我們可以專心處理他們。

我凝聚魔力，高舉愛用的大劍，發出響徹戰場的吶喊。

「通通一起上吧！」

「呵呵，真是宏亮的戰吼，能夠提振士氣。那麼我也在此宣言。為聖多魯帶來災厄的魔物，準備化為吾劍的鐵鏽吧！」

茱莉亞以不輸給我的氣勢大吼，在城牆上戰鬥的聖多魯士兵們也紛紛咆哮。明明不是有意為之，真是驚人的團結感。可見茱莉亞有多麼受到國民的信任及依賴。

舉劍鼓舞其他人的模樣十分帥氣，我無意間盯著茱莉亞的側臉看，她察覺到我的視線，回以爽朗的笑容。

「魔物的數量似乎比之前的氾濫還多，可是有我倆的劍，不足為懼。」

「……是啊。那我負責右邊，左邊就麻煩妳了。」

「交給我吧！」

該怎麼說……真不可思議。

我和茱莉亞並肩作戰的次數屈指可數，卻有種共同奮戰好幾年的安心感。

我們一同砍向魔物。儘管她突然跟我求婚，害我不知所措，現在有她在身邊，比什麼都還要令人心安。

—— 天狼星 ——

我從城牆上方射出的「魔力線」，精準纏住位於地面的正門前的艾爾貝里歐跟奇斯。

只要讓旁邊的獸王抓住魔力線，使勁一拉……

「喝！」

「唔喔喔!?」

在地上的兩人宛如被一竿釣起的魚，從空中飛回來。

獸王力氣太大，他們飛到得稍微抬頭才看得見的高度，調整好姿勢，平安降落在我們面前。

「呼……呼……怎、怎麼回事!?」

「師父!?難道是你做的？」

「嗯，不好意思這麼粗魯，但我想快點接你們回來。」

我消去纏住他們的「魔力線」，簡單說明發生了什麼事，順便跟許久不見的兩人打了聲招呼。

過於粗暴的方式讓兩人當場愣住，獸王在他們抱怨前加入對話。

「還不都是因為你們不快點回來。閒聊到此為止，進裡面休息吧。」

「唉，我知道！」

「有事請立刻傳喚我們。對了……瑪理娜在哪裡？」

「我、我在這，哥哥。」

被艾米莉亞抱回來的瑪理娜臉色有點差，這也不能怪她。前線基地的城牆蓋得非常高，從地面一口氣飛到這個高度，當然會不舒服。尤其瑪理娜跟兄長與艾米莉亞不同，身體沒那麼強壯。

艾米莉亞順利達成帶回瑪理娜的任務，我摸了下她的頭，往從空中進攻的魔物發射「麥格農」，同時面向艾爾貝里歐和奇斯。

「莉絲應該在裡面治療傷患。你們看起來沒有明顯的外傷，但還是讓她診斷一次比較好。」

「做好隨時可以出戰的準備。因為你們等等預計要和那兩個人換班。」

獸王的視線落在接連斬殺魔物的雷烏斯和茱莉亞身上。

兩人絲毫不把大群魔物放在眼裡，直接正面突破，做為優先目標的持有破城槌的歐克一隻接一隻死去。

「唔喔喔喔喔喔——！」

「喝啊啊啊啊啊啊——！」

雷烏斯一劍就將身體被強韌外皮及肌肉覆蓋住的歐克砍成兩半，茱莉亞則以迅雷不及掩耳的速度，砍飛歐克的四肢。

敵人判斷兩人是危險人物，盯上了他們，將手中的圓木——破城槌當成武器揮動，他們卻泰然自若。

「別以為區區的木頭阻止得了我！」

「不習慣的武器就不該用。破綻百出！」

雷烏斯跳起來躲掉歐克刺出的破城槌，不僅如此，還站在上面奔跑，衝到歐克前面砍飛他的頭。茱莉亞也跟雷烏斯一樣在破城槌上狂奔，斬殺歐克。

逐漸改變戰局的兩人的氣勢，使周圍的士兵鬥志上漲，切身體會到整體的士氣提升了。

「……好厲害。現在的我擋得掉雷烏斯的劍嗎？」

「而且他和公主超有默契。可惡，我也好想跟他們一起大鬧一場！」

「…………」

「即使你們沒辦法並肩作戰，那孩子確實有把妳放在心上。之後就有空慢慢聊了，不需要露出那麼悲傷的眼神。」

「我、我沒有……」

瑪理娜懷著五味雜陳的心情，注視合作無間的雷烏斯和茱莉亞，艾米莉亞貼心地安撫她。

放不下心的三人進到基地裡面後，我開始跟向其他人下達指示的獸王商量作戰計畫。

拜雷烏斯和茱莉亞所賜，正門應該能撐一段時間，不過還有堆積如山的問題要解決。

「下面交給那兩個人就行。問題在於……」

「嗯，是天空。」

跟獸王會合時，我打聽了一下，我方疑似缺乏對空攻擊的手段。

『除了射箭，還有會用魔法的人，可是大部分的人都處於魔力枯竭狀態。』

人類的魔力需要時間才能恢復，不能像箭矢一樣馬上補充。

因此遇到這種大規模戰鬥，應該要盡量節省魔力戰鬥，前線基地的防衛隊長卻因為超出預期的魔物規模亂了手腳，命令部下連續使用魔法，一口氣殲滅魔物。

雖說是因為他失去了冷靜，難以想像有此等地位的人會做出這麼愚蠢的決策。

『聽說他不是憑藉實力，而是靠上頭的推薦得到這個職位。我實在看不下去，就搶走了一部分的指揮權。』

於是，城牆西側由那位防衛隊長指揮，東側——也就是我們所在的位子由獸王指揮。

不只從自己的國家帶來的士兵，連聖多魯的兵力獸王都靈活運用，在迎敵的同時不忘保存戰力，西側卻被壓制住了。獸王發現這件事，嘖了一聲。

即使想提供協助，我們不僅要對付空中的魔物，還要支援地面的兵力，以及對付強行從外牆爬上來的魔物，幾乎沒有多餘的兵力。

話雖如此，放著不管西側又會淪陷，增添我方的負擔，導致東側也跟著淪陷。

獸王煩惱著是否該迅速分配戰力前去支援，我一面檢查裝備，一面提議：

「我明白了。我們會幫忙防守這邊，請您派半數的士兵休息或去西側支援。」

「謝謝，不過你們沒問題嗎？」

「沒問題。我有艾米莉亞跟——」

「獸王陛下！請退下！」

聽見士兵的吶喊，我回過頭，一隻中型飛龍正在飛向我們。

巨大身軀受到箭矢與魔法的攻擊仍未停止，因此我用「麥格農」瞄準飛龍的雙眼，子彈不僅貫穿了肉，還連大腦都射穿了，一發斃命。

龐大的身軀並未減速，直線往這邊墜落……不過無須著急。

「嗷！」

晚了一點登場的北斗從正面接住飛龍，直接把牠扔到地上。牠瞄準的還是魔物密集的地方，許多魔物遭受波及，為我方減少了敵人的數量。

「是北斗大人！」

「北斗大人！」
「各位，北斗大人降臨了！」
北斗的出現，令獸人們士氣大振。
我望向獸王，告訴他這樣應該就不用擔心了，將雙手想像成槍械，對獸王說道：
「為了重整態勢，我會做得比較過火。麻煩您支援另一邊。」
「嗯，交給你了。還有北斗大人和艾米莉亞小姐。」
獸王滿意地點頭，開始召集要派到西方的兵力，我上前一步，對在兩旁待命的隨從及搭檔說：
「北斗，清掉從外牆爬上來的魔物。」
「嗷！」
「艾米莉亞在我旁邊輔助我。別離我太遠。」
「是！」
「重頭戲現在才開始。小心應戰！」
向艾米莉亞和北斗下達指示的同時，我瞄準布滿天空的魔物，發射「機關槍」。
一秒射出數十發的子彈貫穿魔物，擊落蜂擁而來的魔物。
「光看視線範圍內的數量，隨便數都超過一千。」

這些魔物要分成東西兩邊進攻，所以我們要處理的就是其中的一半囉。

如果只是要打倒他們，應該應付得來，可是敵方的援軍不斷從魔大陸出現，必須盡量避免浪費子彈，多殺一隻是一隻。因此我選擇使用便於臨機應變，又比較好瞄準目標的「機關槍」，而非能夠降下彈雨的「格林機槍」。

「不愧是天狼星先生！魔物明顯變少了。」

「我們也不能輸。」

「其他人也跟上！將勝利獻給北斗大人！」

旁邊有許多我們待在亞比特雷時認識的獸王的士兵，紛紛展開陣形，幫忙彌補我顧不到的地方。

這樣就能放心專注在正面的敵人身上，我精準地接連射穿魔物的要害。

「嗷！」

這時，北斗善用出色的身體能力在外牆四處奔跑，擊落爬上牆的魔物。甩動尾巴將魔物掃下來的畫面，稱之為大掃除都不為過。

照這情況來看，戰況會趨於穩定，不過連續使用這麼多魔法，我的魔力很快就會耗盡。

由於體質特殊的關係，我的魔力恢復速度異常快速，做個深呼吸即可恢復，反過來說就是會有幾秒無法使用魔法。類似槍械的裝彈時間。

平常我會拉近距離爭取時間，然而換成規模這麼大的戰鬥，數秒的空檔就足以致命。

「支援我！」

「包在我身上！」

所以，我請在旁邊待命的艾米莉亞填補那數秒的空檔。

大概是能跟我一起戰鬥很開心，艾米莉亞面帶微笑，不只風刃，還召喚中型龍捲擊落魔物。

有些魔物強行穿過龍捲，企圖攻擊露出破綻的我，不過……

「……還差一步。」

「休想靠近天狼星少爺！」

我的魔力已經在這段時間恢復。

我的「霰彈槍」和艾米莉亞的「風霰彈」命中齜牙咧嘴的魔物口中，直接炸飛頭部。

「幹得好，艾米莉亞。就是這樣。」

「交給我吧！」

艾米莉亞信心十足地回答，我在覺得她可靠的同時，又喚來一陣彈雨襲向魔物。

從未間斷的攻擊將魔物清理得差不多了，我一面攻擊，一面關注地面的戰況。

雷烏斯和茱莉亞……看起來還不用擔心。

他們彷彿不會疲倦，手中的劍從未停過，跟正門保持一定的距離斬殺魔物。然而，在他們周圍戰鬥的士兵偶爾會疏於戒備，差點被攻擊，因此我不時會從這邊用「狙擊」援護。

儘管會有令人捏一把冷汗的時候，至少地面的戰況可謂進展順利。

接下來只要撐到聖多魯的援軍抵達，我也可以下去休息了，可惜事情果然沒有我想得那麼簡單。

「亞比特雷的勇者們啊，準備應戰！」

聽見獸王的聲音，我環視四周，跟龍種裡面最強的上龍種一樣大的飛龍出現了。

而且還有三隻，難以在保持距離的前提下擊殺，獸王命眾人準備白刃戰，再理所當然不過。

那麼巨大的敵人固然棘手，靠我的「反器材射擊」就能對付。

但我必須花時間凝聚魔力，否則未必能打倒牠們，發射兩次後還得補充魔力（裝彈）。

飛龍正在以驚人的速度飛來，這樣下去在發射第三槍之前，牠們就會靠近。

光是一隻飛龍靠近，就會造成嚴重的傷亡，先打出第一張王牌吧。

「艾米莉亞，幫我撐一下。」

「是！」

我將其他魔物交給艾米莉亞對付，從懷裡拿出兩張手掌大小、散發微光的卡片。卡片上刻著無數的圖案，接上「魔力線」注入魔力，卡片便化為光球，飄在我周圍。在旁人眼中只會覺得有兩顆「光明」浮在空中，因此周圍的士兵都面露疑惑。

「那個，你想做什麼？」

「把那三隻大傢伙射下來。會產生衝擊波，現在請不要靠近我。」

講完這句話的同時，飄在我周圍的光球開始釋放龐大的魔力。

順帶一提，這些卡片是經過特殊加工做成板狀的魔石，把我發明的魔法陣畫在魔石板上，再重疊成一張卡片。

「連接……完畢。穩定……修正誤差……」

只要把「魔力線」連接到卡片上使用，卡片還能任意發動我會使用的魔法，而不只是儲藏魔力的容器。

平常會用的魔法的魔法陣全刻在卡片上，我從中發動要用的魔法，瞄準緊逼而來的飛龍，扣下腦中的扳機。

「『反器材射擊』……掃射！」

我和從光球射出的三顆子彈在周圍製造衝擊波，直接命中飛龍，炸飛頭部……或者一半的身體。

好像還有不少彈道上的其他魔物遭受牽連，稍微可以喘一口氣的獸王感慨地說：

「哦，居然能同時使用那麼強大的魔法。看來你變得遠比以前還要強啊。」

「不是只有我的徒弟會成長。」

這個武器能夠迅速創造進攻的機會，非常強大……可惜缺陷也很多。

首先，光是製造一張就得花上不少時間，用過一次就無法恢復原狀，完全是消耗品。再加上材料是魔石，所費不貲，要不是因為之前在卡蓮的故鄉收到大量的魔石，我應該不會想做。

用完魔法後的光球不停閃爍，彷彿隨時會消失。

即使是蘊含龐大魔力的魔石，「反器材射擊」這種招式果然只能用一、兩次而已。

「只不過，越強大的技能越不能頻繁使用。請不要過度依靠它。」

「別擔心，不會只讓你一個人表現。光靠別人有損我們的尊嚴。」

「嗯，期待各位的表現。」

「行！讓那些魔物好好見識吾等亞比特雷的力量！」

雖然是一場難以預測的戰爭，卻有充足的戰力及士氣。

我和露出無畏笑容的獸王對上目光，瞄準新出現的魔物。

——莉菲爾——

我們走下在各種意義上非常刺激的馬車，跟莉絲一起來到基地內專門收容傷患的房間。

我尚未看見魔物，不過聽覺敏銳的賽妮亞都斷定數量多得數不清了，外面想必正在激戰。

我雖然早已做好會有一堆傷患的覺悟……

「接下來換這邊！拿藥和繃帶給我！」

「不行，繃帶不夠。誰都好，從裡面拿新的過來。」

「不要……我不想死……」

情況……比想像中更慘不忍睹。

大量的士兵被魔物傷到，為此所苦，卻沒有足夠的病床，被迫躺在地上。其中還有人身體少了一部分，沒有接受適當的治療，被放任不管。

當然有一些人在為傷患施展治療魔法，無奈怎麼看都人手不足。因為被送進來的傷患太多了。

房裡瀰漫血腥味。士兵的哀號及呻吟此起彼落。

我反射性想要轉身，壓抑住這股衝動，望向呆站在眼前的妹妹——莉絲。

比起自己，這孩子更怕別人受傷，搞不好是被這間房間的慘狀嚇到動彈不得。
我能理解妳會害怕。可是，妳的力量應該可以拯救許多這裡的傷患。
我將手伸向妹妹的肩膀，想要叫她不要害怕，勇敢上前，卻撲了個空。
「……首先是那個人和對面的人。走吧，奈雅。」
因為我還沒碰到她，莉絲就主動邁出步伐。
剛才那句話……難道她杵在原地，是為了確認傷患的治療順序？
她不僅不害怕，反而顯得十分可靠。我茫然看著妹妹的背影，發現房間裡面開始染上白色。
「這是霧氣……對吧。好像是莉絲殿下的魔法。」
「她製造霧氣要做什麼？我不認為那孩子會浪費魔力……」
「公主殿下，請看那邊。」
梅爾特望向靠著牆壁席地而坐的一名士兵。
他剛剛才被送進來，全身都是血淋淋的傷口，卻沒受到任何治療。別看他那樣，跟其他人比起來傷勢已經算輕，優先順序才會被排在後面。
我想著我們至少可以幫他用繃帶包紮，在觀察他的期間意識到梅爾特想表達什麼。
「您發現了嗎？沒人碰觸他，那個人的傷口卻開始癒合。」

「看起來……不像是因為他的治癒力。果然是……」

「是的，推測是莉絲殿下製造的霧氣所致。」

也就是說，光是接觸到這陣霧，傷口就會癒合。

範圍較大，因此效果比較沒那麼好，不過在這種擠滿傷患的場所，說不定是最佳手段。

實際上，周圍的呻吟聲與怒罵聲也逐漸轉為困惑與喜悅。

感覺很方便，我很想讓我的臣子學會這個魔法，以備不時之需，可惜應該有難度。

「賽妮亞怎麼看？」

「有困難。為霧氣賦予治療效果，等於要一直釋放龐大的魔力，一般人不到幾秒就會耗盡魔力。」

這是能夠藉助精靈之力的莉絲才能使用的魔法。

莉絲將陷入沉思的我們晾在旁邊，不只霧氣魔法，還直接碰觸傷患，使用魔法。

那孩子離開艾琉席恩踏上旅途，過了一年以上，我也知道她的身心都有所成長，不過這還真是遠遠超出我的預測。

「不要緊吧？我馬上為你治療，交給我就好。」

「給我快一——唔，沒事……拜託妳了。」

前一秒還因為疼痛氣得抱怨的士兵，看到莉絲的微笑也突然安分下來。哼哼，沒人抵抗得了那孩子的天使笑容。

可愛優秀的莉絲大顯身手，使得陰氣沉沉的房間氣氛轉為清新，宛如潺潺流動的清水。

光站在旁邊看有點不好意思，正當我打算幫忙莉絲，又有其他傷患從外面被送進來。

「可惡，搞什麼鬼。每個人都瞧不起我！」

「請、請您冷靜。很快就會有人來為您治療。」

「快把人帶過來！我可是被你們害成這樣的！」

從門後現身的，是裝備華麗鎧甲的男人及疑似其部下的三名男子，受傷的只有穿華麗鎧甲的人。看那高傲的態度以及對部下怒吼的行為，是有一定地位的人嗎？

來接受治療很正常，可是老實說，我不認為他的傷勢有嚴重到要吵成那樣。跟其他被送到這裡的人比起來明顯屬於輕傷，只要接觸莉絲製造的霧氣，應該會立即痊癒。

然而，他不可能理解得了站在原地傷勢就會痊癒這種事，大聲呼喚莉絲。明明附近有其他能治傷的人，他還特地指名莉絲。好吧，莉絲那麼可愛，可以理解他想拜託她的心情。

「喂，那邊那個小丫頭，快來為我治傷。」

「我拒絕。」

莉絲卻只是瞥了他一眼，不動如山，繼續治療其他傷患。八成是因為她看穿這名男子只是輕傷了。

莉絲不但一口回絕他，還在專心治療眼前的傷患，惹火了那個人，我還沒說話，莉絲就先開口說道：

「還有很多傷勢比你更嚴重的人。請不要這麼自私，擅自決定優先順序。」

「我必須盡快回到前線！假如這座基地被攻陷，妳要怎麼負責？」

「這個問題不用擔心。你的傷口應該癒合了。」

平常乖巧內斂，在治療方面卻會變得很強勢，這一點倒是始終如一。

男子聞言，似乎發現傷勢已經痊癒，他卻無法接受莉絲的態度，命令其中一名部下帶莉絲過去。

部下心不甘情不願地走向莉絲，我怎麼可能允許呢。

「等一下。如果你有事找那孩子，先過我們這關再說。」

「你、你們是什麼人？無關的外人給我閉嘴。」

「不，我們是她的家人。」

「我們有權干預。」

我是想來體驗戰場的氣氛，另一個理由則是要保護莉絲。戰場殺氣騰騰的氣氛，會害人無法正常思考。而且就算撇除掉姊姊的私心，莉絲的治療技術可是遠超常人。

很可能有人笨到企圖趁亂拐走莉絲，因此我決定盡量待在這孩子旁邊。以她現在的實力，區區流氓隨手就能趕走，但我身為她的姊姊，總不能坐視不管，更重要的是我這麼久沒見到她，自然會想多跟她相處。

為了願意配合我任性要求的大家，我們擋在這幾位男子前面，保護莉絲。

「你們是怎樣？不肯聽我這個防衛隊長的命令嗎！」

「那孩子是基於善意幫忙治療的冒險者，不是你的部下，沒道理被你命令。」

外交問題閃過腦海，可是艾琉席恩的現任國王和茱莉亞，不可能站在這麼蠻橫無理的隊長那邊。因為光看他的氣質我就知道，這人不是靠實力，而是單憑身分及權力當上防衛隊長。

我正面承受明顯有許多不足之處的隊長的瞪視，展現王族的威嚴接著反駁：

「話說回來，你挺感情用事的嘛。好歹是防衛隊長，不覺得自己應該要更冷靜一點嗎？」

「什麼⁉妳這丫頭懂什麼！」

「哎呀，我很清楚領導者有多辛苦喔？別看我這樣，我可是王族，是你們的公主——茱莉亞的摯友。」

我也不想擅自搬出茱莉亞的名號來用，可是這招對這種人最管用，我就不客氣了。為了將來的大姑，茱莉亞大概會爽快地原諒我。

「我、我從未聽說公主殿下有妳這種摯友！竟敢隨口提到茱莉亞殿下，休想全身而退！」

他嚇了一跳，卻沒有要退讓的意思，或許是覺得我在說大話。

真是的。外面有這麼多人在戰鬥，他知不知道現在不是為這點小事爭執的時候？

我下意識嘆氣，沒道理繼續對別國的人說教，趕快趕走他吧。

我製造出天狼星和莉絲之前教我用的又軟又粗的「魔力線」——魔力鞭，用它敲打地面怒吼。

「夠了喔！既然你的傷口已經痊癒，回前線戰鬥才是防衛隊長的工作吧！這裡有魔物嗎！」

「嗚!?」

「還是你怕得不敢回去？再受一次傷就可以不用回戰場囉？」

防衛隊長似乎被我的魄力嚇到，扔下不服輸的臺詞逃也似地跑出房間。被女人威脅一句就落荒而逃，他至今以來到底過著多輕鬆的人生？

「我會不會有點太幼稚了？」

「不會……那副德行遲早會受到教訓。您願意斥責他，給他改正的機會，他已經算很幸運了。」

這麼大的基地，理應會挑選實力堅強又有實際功績的人做為隊長，結果隊長居然那麼膽小。這也是天狼星說的拉姆達造成的影響嗎？

我思考著之後是否該跟茱莉亞報告需要調整這裡的指揮官和職務分配制度，發現莉絲在盯著我看。

「那個，姊──莉菲爾殿下。」

「放心，我會把妨礙妳的人通通趕走，妳專心治療就好。」

「我不是要講這個。妳突然製造巨響，有些人的傷口會受到刺激，請小心一點。」

唔……莉絲是對的，可是為什麼我會覺得好不講理？

我知道我確實太超過了，但這都是為了保護妳，妳就睜一隻眼閉一隻眼嘛……

「不過謝謝妳。有空的話，可以請妳來幫忙嗎？」

嗯，原諒妳！

能看到妳的笑容就夠了。

之後莉絲繼續治療傷患，太陽西沉時，重傷者只剩下寥寥數人。

我們負責的是幫傷患換繃帶之類的小事，老實說，莉絲的動作俐落到不需要我們幫忙。

不知不覺間，不只傷患，連幫忙治療的人們都展露笑容，想必是拜莉絲的人格所賜，而非治療技術。會自然而然吸引別人的部分，是繼承了父親血脈的證據。

傷患被送進來的頻率明顯降低，或許要多虧那些孩子在外面奮戰。再加上莉絲的治癒力，房間裡的氣氛變得輕鬆許多。

「這樣就告一段落了……嗎？」

「是的，大家越來越從容不迫，難以想像這裡是戰場。所以莉絲殿下也休息一下如何？」

「我還不會累。而且多虧有奈雅，我幾乎不會消耗魔力。」

莉絲用只有我們聽得見的音量說明，她的魔力還剩下將近一半。

大部分的事情都是由她身旁的高階水精靈奈雅幫忙，莉絲本身不會用到多少魔力。

「充斥這個房間的霧氣全是奈雅製造的，我只要專心治療傷患就好。」

「可是一直用魔法，魔力也會不夠吧？」

「奈雅會協助我減輕負擔。所以真正厲害的不是我，是奈雅。」

需要五十魔力才能使用的魔法，莉絲只要消耗一成左右的魔力。

可見精靈有多麼喜歡這孩子，願意大方地借她力量，不過她好像因為這不是自己的力量而有點自卑。

「沒有妳，奈雅也不會幫忙呀？這也是妳的力量，妳該更驕傲一點。」

「呵呵……天狼星前輩和大家也對我說過同樣的話。」

「哎呀，看來輪不到我說。比起這個，能親眼看到妳的成長，真是太好了。我要再說一次，妳長大了。」

我感慨地把手放到莉絲頭上，告訴她身為她的家人，我以她為傲。

對了，現在是緊急情況，所以我還沒跟爸爸報告，這起事件落幕後，莉絲他們打算回艾琉席恩一趟。

目的是要舉辦天狼星和莉絲他們的婚禮，因此大家會在艾琉席恩停留一段時間。菲亞也懷有身孕，為了母子倆的健康著想，短時間內應該不會離開。

只要在這段期間推莉絲一把，她也懷孕的話，他們搞不好會直接定居在艾琉席恩。

我當然不覺得事情會有那麼簡單，但可以確定的是，不久後會有歡樂的未來在等待我們。

所以我繃緊神經，好讓大家都能平安歸來，發現外面的交戰聲轉為了歡呼聲。

「不太對勁。發生了什麼事？」

「公主殿下，從外面的歡呼聲跟氣氛來看，魔物說不定被擊退了。」

「啊，奈雅也說魔物開始逃走了。」

不只天狼星他們，連茱莉亞都前來助陣，魔物也認為自己沒有勝算嗎？

可是那些孩子再超乎常人，我也不覺得他們能夠輕易顛覆這麼大規模戰爭的戰局。

在我感到納悶時，去外面查看情況的賽妮亞回來了。

「莉菲爾殿下，成功擊退那群魔物了。」

「真的嗎？但妳好像還沒放心。」

「是的，士兵都在歡呼，我卻覺得這個狀況不太正常。」

魔物還有足夠的數量，卻突然在同一時刻轉身就逃。

「我個人認為，那是接獲撤退命令的部隊的行為。不像順從本能生活的魔物的逃跑方式。」

「既然妳這麼覺得，應該不會有錯。」

搭乘馬車移動的期間，天狼星對引發氾濫的犯人做過各種推測。

其中之一是敵人搞不好能夠操縱魔物，根據賽妮亞的報告，似乎被他說中了。

無論真相如何……

「最好不要以為這場戰爭結束了。」

——天狼星——

染上暮色的天空被夜幕覆蓋時，襲擊前線基地的魔物開始撤退。
看到魔物們頭也不回地逃走，許多士兵紛紛歡呼。
他們一度被逼入絕境，可以理解他們想要歡呼的心情，不過現在高興未免太早了。那些魔物有可能突然掉頭，再次來襲。
話說回來……魔物的逃亡方式讓我覺得怪怪的。
再堅持一下天色就會變暗，進入對五感比人類敏銳的魔物更有利的時段，這群魔物卻像按下了什麼開關似的，同時撤退。
儘管有許多疑點，繼續維持戒備狀態，只會導致精神疲勞，因此我維持最低限度的戒心放下手，旁邊的艾米莉亞將毛巾遞過來。
「天狼星少爺，請用毛巾。」
「嗯，謝謝。」
我用溼毛巾擦掉身上的髒汙，發現艾米莉亞臉上也沾到一些魔物的血。
「妳的臉也被弄髒了。別動。」
「呵呵呵……謝謝您。」
她看起來有點癢，卻還是任憑我幫她擦臉。這時，獸王宏亮的聲音從不遠處傳來。

「別鬆懈！繼續戒備，從受傷的人開始休息！」

「「「遵命！」」」

另一方面，固定駐守在這座基地的士兵仍在高呼茱莉亞的名字，發出勝利的咆哮。在我思考是不是該開口提醒大家時，不遜於獸王的吶喊聲傳遍前線基地。

「諸位做得很好！可是戰爭尚未結束！」

聲音的主人是停止追擊魔物，站在戰場中央的茱莉亞。

雖然她的聲音原本就中氣十足，一個人就能發出這麼大的音量，實在不簡單。

雷烏斯有如長年與她並肩作戰的戰友，站在她旁邊。

「大家真的好崇拜妳。」

「今天起你也會變成那樣。因為在場的各位都有看到你大顯身手的模樣。」

聽見茱莉亞的號令，士兵們總算開始行動，打開正門迎接在外面奮鬥的戰士。

我邊看邊鬆了口氣，向其他人下達完指示的獸王走到我旁邊。

「呼……勉強度過危機了。我一時之間還以為撐不下去，幸好有你們，真的得救了。感激不盡。」

「現在道謝太早了，還不能放鬆戒備。」

「是啊，畢竟不可能發生的事情一直在發生。也許真正的戰鬥現在才開始。」

除了同時逃走，對魔物來說能夠當成飼料的屍體堆積如山，卻沒看見留在地上的魔物，真的不正常。

獸王也發現這件事，放眼未來陷入沉思。

然而，我們在這邊想也沒用，應該先召集茱莉亞和前線基地的高層，召開作戰會議。

我建議獸王，回到基地內部前，又看了一眼在歡呼聲的簇擁下走向正門的雷烏斯與茱莉亞。

「我這個外人怎麼那麼容易就得到認同了？」

「那還用說！我看到你戰鬥的英姿都再次迷上你了。喜歡上你果然是正確的。」

「喔喔……不用講那麼直接啦。」

「我不想對你隱瞞心事。我想讓你盡快瞭解我，跟你的伴侶瑪理娜一起。」

歷經守護彼此的戰鬥，兩人的關係好像又產生了變化。他們都是憑藉本能理解事情的類型，比起言語交流，共同奮戰更能讓他們瞭解對方。

我看著前進了一段路的兩人，這時北斗回來了，我們便與獸王一同回到基地內部。

之後，比我們慢一段時間從聖多魯出發的茱莉亞親衛隊也抵達前線基地，眾人著手重整態勢，我則獨自來到基地內的會議室。

除了我，茱莉亞、獸王、疑似這座基地的防衛隊長的中年男子，以及他的三名部隊長也在裡面。

來會議室之前，我和艾爾貝里歐他們聊過幾句，所以我是最後一個到的，防衛隊長悶悶不樂地瞪向我。

「終於來了嗎？茱莉亞殿下，為何要把與我國無關的人找來參加會議？」

「這場戰爭需要他們的力量。」

「您怎麼講這種喪氣話。有您的力量及威望，魔物根本不足為懼。」

「我無法隻身守護一切。而且諸位應該也在剛才的戰鬥中，看見與我共同在前線奮鬥的青年，以及殲滅魔物的狼。他就是那位青年的老師，那隻狼的主人。」

茱莉亞主動介紹我，我便跟大家打了聲招呼，順便為遲到一事致歉。

知道我是立下輝煌戰果的雷烏斯和北斗的同伴，有些人心服口服，防衛隊長卻依然板著臉。

「而且天狼星先生和他的隨從艾米莉亞小姐，幫忙消滅了一堆那些難纏的飛行魔物。既然藉助了人家的力量，我們也得以誠相待。所以我才想跟他們分享資訊。」

「不過……」

「儘管隔了一段距離，我也看到了。要是沒有他們，我軍的傷亡恐怕會更加慘重。」

坐在防衛隊長旁邊，看似戰鬥經驗豐富的高齡男子點頭附和茱莉亞。即使如此，防衛隊長仍舊無法接受，瞪了我一眼，向茱莉亞建議：

「我明白您很信任這些人了。但這裡是我們的國家。不只他國的獸王陛下，還要向外人尋求幫助，我們的尊嚴會……」

「我明白你想表達的意思，可是這次的情況不一樣，必須動用全部的戰力。」

魔物本來不可能會擁有齊全的裝備，以及統一的行動模式。

再加上他們在對魔物來說最適合進攻的天黑前撤退，照理說不用想都會知道情況不對。

「還有，我想諸位也收到消息了。你們知道城裡發生的騷動吧？」

「是的，聽說吉拉多先生造反了，真是莫名其妙……」

「通通是真的。那傢伙成了圖謀毀滅我國的仇敵。」

明明派人傳達了吉拉多造反的消息，這些人卻還半信半疑。因此茱莉亞重新解釋吉拉多的真實身分及本性，防衛隊長震驚地站了起來。

「不、不敢相信！吉拉多先生怎麼可能做這種事……」

「不是吉拉多，是拉姆達。總之三位前英雄確實成了我們的敵人，這次的氾濫在各方面來說充滿未知，必須盡快擬定對策。」

「盡、盡快嗎……」

「莫非你以為這樣就能擊退那群魔物？魔物可能會在我們開會的期間再度發動攻勢，希望諸位盡快報告現狀。」

茱莉亞一直在最前線戰鬥，對於基地整體的狀況一無所知。

因此她要求防衛隊長說明基地內的戰力及今天的傷亡，防衛隊長的回答卻模稜兩可。看他這麼難以啟齒就猜得到了，然而再怎麼掩飾也無法改變事實，真希望他快點招供。

高齡男子看著支支吾吾的防衛隊長，輕聲嘆息，代替他說明：

「非常抱歉，茱莉亞殿下。說來難堪，魔物異常的行動模式導致許多士兵陷入混亂，光是今天就有將近半數失去戰鬥能力。」

「喂、喂！不必講得那麼詳細吧……」

「可是根據報告，在突然出現的藍髮女子的幫助下，大部分的傷患都痊癒了。只不過，有一部分的人徹底失去鬥志。」

「你說的那位女子我也認識。我的摯友說她的醫術堪稱世界第一，那些人受到連她都治不好的傷嗎？」

「不是的。他們不是受傷，而是心靈受創。」

大量魔物蜂擁而至，令某些人心生畏懼，閉門不出。

前線基地可是捍衛國家不受氾濫侵襲的要塞，把不習慣上戰場的人跟心靈脆弱的人發配至此，明顯有問題……

「說不定這也是拉姆達的策略。可能是想藉由挑選缺乏戰鬥經驗的人派到前線基地，削弱國家的戰力。」

「這麼說來，你就是在吉拉多的推薦下當上隊長的對吧？不對，現在該叫他拉姆達。」

「你……什麼意思？」

「慢著，現在不是探討這個問題的時候。得先選出新的防衛隊長。很遺憾，結果證明了一切。」

他隨便的命令，害許多人剛開戰就陷入魔力枯竭的狀態，緊要關頭無法使用魔法。萬一雷烏斯和茱莉亞沒趕上，正門極有可能今天就被攻破。

不僅缺乏戰鬥經驗，還下達愚蠢的命令，聽莉絲說他待人態度又傲慢，由此可見，這名男子並不適合擔任防衛隊長。

經過鍛鍊的話當然會像樣一點，可惜現在沒時間等他成長，茱莉亞打算直接把他降職。

防衛隊長當然一臉不服，茱莉亞在他反駁前逼問他：

「那我問你，面對那麼大群的魔物，你有辦法保持冷靜指揮嗎？聽說你受了點傷就立刻返回基地。」

「這……」

「受了傷要撤退是無妨。但你傷勢痊癒後不僅沒有回到戰場，還和我的摯友起衝突，這是怎麼回事？」

「唔!?那、那名女子真的是您的朋友？」

「正是，幫忙治療的藍髮女子，對我來說也是重要之人。」

茱莉亞想要成為雷烏斯的妻子，莉絲等於是她未來的大姑，所以她無法坐視不管。

「防衛隊長伊姆茲，由於現在是緊急情況，我以我的權限暫時將你從防衛隊長降職成部隊長。這場戰爭結束後，我會重新審視你是否有擔任防衛隊長的資格。」

「呃……唔……」

「不服的話，大可直接回城跟國王談判。只要搬出我的名號，他應該會願意聽你解釋。」

就算他真的敢這麼做，那位國王也不會撤回命令吧。

搞不好還會叫他回頭重新練過，把他的職位降得更低。因為他已經沒有拉姆達這個靠山了。

意即如果他不希望自己的評價降得更低，只能想辦法以部隊長的身分立功，存活下來。總覺得他說不定會在途中逃走，但我們現在亟需人手，即使令人不安，也得把他拿來利用。

確定降職的伊姆茲一句話都說不出口，悔恨地點頭。

「……遵命。下次我會拿出相應的成果。」

「嗯，不承認自己的缺點，就無法變強。那麼新的防衛隊長，除了凱因以外別無他選。」

剛才嘆著氣說明情況的高齡男子恭敬地低下頭，看來他就是那位凱因。

目測年過六十的凱因，身高比我還矮，身材也偏瘦弱。怎麼看都不像在前線作戰的人，推測是優秀的指揮官型。

證據就是他的氣質類似我在聖多魯城交手過的弗特，茱莉亞也對他表示敬意。

「跟你介紹一下。他叫凱因，長年擔任前線基地的防衛隊長，目前則專注於指導晚輩。他經歷過好幾次氾濫，十分可靠。」

「在下名為凱因。茱莉亞殿下認同的年輕人啊，我很看好你。」

凱因對我露出從容的笑容，跟上一秒堅毅的態度截然不同。

目前茱莉亞的地位是最高的，可是她預計上前線作戰，打算把指揮權限全權交給凱因。

「凱因先生的智謀，甚至傳到了我國。若是由你負責指揮，我的指揮權就交還與你了。」

「不，獸王陛下方便的話，可否請您繼續負責指揮東側的士兵？」

「瞭解，但我對於我軍的戰力有點不安，或許是因為我太勉強我的士兵了。今天可否借我一些人？」

「當然可以，我派幾個部隊過去。至於天狼星先生一行人……」

眾人的視線落在我身上，開始討論我們的定位。

雷烏斯跟茱莉亞共同行動，莉絲應該會和今天一樣治療傷患。

我告訴凱因，我、艾米莉亞、北斗在任何地方都能戰鬥，去哪都無所謂，他卻願意採納我們的意見。

「那麼，我想聽從獸王陛下的指揮。」

「嗯，我也贊成。這座基地還有許多人不認識天狼星先生，跟與你熟識的獸王陛下一起比較適合。」

「我是不介意，但你不需要聽從我的指揮吧？以你的能力，用不著我指揮也能採取正確的行動。」

「那麼，天狼星先生他們打游擊戰如何？我見識過他們今天的英姿，就我看來，各位具備充分的實力。」

我沒有看到凱因，不過他好像遠遠看見了我們的表現。肯讓我們自由活動，我當然舉雙手贊成，因此我點頭同意，少數人卻有意見。

「可是有人在戰場上擅自行動，會給我們造成困擾。」

「嗯，尤其是那隻大狼，要是牠突然出現在面前，我們搞不好會把牠誤認成敵人，出手攻擊。萬一牠因此生氣，加以反擊……」

的確，若要集體行動，其他部隊長的意見才是對的。

北斗是隻巨狼，陌生人極有可能在混戰中將牠視為敵人攻擊。但我完全不擔心北斗。

「即使是來自身後的攻擊，北斗也躲得掉，而且我理解現在的狀況，所以請大家放心。就算你們不小心攻擊牠，牠也不會生氣，除非是故意的。」

「真的沒問題嗎？」

「我也可以保證。北斗先生聰明到不像是狼，各位無須擔憂。」

「既然茉莉亞殿下都這麼說了，悉聽尊便。」

「問題都解決後，接著討論下一件事吧。由於現在這個狀況非同小可，我建議解散所有的部隊，重新編制。」

之後，凱因提議重組部隊，制定了作戰計畫，這兩個議題很快就得出結論。

由於這個部隊規模相當大，要討論的事情也很多，凱因的想法卻完美到不需要我插嘴。輪班讓士兵休息、考慮到意外狀況編制後備部隊，甚至連需要多加戒備的伊姆茲的部隊都分配在適當的地方。

「……報告完畢。還要增加哨兵的數量，以免遭到夜襲。由我來挑選成員吧。」

「交給你了。那麼，目前能決定的事應該就這些。各自按照計畫行事。」

會議到此結束，細節部分凱因會幫忙安排，眾人便原地解散。

其他部隊長和士兵要忙著強化防線，他們說我們和獸王是外人，做自己的事就好。

於是，我起身準備回到艾米莉亞他們身邊，凱因卻有私事想跟我談，叫住了我。

部隊長和獸王離開會議室後，剩下茱莉亞跟凱因與我對談。

「我聽茱莉亞殿下說了。聽說是你害那個弗特剃成光頭的？」

「是的，我需要他的頭髮，真對不起弗特將軍……」

「你打贏他了，無須愧疚。哎呀，真想快點看看變成光頭的那傢伙。」

「嗯，可壯觀了。」

兩人是勁敵也是戰友，熟到可以互開玩笑。

凱因想像著弗特剃光頭的模樣，不禁失笑，但他要跟我談的應該是另一件事。

他清了下嗓子轉換心情，神情嚴肅。

「幸好有你在。雖然茱莉亞殿下能夠維持士氣，我不認為以我的謀略有辦法顛覆這場戰局。」

「我知道我軍處境維艱，但這真不像你會說的話。」

「我也不想承認，可惜我輸給了歲月。不僅沒能察覺那些叛徒的真意及企圖，連伊姆茲的暴行都阻止不了。」

「你忙著處理其他工作，拉姆達那件事不能怪你。而且雖然很令人火大，那傢伙說得並沒有錯。」

凱因一直位居高位的話，會無法培育後輩，因此拉姆達建議他應該把位子讓出來，凱因才會從防衛隊長變成指導人員。

除了職位，凱因自己也想過要退休，變得相當鬆懈。總覺得可以理解國內有像他這樣的智將，還會陷入困境的理由了。

「我明白。為了讓年輕人活下來，我得堅持下去。即使要賭上我的一切。」

「凱因，我不准你死。你得活到我穿上婚紗……不，抱到我的小孩為止。」

「……是啊。畢竟好不容易出現您看得上眼的對象。」

小時候他還是茱莉亞的老師，兩人親密得情同父女。

我們繼續閒聊了幾句，確認凱因並未受到拉姆達的負面影響，離開會議室。

跟茱莉亞道別後，我來到基地裡面的食堂，尋找艾米莉亞他們。

不愧是大量士兵常駐的地方，食堂相當寬敞，人又多，本以為得費一番工夫才找得到人，沒想到一下就發現了。

因為我的同伴周身的氣氛明顯不一樣，跟遭受魔物襲擊，依然處於緊張及驚嚇狀態的其他士兵不同。

「歡迎回來，天狼星少爺。」

「喔，大哥。你開完會啦？」

「嗚哇!?」

走近一看，坐在雷烏斯旁邊的瑪理娜正好在用湯匙餵他。

艾爾貝里歐坐在對面，笑著凝視散發甜蜜氛圍的兩人，旁邊的奇斯則一臉沒興趣的樣子，舉杯飲酒。

瑪理娜發現我來了，急忙收回遞到雷烏斯嘴邊的湯匙，放入口中。

「啊，妳幹麼？不是要餵我吃嗎？」

「少、少囉嗦！有什麼辦法，我想吃呀！」

「哈哈，只不過是師父來了，何必害羞成這樣。」

「看你們是要接吻還是怎樣，趕快做一做啦。唉……真希望梅雅莉也在。」

太緊張的話無法真心放鬆，表現得跟平常一樣是好事。

然而，他們等於是在魔物隨時有可能襲來的狀況下卿卿我我，所以其他人的眼神有點帶刺。

輪流吃飯的士兵來找碴都不奇怪，卻沒人來糾纏他們，或許是因為雷烏斯在前線的戰績傳開了。

我坐到大家幫我留的位子上，艾米莉亞用從馬車裡拿來的茶具泡了紅茶，我邊喝邊詢問現在是什麼狀況。

「我建議她主動一點，以彌補這段分開的時間。」

「嗚嗚……沒想到一下就要我做這種事。虧艾米莉亞小姐有辦法那麼容易做到。」

「這有什麼難的？為主人和丈夫盡心盡力很正常。再說，這個行為帶給我的是喜悅，根本不需要害羞。下次要不要抱他的手臂看看？」

艾米莉亞對未來的弟媳灌輸自己的觀念，可惜她有點特別，希望瑪理娜不要拿她做參考。

我先摸了下她的頭，制止失控的艾米莉亞，看到桌上的餐點，覺得不太對勁。

雖說聖多魯會送物資過來，我們考慮到戰鬥期間會拖長，目前在實施輕度的飲食控制。

眼前的餐點卻明顯比其他士兵吃的還要多，菜色豐富。

「量挺多的。而且這道肉料理顯然跟其他人吃的菜色不同，從哪拿來的？」

「我們從外面的魔物身上取得肉，借廚房做的。天狼星少爺請用。」

「大哥大哥，這道肉料理是瑪理娜做的耶。很好吃，你也吃吃看。」

儘管用了一點我們馬車上的調味料，這道料理就只是把肉烤熟而已。

不過不愧是雷烏斯推薦的菜色，看起來十分美味。我徵求瑪理娜的同意，嘗了一口，滿嘴都是比想像中更鮮美的滋味。

「真美味。除了調味，火候也無可挑剔。」

「我妹在學習治理領地的同時，也沒有忘記為雷烏斯學習當個好太太。太好了，有機會給妳展現訓練的成果。」

「討厭！這種事何必講出來。」

「呵呵，妳長大了呢。」

剛認識的時候，我吃過幾次瑪理娜煮的菜，說來失禮，實在稱不上美味。

不只廚藝，她還在努力學習如何輔佐領主艾爾貝里歐，順利地成長為足夠讓我把雷烏斯的韁繩交給她的人物。

那麼，知道戀人這麼努力，雷烏斯會作何反應呢？

「為了我嗎……我可不能輸。」

「什麼輸不輸，又不是要比賽。」

「不不不，如果妳要成為一個好女人，我不更努力一點不行吧？我得成為配得上妳的男人。」

「不用啦，你已經……那個，夠帥了……哎唷！別用那種眼神看我！」

「哪種眼神？」

看見雷烏斯率真的笑容，瑪理娜的害羞之情勝過了喜悅，面紅耳赤地用手遮住臉，趴到桌上。

雷烏斯出於擔心，拍著她的肩膀，我看可以放著那兩個人不管了。

把手伸向其他料理時，我想到還少了一個人。

「說到料理，莉絲還沒回來嗎？」

「是的，剛才賽妮亞小姐來跟我報告，她還要花一些時間看診。」

「有莉菲爾殿下陪著，莉絲應該也不會胡來。再等一下，她沒回來就去看情況吧。我也想把會議內容告訴她。」

獸王之後應該會通知大家，但我還是說明了一下，順便把我們的部署情況和剛才的會議內容，告訴艾爾貝里歐跟奇斯。

「……就是這樣，除了雷烏斯和莉絲，我們要負責打游擊戰。你們隸屬於獸王陛下的部隊，詳情之後再去問他吧。」

「好，既然是由老爸指揮，我要做的事好像沒什麼差。」

「我要做的也只有盡全力奮戰。話說回來，指定讓師父打游擊戰，真是正確的判斷。那位凱因看清了師父的實力。」

一方面是因為我們受到茱莉亞的信任，另一方面是我們是外人，凱因才特地不安排我們加入部隊吧。

我們沒義務拚上性命為聖多魯奮戰，視情況而定可能會逃走，所以他並未把我們列為固定成員。不是不信任我們，純粹是以防衛隊長的身分考慮到最壞的情況，才做出這樣的判斷。

「魔物是在天黑前逃走的，夜襲的可能性不高。當然只是不高而已，有可能在這個瞬間受到襲擊，所以你們記得保持在隨時可以上戰場的狀態。」

「那個，師父，開會時有沒有提到魔物異常的行為？」

「你發現了嗎？你猜得沒錯，我們認為這次的魔物很可能是由擁有智慧的指揮官在統率。全軍應該都有接獲通知。」

跟人類比起來，指揮技巧挺拙劣的，不過光是數量一多，威脅度就會大幅提升。他們應該有叫士兵們不要把敵人當成魔物，而是要當成在跟人類戰鬥。

除此以外，我們還討論了魔物不發動夜襲的原因。

我們想了許多可能，例如魔物需要休息、在晚上指揮魔物會受到限制……無奈目前不可能得出答案，這個問題便暫時擱置。

到頭來只能堅守防線，只要爭取時間，或許就能發現敵人的真面目及目的，因此我們決定維持最高等級的警戒，制定作戰計畫迎擊魔物。

當我說明到這裡時，我向雷烏斯詢問那個問題，順便轉換心情。

「雷烏斯，你跟瑪理娜談過茱莉亞的事情了嗎？」

「嗯、嗯！我仔細說明過了。所以瑪理娜沒有生氣……應該。」

「沒、沒有啦。只是不曉得該作何反應……剛聽說的時候我是嚇了一跳沒錯，但冷靜下來一想，雷烏斯好像只是照常行動。」

在模擬戰打贏她，被她看中；看不順眼席岡對女性的態度，罵了他一頓，結果她就跟我求婚了。

光聽這個過程會覺得莫名其妙，不過瑪理娜知道雷烏斯不會騙人，露出複雜的表情嘆了口氣。

「雷烏斯跟誰相處都是表裡如一，可以理解茱莉亞殿下會喜歡上他。可是你都有我這個戀……戀人了，如果你不想，希望你拒絕。」

「我知道，可是我不討厭茱莉亞。只是她向我求婚，我很困擾……」

雷烏斯用自己的方式回絕了，茱莉亞卻完全沒有要放棄的意思。

而且他們現在互有好感，所以雷烏斯不忍心給她貼冷屁股。不知道艾米莉亞對弟弟的態度怎麼想……就在這時。

「唔……好香的味道。雷烏斯也在，方便讓我坐在旁邊嗎？」

沒錯，知道內情的兩人終於見面了。

比較晚離開會議室的茱莉亞，以及三條尾巴微微倒豎，看起來在警戒的瑪理娜。最後是被兩位女性夾在中間，望向我求助的雷烏斯。

繼外面的戰鬥後，基地內部又要掀起一場新的戰爭。

「「「…………」」」

現身於我們面前的茱莉亞坐到雷烏斯旁邊，因為士兵的閒聊聲而熱鬧不已的食堂，瞬間變得鴉雀無聲。

以身分來說，理應要讓人把餐點端到房間用餐的茱莉亞突然出現，不知為何還坐到雷烏斯旁邊，導致士兵們紛紛低聲討論起發生了什麼事。食堂裡的人恐怕全都在注意這邊。

我隱約猜得到茱莉亞會來，出乎意料的緊張感卻令我們通通不敢說話……

「這些菜是我和瑪理娜做的。茱莉亞殿下要不要嘗嘗？」

「當然，這個火候……光看就看得出一定很美味。」

只有艾米莉亞和茱莉亞泰然自若地交談。

從茱莉亞那大膽的個性來看，我並不意外，然而事關弟弟的將來，艾米莉亞為何如此從容？

我不著痕跡地對她使了個眼色，艾米莉亞看出我的疑惑，悄聲告訴我：

「那孩子是您的徒弟，所以我希望他成為能夠平等愛著每位伴侶，還能成為她們的支柱的好男人。」

意即這對雷烏斯而言是不可或缺的經驗，只要他不選擇逃避就沒問題。

可是艾米莉亞這麼冷靜，氣氛就不可能改變，瑪理娜抓不準時機向吃著飯的茱莉亞搭話。

這種時候應該要由雷烏斯率先採取行動，但他缺乏跟女性交往的經驗，再加上對瑪理娜的愧疚感，使他心生迷惘，遲遲不敢開口。

茱莉亞在這段期間吃完飯，跟附近的艾爾貝里歐和奇斯道謝後，面向瑪利亞，露出一如往常的爽朗笑容。

「好幾天沒有像這樣聊天了，瑪理娜小姐。誠心感謝妳為我國奮戰不懈。」

「是、是的。茱莉亞殿下平安無事，再好不過……」

「唔……抱歉，可否別用那麼拘謹的語氣跟我說話？現在跟之前狀況不同，我也想直呼妳瑪理娜。」

茱莉亞雖然擁有不只男性，連女性都會為之著迷的魅力，在瑪理娜眼中等於是情敵。

不久前還在猶豫的瑪理娜也燃起了競爭意識及妒火，摟住雷烏斯的手臂，神情嚴肅地瞪著茱莉亞。

「比起稱謂，我有更想向您確認的事。大致的情況我聽雷烏斯說過了，您真的……那個，想跟雷烏斯結婚嗎？」

「沒錯！對我而言雷烏斯是命定之人。若非現在是這種情況，我真想馬上和他舉行婚禮。」

「就跟妳說妳太急了！還有，最好換個地方談……」

「你閉嘴！」

「好！」

喔，這麼快就把雷烏斯吃得死死的。

剛才我還在想她夠格握住雷烏斯的韁繩……豈止是夠格，我甚至想立刻把雷烏斯的韁繩交給她。

在我有點胡思亂想時，命令雷烏斯閉上嘴巴的瑪理娜為了更瞭解情敵，接著提問：

「那麼，恕我提出一個失禮的問題。請問您是被雷烏斯的哪一點吸引到？」

「哪一點嗎……有很多，關鍵是他說女性的頭髮很重要。」

「兩位才認識幾天而已吧？您跟他求婚時，真的足夠瞭解他嗎？我明白我沒資格對您說教，但我花了不少時間才瞭解雷烏斯。」

「唔……」

「啊……請、請不要誤會。我不是不希望他接近您，該怎麼說……雷烏斯很容易害女生產生誤會。」

只要不是敵人，對誰都一視同仁，看到需要幫助的人無法坐視不管，那就是雷烏斯。有點天然的言行舉止加上這個個性，導致至今以來有好幾位受過他幫助的女性誤以為雷烏斯對自己有意思。

代表瑪理娜很清楚雷烏斯的個性，才會提出這個問題。

茱莉亞以一名女性，而非王女的身分接受提問，不僅沒有生氣，還疑惑地歪過頭，不知為何望向我。

「抱歉，我不太清楚所謂的異性交往，馬上選定命定之人很奇怪嗎？」

「站在一般人的角度來看，或許是急了點。但我個人的意見是，時間沒那麼重要。畢竟每個人的感覺都不一樣。」

「這樣啊……」

實際上，菲亞好像在遇見我的當天就決定我是她的命定之人了。

然而，又不是這場戰爭結束就再也見不到面，一下就說要結婚挺奇怪的。這也是茱莉亞獨有的感性使然吧。

因此我想建議她等到更瞭解雷烏斯與瑪理娜後，再重新考慮一遍，茱莉亞卻搶先得出結論。

「我知道瑪理娜在為我著想，也很感謝她。不過，我實在不認為內心深處的悸動是一時意亂情迷。我打從心底喜歡上了雷烏斯。」

「……我明白了。既然跟雷烏斯有關，我是不會輸的！」

雷烏斯已經有一位約好將來要結婚的女孩——諾娃兒。

明知如此，瑪理娜依然成了雷烏斯的戀人，她應該是覺得基於個人情緒趕她走，很不講理吧。

該說她老實嗎？其實她希望雷烏斯只關注自己，卻不忍心排擠別人，是個溫柔的孩子。雷烏斯喜歡她的原因，大概也包含了這一點。

到頭來，只要雷烏斯接納茱莉亞，根本沒什麼好比的，瑪理娜卻宣言自己對雷烏斯的愛意不會輸給其他人，向茱莉亞宣戰，茱莉亞露出從容不迫的笑容。

「呵呵，那是我要說的。不過，瑪理娜堅強的內心真的很有魅力。難怪雷烏斯會迷上妳。」

「沒有的事。因為，其實我不希望他的伴侶再變多了……」

「想獨占喜歡的人理所當然，再說，我等於是途中才介入的電燈泡，妳卻願意接納我，甚至公平對待我。不只雷烏斯，我連妳也喜歡上了。」

「咦……我嗎？」

茱莉亞說出這句話的瞬間，我發現氣氛明顯變了。

本以為會遇到勁敵之間迸出火花的情境，茱莉亞卻握住瑪理娜的手直盯著她，彷彿在求婚。

「我想成為妳的朋友——不，是家人。讓我們跟雷烏斯一起建立幸福的家庭吧！」

「家人!?」

不對，根本是求婚。

不是上輩子俗稱的百合，我猜只要是她本能喜歡上的人，茱莉亞都會想要在一起，不論男女。

然而，被求婚的那一方想必很混亂。瑪理娜目瞪口呆，說不出話，茱莉亞的猛攻卻並未停止。

「得趕快與妳加深羈絆。之前有人教過我可以互相餵食，讓我們藉此培養感情吧。」

「咦？」

「啊，我先的。她剛剛沒有餵到我。」

「咦咦!?」

從結果上來看，她們並未發展成險惡的關係，應該是好事吧。

話說回來，明明是以雷烏斯為中心衍生的問題，怎麼不知不覺變成以瑪理娜為中心了？

茱莉亞和雷烏斯將瑪理娜夾在中間，催促她餵自己吃飯，有種兩隻大型犬搖著尾巴把她擠成一團的感覺。

瑪理娜望向艾爾貝里歐求救，她的兄長僅僅是面帶微笑看著三人。

「哥、哥哥!?有什麼好笑的！」

「哈哈，這還用問嗎？雖然妳一直在努力成為雷烏斯的好伴侶，提到結婚每次都會扯開話題。可是妳剛才宣言不會輸給茱莉亞殿下，代表妳已經覺得跟雷烏斯結婚也無妨了吧？」

「什麼!?」

「就我看來，妳和茱莉亞殿下處得不錯，我也放心了。」

瑪理娜事到如今才發現自己因為一時激動而說溜嘴，臉色一下紅一下白，變化多端。

至於被人無視的雷烏斯本人的心意，說不定可以不用太介意。最後會由時間解決一切。

而且瑪理娜、茱莉亞、諾娃兒三人都是純粹喜歡雷烏斯，我們沒道理插嘴。

辛苦歸辛苦，我希望雷烏斯能累積跟女性交流的經驗，慢慢習慣。

「啊啊討厭，知道了啦！我餵你吃就是了，不要吵！」

「喔！」

「收到，下一個就輪到我囉？」

「唉……感覺像有兩個雷烏斯。」

可以想見瑪理娜未來會很累。

不過仔細一想，我遲早會變成瑪理娜的大哥，以後多觀察他們相處，適時給予幫助吧。

三人互相餵食，加深羈絆，當然有人為此感到不快。

在旁邊吃飯的士兵散發非比尋常的氣勢，包圍雷烏斯。

魔物隨時有可能來襲，要放鬆也該適可而止，他們會生氣也是無可奈何。在我準備道歉時……

「茱莉亞殿下！此話當真!?」

「我怎麼沒聽說您準備結婚了！」

「那種吊兒郎當的人怎麼配得上您！」

他們的怒氣來自於茱莉亞的婚事。

遇到茱莉亞的親衛隊時也有類似的情況發生，當時並未提及結婚一事，所以沒有這麼嚴重。

可是在場的士兵都聽見他們最敬愛的茱莉亞要跟雷烏斯結婚了。

雖說他們都認識在前線大顯身手的雷烏斯，對結婚實在難以接受的樣子。用前世的說法來譬喻，就是當紅偶像宣布要結婚吧？

憤怒與嫉妒營造出殺氣騰騰的氣氛，雷烏斯正想起身，茱莉亞卻更快採取行動。

「我能體諒各位不知所措的心情。但他是在與我對練時奪得勝利的男人。」

「「「!?」」」

「今天見識到雷烏斯跟我並肩作戰的模樣，各位應該一眼就看得出此話不假。希望你們等到撐過這場氾濫後，再判斷他配不配得上我。」

不能接受的人，實際打一場說服他們或許是最快的，可惜以現在的狀況來說，應該要避免浪費體力。

大部分的士兵透過茱莉亞的發言明白這個道理，乖乖退下。他們之所以異常聽話，推測是因為從茱莉亞本人口中得知雷烏斯打贏了她。

還沒想通的人依然瞪著雷烏斯，茱莉亞見狀瞇起眼睛，釋放殺氣。

「話先說在前頭，我絕不允許你們用卑鄙的手段暗算雷烏斯。若有人這麼不要臉，我會立刻讓他化為我劍上的鐵鏽。」

畢竟可能會有人在戰場上趁亂偷襲雷烏斯。感謝她再三叮嚀。

茱莉亞的殺氣讓士兵們明白她是認真的，冒著冷汗一同敬禮。

「呃……意思是要我用劍得到大家的認同囉？感覺好累喔。」

「我不知道你在煩惱什麼，你只要照常行動就好了。」

「可是，我不想害茱莉亞很難做人。」

「讓大家見識你拿出全力的模樣就夠了，別管那點小事。那就是你最大的魅力，你率直的個性……」

正是我喜歡的——瑪理娜本想這麼說，卻抵擋不了害羞的心情，越講越小聲，導致這句話出現奇妙的間隔。雷烏斯為此面露疑惑，瑪理娜像要掩飾泛紅的臉頰般，指向雷烏斯。

「總、總而言之！不用想太多，維持平常心戰鬥就好。聽懂回話！」

「聽懂了！總之加油就對了吧？」

時隔一年沒見，這兩個人的相處模式還是老樣子，真溫馨。

這樣將來不只茱莉亞，諾娃兒也會加入，無法想像這四個人湊在一起會怎麼樣。於好於壞，這些孩子真是讓人移不開目光。

圍繞雷烏斯的戰爭和士兵引起的騷動平息時，去幫傷患看診的莉絲及莉菲爾公主也回來了。

兩人坐到被獸王叫去的艾爾貝里歐和奇斯的位子上，只有莉絲看起來特別疲憊。她一直在照顧傷患，會身心俱疲也是理所當然。

「辛苦了，莉絲。喝杯水喘口氣吧。」

「嗯，謝謝。好餓喔……」

「妳的份在廚房，我馬上拿過來。」

「我去拿就好。麻煩各位照顧莉絲殿下。」

目送賽妮亞去廚房拿餐點後，我碰觸莉絲的手檢查她的身體狀態，毫無異狀。她無精打采，似乎只是精神上的疲勞所致。

雖然大概猜得到原因，我還是望向坐在旁邊的莉菲爾公主，要求她說明，她摸著妹妹的頭告訴我：

「有人被抬進來時已經救不回來了。好幾位士兵在我們面前嚥下最後一口氣。」

「我早已做好覺悟，可是親眼看到還是很不好受……」

再難過傷患也只會不斷增加，於是莉絲強行轉換心情，繼續治療。

等情況終於穩定，疲勞也一口氣襲來，導致她心情低落。這麼大規模的戰爭，有人喪命再正常不過，我應該要馬上安慰她，不過看來沒那個必要。

「呵呵，別露出那種眼神啦。大家都在努力，只有我一個人受到挫折，太難堪了。」

即使她會說喪氣話，莉絲現在的心靈堅強到能夠馬上振作起來，用不著過度操心。

話雖如此，放著她不管也不好，我便將桌上剩下的菜全推到莉絲面前。

「我們吃飽了，剩下的妳可以通通吃掉。」

「謝謝，可是現在有規定每個人能吃的量吧？我也少吃一點吧。」

「沒關係，我允許，莉絲小姐儘管吃。尤其妳拯救了許多士兵，稍微吃多點也不會有人介意。」

「而且這是我和瑪理娜做的，不用擔心分量。」

「是的，希望合莉絲小姐的胃口……」

「呵呵，那我就來見識一下瑪理娜的廚藝囉。」

在跟大家聊天的過程中，莉絲的心情平靜下來，甚至有精神到能夠展露平常溫和的笑容。

之後，賽妮亞輕而易舉地端出超過二十人份的餐點，莉絲瞬間吃得一乾二淨，引來一陣譁然，我們就這樣結束了和平的用餐時間。

飯後，茱莉亞安排一間基地裡的房間給我們使用，我們聚集在裡面各自休息。

莉菲爾公主他們也在一起，所以人數變得挺多的，不過還是足以供每個人躺下來。恐怕是隊長才能用的房間。

我們明顯受到優待，感覺會招致其他人的反感，然而根據茱莉亞的解釋，這似乎是必要的措施。

『諸位都立下顯赫的功績，重點在於你們太引人注目了。這個房間士兵無法隨便靠近，好好休息吧。』

實際上，在食堂的時候就有一堆士兵想跟雷烏斯和莉絲道謝。道謝是無所謂，但要一一回話會沒空休息，現在把我們隔離開來比較好。

瑪理娜也自然而然跟了過來，決定好休息順序後，我帶著艾米莉亞來到能夠環視整座基地的高塔。

周圍有許多衛兵及四處奔走、為戰爭做準備的士兵，我跟他們知會一聲，用手指吹響哨音，過沒幾秒，北斗就從高塔的外牆垂直衝上來。

「不用那麼急，會嚇到其他人。」

「嗷！」

「不能讓您等……北斗先生是這麼說的。我也贊成。」

「我很高興你這麼忠心，但不要太超過喔。所以，外面的情況如何？」

我命令北斗偵察敵情，調查那些逃走的魔物的動向。

根據廣範圍「探查」的調查結果顯示，逃走的魔物好像待在離前線基地不遠的平原，並未回到魔大陸。

也就是說，魔物何時攻過來都不奇怪。現在因為天色太暗的關係，什麼都看不見，等到天亮應該遠遠就看得見魔物的身影。

用魔法即可掌握魔物的位置和規模，我卻特地派北斗偵察，是為了確認是否有我想的那些人。

「一點動靜也沒有，這樣啊……那些人在嗎？」

「嗷嗚……」

「有可疑的魔物，不過並未發現那些人。」

我想知道的是疑似氾濫主謀的拉姆達一行人在不在那裡。

再超乎常理的敵人，都不可能徹底騙過北斗的鼻子和直覺，目前應該可以視為拉姆達他們不在附近。

「嗷！」

「至於可疑的魔物，雖然氣味和氣息不同，肯定跟之前看過的人造魔物是同樣的生物……北斗先生說的。」

這裡似乎有我在帕拉多和亞比特雷交手過的會操縱魔物的合成魔獸（奇美拉），只要收拾掉牠，魔物應該會失去指揮。

只要我想動手，大可用「探查」狙擊那隻合成魔獸（奇美拉），可是現在這麼做太危險了。魔物是因為有人操縱，才停在那裡沒有移動，一旦解除限制，他們極有可能立刻往這邊發動攻勢。

而且就算打倒了那隻合成魔獸（奇美拉），只要再派下一隻過來即可，不斬草除根就沒意義。

拉姆達那麼憎恨聖多魯，理應會待在附近親眼見證這個國家滅亡……是我猜錯了嗎？

聽完北斗的報告，我整理了一下思緒，發現在旁邊待命的艾米莉亞憂鬱地凝視我。

「天狼星少爺，若您找到那些人，您打算怎麼做？」

「當然是處理掉。不管他們跟我們有什麼關係，絕對不能放著那種人不管。」

即使目標是聖多魯，他們未必不會跑去侵略其他大陸，更遑論同一塊大陸上的亞比特雷。必須在這裡收拾他們。

然而，從艾米莉亞不服的表情來看，她想問的似乎不只這個問題。

「怎麼了？有問題儘管開口。」

「那個……這只是我個人的想像，但我真的放不下心。總覺得要是您發現拉姆達，會隻身闖入敵陣……」

或許是因為我在前世最後交手的敵人跟拉姆達很像，我下意識提高戒心，而艾米莉亞察覺到了我細微的變化。

面對她哀傷的眼神，我摸著艾米莉亞的頭微微一笑。

「我確實很在意那傢伙，但我再怎麼說都不會做那種事。我可沒自信到一個人跑去找那麼深不可測的敵人。」

我想起上輩子讓我失去性命的最後一戰。

當時外部並未提供援助，或許是因為身邊有臥底，再加上我沒能準確推算出敵人的戰力，才會丟掉性命。

這是我付出生命學到的教訓，我不會重蹈覆轍。

假設拉姆達或敵方的大將出現，我想直搗黃龍，準備及戰力都尚且不足。無論如何，只能先觀望幾天。

多虧我一臉嚴肅地告訴她，艾米莉亞鬆了口氣。

「畢竟現在情勢緊張，得小心不要誤判撤退的時機。問題在於如果茱莉亞殿下不願撤退怎麼辦，到時搞不好得強行把她帶走。」

「叫雷烏斯加油吧。我個人認為女人會有希望對方硬拉著自己走的時候。」

「嗷！」

源源不絕的魔物，無法預測的戰局。

這是一場跟訓練無可比擬的考驗，倘若順利度過這個難關，肯定會成為弟子們巨大的經驗。

可是……這次好像沒有餘地讓我想這些事。

因為即使能得到寶貴的經驗，無法存活就沒意義了。

《兩位英雄》

之後，大家輪流小憩了數小時，魔物並未來襲，我們靜靜迎來抵達前線基地後的第二天早晨。

每個人都清醒過來，檢查好裝備。吃完早餐時，陽光逐漸照亮世界，「探查」尚未偵測到魔物有所行動。

然而，空氣中微弱的動物氣味迫使我意識到魔物就在附近，全軍便在防衛隊長凱因的命令下迅速就定位。

莉絲跟昨天一樣，和莉菲爾公主一同前往治療室，雷烏斯和艾爾貝里歐他們一起加入茱莉亞的部隊。負責打游擊戰的我、艾米莉亞、北斗則先在獸王附近待命。

「天亮後我才看得出來，整座基地的氣氛都變得不一樣了呢。」

「是啊，這才是前線基地本來的樣子吧。」

望向周遭，城牆各處都設置了會射出巨大箭矢及岩石，針對大型魔物的兵器——弩砲。

昨天還只有幾臺而已，士兵們熬夜工作，增加到了數十臺。不只戰力方面，視覺效果也變得可靠許多。

「為何這麼多武器之前一直收在倉庫？」

「聽說是為了檢查拆下來了。拉姆達說離下次氾濫還有一段時間，建議一起維護。」

「哼，徹底中了那傢伙的計。休想繼續為所欲為。」

除了弩砲，前線基地還備有用綁在繩子上的圓木做成的兵器，以擊落從外牆爬上來的魔物，弓兵部隊及魔法部隊也配置在能發揮最大效益的位置。

戰術及事前準備都完美無缺，不只茉莉亞，凱因也坐回指揮官的位子，士氣十分高昂。

所有人都保持著適度的緊張感，時間靜靜流逝。太陽升上高空時，大群魔物總算開始行動，出現在我們面前。

數量多得跟昨天一樣足以掩蓋地面，心靈脆弱的人看到這一幕，八成會想轉身就逃。但我軍擁有不輸給敵人的戰力，以及堅固的城牆。

再加上昨天的經驗，幾乎沒有面對魔物大軍感到畏懼的人，可是一看清魔物的身影，全軍都出現幾分動搖。

「……那是什麼？」

「嗯，明顯不同。」

「看，還有從未見過的魔物！」

昨天，地面及上空大部分是小型魔物，今天則不一樣，大型魔物的比例明顯增加。如果昨天是兩成，今天差不多是四成吧。

除此之外，有魔物持有弓箭和弩砲等遠距離武器，還有拿著歐克方便使用的棍棒，而不只是圓木做成的破城槌。

「天狼星少爺，這到底是……」

昨晚的作戰會議上，並未推測出魔物在晚上撤退的理由。

第一天才剛過，所以大家認為現在下結論操之過急。

但我們想到一個不太希望成真的可能性——

「如妳所見。敵人也升級了。」

就是敵人想展現只要有那個意思，隨時可以殲滅我軍的餘裕，或者想要慢慢攻陷聖多魯，將這個國家折磨至死。簡單地說就是在玩弄我們。

「現在只能堅守防線。這次不要集體行動，分開來戰鬥吧。配合狀況，支援屈居下風的地方。」

「收到！」

「嗷！」

艾米莉亞和北斗聽從我的指示散開，這段期間大群魔物仍在逼近，不知為何，他們保持一定的距離停下腳步了。

不對，停下來的只有帶頭的魔物，後方的魔物還在匆忙移動。不同種族的魔物移動速度也不一樣，他們在調整亂掉的陣形。

「看來要統一步調有困難。這樣就是極限了嗎？」

能知道操縱魔物的精密度是很好，但這不損他們的危險性。

因此我想趁他們靠近前盡量減少數量，魔物卻還在魔法跟弓箭的射程外，束手無策。我的狙擊魔法是射得中沒錯，但眾人是以部隊為單位行動，沒有上頭的命令，最好不要貿然行事。

本以為得在原地等到魔物進入射程範圍，從前線基地的高塔俯瞰戰場的凱因卻在這時下達命令。

『變更作戰計畫！迎擊部隊，前進！』

凱因的號令透過風魔法「風響」傳遍基地，在城牆內側待命的茱莉亞及獸王選出的菁英部隊開始行動。

按照原定計畫，雷烏斯、茱莉亞、艾爾貝里歐、奇斯隸屬的菁英部隊，任務是迎擊來自天空和從城牆爬上來的魔物。

可是大型魔物比想像中還多，凱因判斷增設的大型兵器也無法對抗，將作戰計畫變更成跟昨天一樣，在地面迎敵捍衛正門。

「要出兵了！打開城門！」

正門隨著茱莉亞的號令開啟，在上千名士兵及載著大量物資的馬車出動的同時關上。

這樣一來，地面部隊會無法輕易撤退，不過在戰鬥途中開著正門更加危險，士兵們便用馬車上的物資於正門前設置休息處。除了用來搭建簡易路障的木材，還有飲用水、糧食、醫療器材等等，準備萬全。

儘管是臨時趕工而成的路障，品質還挺不錯的。路障搭建完畢時，魔物也調整好陣形，突然咆哮著狂奔而出，茱莉亞傻眼地咕噥道：

「連開戰的信號都沒有就發動猛攻，真是不解風情的傢伙。」

「魔物終究是魔物。不是茱莉亞殿下和我們的對手。」

「呵，真可靠。期待各位拿出與這句話相符的戰果。」

「「遵命！願將此身奉獻給茱莉亞殿下！」」

和昨天不同的是，不只雷烏斯與茱莉亞，她的親衛隊也加入戰場。

有了這群著迷於茱莉亞，為了能夠跟她並肩作戰而經過千錘百鍊的菁英加入，地上的部隊變得強大到我認為不需要我們的幫助。

「好，今天也加油吧。」

「嗯，有危險我會提醒，兩位盡情大鬧一場吧。」

「喔！剩下交給你啦。」

昨天，雷烏斯和茱莉亞殺入敵陣，優先處理持有破城槌的魔物，今天則決定專心迎擊接近正門的魔物。

因為我軍的遠距離武器變多了，很可能不小心射中我方。

他們事先規定好箭矢及魔法不會瞄準的位置，雷烏斯他們隸屬的迎擊部隊便在比正門前面一點的位置布陣待命。

魔物進入射程範圍的前一刻，凱因再度使用「風響」給予指示。

『弓兵，準備發射弩砲！』

「「「全員，預備！」」」

防衛隊長向部隊長下令，士兵們以準確如機器的動作同時架起弓箭與弩砲。

然後在魔物足夠接近時……

『發射！』

「「「發射——！」」」

降下一陣箭雨。

不是點狀而是面狀的攻擊接連命中魔物，晚了幾秒發射的弩砲的巨大箭矢和岩石直接擊中魔物。聽說昨天前任防衛隊長因為太緊張的關係，明顯太快下令射擊，大部分的箭和魔法都沒有射中，今天卻幾乎全彈命中。

再加上中箭的魔物倒了下來，後面的魔物被他們絆住，魔物大軍的前進速度減緩了一些，凱因接著下達新的命令。

『全隊繼續掃射！三號、四號、弩砲二號隊瞄準上空！魔法隊開始念咒！等魔物靠近一點再發射！』

「「發射！」」

「變更方向！瞄準左邊的空中魔物……發射！」

「我們負責右邊！你們幾個，瞄準一點啊！」

從未間斷的箭矢收拾掉一隻又一隻的魔物，魔物大軍卻以更快的速度進攻，沒完沒了。

這個狀況只能用杯水車薪形容，無奈我們只能利用路障穩定減少他們的數量。一個失誤就可能導致防線崩壞，明明處在這麼驚險的狀況下，凱因的指示卻沒有一絲遲疑。

那果斷又精確的指揮，再加上茱莉亞英勇奮戰的模樣，激勵了整個部隊。看見這群毫不畏懼、奮鬥不懈的士兵，獸王感慨地沉吟。

「智將凱因……他的指揮能力依然寶刀未老。我們也不能輸啊。」

「是啊，小隻的交給他們就行，我去處理大隻的。瑪理娜，請妳支援艾米莉亞。」

「好、好的。我會努力不要扯她後腿！」

上前線實在太危險，因此雷烏斯吩咐瑪理娜前來與我們會合。我派她去協助不遠處的艾米莉亞。

看到沒有血緣關係的兩人像親姊妹似地一面交談，一面戰鬥後，我移動到不會擋住射擊路徑的位置，將狙擊專用魔法「狙擊」的準星對準空中的魔物。

我瞄準的是箭矢難以應對，尺寸格外巨大的飛龍和有翅膀的魔物。距離較近的會被士兵的箭矢和魔法擊落，所以我決定優先處理在後方悠然翱翔的魔物。

其中甚至有連弩炮的箭都能彈開的飛龍，可惜防不住我特殊的子彈。

「不管牠的身體有多強韌，生物一定會有弱點。」

我射出的子彈分毫不差地射進飛龍口內，在進入體內的同時爆炸，產生衝擊波。即使是生命力強大的飛龍，也不可能承受得住來自體內的衝擊，眼睛與嘴巴噴出鮮血，墜落地面。

「裝彈……」

這種子彈非常強大，每顆都蘊含大量的魔力，還得想像詳細的構造，因此難以連射，算是美中不足之處。不過跟「反器材射擊」比起來，發射速度已經算快了，魔力消耗量也比較少，是現在最恰當的攻擊手段。

我仔細想像……甚至聽得見不可能存在的彈匣排出的聲音，接連射向目標。

至於跟我一起負責迎擊飛行魔物的北斗……

「嗷！」

「喔喔！北斗大人飛起來了！」

「北斗大人！」

「各位，射擊！掩護北斗大人！」

牠模仿我的「空中踏臺」，用魔力在空中製造立足點，飛到空中正面殺入敵陣。

衝進那麼大一群的魔物中，可謂有勇無謀，但牠不只是靠魔力踏臺移動，還拿魔物當踏腳石，在敵陣中大顯身手，似乎用不著我擔心。

順帶一提，我不記得我有對牠下達那樣的命令，所以那是北斗自己的決定。

「喔喔……多麼可靠的模樣。可是，放著百狼大人自由行動沒問題嗎？」

「沒問題。跟昨天不同，今天是有制定對策的。」

針對想從外牆爬上來的魔物，我軍不僅會推圓木和岩石下去，還在外牆潑油。北斗不需要像昨天那樣在牆上四處奔走，清理魔物。

而且我一呼喚牠，北斗就會馬上回來，不成問題。再加上牠會待在我軍的箭矢和魔法射不中的位置戰鬥，只要唯一有能力對那麼遠的地方發動攻擊的我不要誤傷牠即可。

「瑪理娜，趁攻擊的空檔對敵方使用幻影！」

「是！你們給我看這邊！」

另一方面，瑪理娜不僅同時射出好幾發「火焰槍」，還在沒有士兵的地方製造自己的幻影，擾亂魔物。

艾米莉亞再用魔法穩穩收拾聚集在一起的魔物，明明沒有事先商量過，依然合作無間。

「長槍隊，別讓魔物靠近！魔法隊！準備發動上級魔法，等待號令！」

獸王也沒有輸給凱因，命令士兵擺出槍陣迎擊，叫魔法師準備使用召喚巨大龍捲的上級魔法「暴風」，同時攻擊地面與空中的敵人。

我趁著射擊的空檔望向地面，負責守住正門的雷烏斯他們相當活躍，沒有讓半隻魔物靠近正門。

目前還算順利——不對，全軍都表現得比想像中還要好，甚至有了喘口氣的空檔。

剩下只要互相彌補失誤，維持這個狀態即可，魔物的援軍卻源源不絕，不容大意。

這次的幕後黑手，不曉得怎麼看待這個狀況。

即使想要確認，我並未在戰場上看見疑似主使者的人，可見對方還不打算露面。為了盡量多找到一點跟敵人的真面目和戰略有關的提示，我一邊注意整個戰局，持續對魔物使用魔法。

——雷烏斯——

「喝啊啊啊啊啊啊啊啊——！」

「唔喔喔喔喔喔喔喔——！」

茱莉亞和奇斯幾乎在同一時間吶喊，接連殲滅接近正門的魔物。

現在那兩個人在前面戰鬥，因此我稍微退至後方，處理他們漏掉的魔物。可是幾乎沒有漏網之魚，挺輕鬆的。

「雖說是作戰計畫，在這種地方閒得發慌好奇怪喔。」

「我們會輪流休息，你要不要再放鬆一點？對了，茱莉亞殿下有點跑得太前面，差不多該請她後退了。」

「的確，茱莉亞，妳跑得太前面了，後退一點！」

「唔!?好，知道了！」

或許是混亂的戰局所致，茱莉亞和奇斯經常不小心衝得太前面，幸好有艾爾仔細觀察我們的動向。

確認茱莉亞聽見我的聲音，後退了一小段距離後，艾爾邊殺魔物邊問我：

「雷烏斯，你有發現嗎？」

「……你指的是茉莉亞？」

「嗯，她會不會太有幹勁了？而且開戰後她就沒有好好休息。」

我們的任務是守住正門，所以我們事先商量好我、茉莉亞、奇斯要輪流下去休息，避免有人太過疲憊。茉莉亞卻幾乎沒有退下來過。

開戰後她只跟我和奇斯交換過一、兩次，艾爾會擔心很正常。

「她大概是想表現得跟大家的英雄一樣，才那麼拚命。可是一個人太勉強也不好，差不多該逼她換人了。」

「沒差吧？茉莉亞想要的話，就讓她盡情戰鬥吧。」

她不僅沒有陷入苦戰，甚至看不出會累，既然奇斯也在，應該還不會有問題。

她揮劍時偶爾還會露出笑容咧。

「不過，總不能讓她一個人負擔那麼重吧？」

「茉莉亞不是要顧所謂的身分嗎？我不想妨礙那麼努力的人，她再怎麼樣也不會笨到累倒。」

「是沒錯……」

「還有我們在。一有意外就立刻衝出去吧。」

跟一直在背後用溫暖的目光守望我們，想讓我們累積經驗的大哥一樣。

而且，茱莉亞是為了守護故鄉而戰。

假如銀狼族的——我的故鄉還在，受到魔物的襲擊，我肯定會堅持要親手保護它。所以我想盡量不要妨礙茱莉亞。

我邊想邊將附近的魔物砍成兩半，發現艾爾看著我，面帶溫柔的笑容。

「真不可思議。我有一瞬間把你看成師父了。」

「是喔？大哥應該會預判更久以後的情勢。」

實際上，大哥不只會打倒空中的魔物，還讓屍體掉在能夠波及地面的魔物的位置，有地方情勢危急會馬上支援。

跟隨口回答茱莉亞一有危險就立刻衝出去的我截然不同。

表示我如果想跟大哥並肩而行，還有許多不足之處。可是著急也沒用，我要做的只有盡己所能。

「別讓企圖從背後繞過去的敵人接近！茱莉亞殿下的後背由我們守護！」

「那邊開始有破綻了！不准讓魔物礙到奇斯殿下啊！」

「三號隊，退下。換一號隊上前！」

茱莉亞和奇斯手下的士兵在護著兩人，艾爾也會視情況調配兵力，目前幾乎沒有我出場的機會。

其實我想跟奇斯交換，和茱莉亞一起盡情揮劍……

「只能空等……也有點難受耶。不過現在要忍耐，忍耐！」

肯定會有我要拿出全力戰鬥的時刻。

我留意著茱莉亞的動向，盡可能保存力量，不斷戰鬥。

午餐時間過後，我們打倒了數不清的魔物，往正門——不，往前線基地進攻的魔物卻看不見盡頭。

我不時會跟奇斯換班，茱莉亞卻始終在前方奮戰不懈。

我忍不住擔心起將近半天沒休息的茱莉亞……

「欸，妳差不多該下去休息了吧？至少喝口水。」

「很高興你為我擔心，可是我還不累。我曾經整天都在練劍，這點小事不算什麼。」

這句話好像萊奧爾爺爺會說的，她好像真的不累。

儘管有傷患和體力不支的人，那也只占了全體的一小部分，影響不大。

不如說他們休息一下就會恢復精神，回歸戰線，超級神奇，或許是被茱莉亞的英姿激勵了。照這情況看來，再撐個兩、三天也不成問題。

我抬頭確認其他地方有無失守，看見在空中跳來跳去、打倒大型魔物的北斗先生。

天空的魔物跟地面一樣接連冒出，多虧了大哥、北斗先生跟從城牆射出的大量箭矢及魔法，幾乎無人傷亡。

有些魔物拿堆積如山的魔物屍體當踏腳石，可惜不時會出現上級風魔法「暴風」喚來的巨大龍捲，將他們連同爬上城牆的魔物清理乾淨。

「剛才那招是艾米莉亞小姐的魔法對吧。不只威力，發動位置也完美無缺。」

「好恐怖的姊姊。難怪那個傻瓜不敢反抗。」

大哥沒有下達新指令，也沒人叫我們撤退。

照這個步調繼續戰鬥即可——我才剛這麼想，面前就出現一隻奇怪的魔物。

外表只是平凡無奇的哥布林……應該。

可是他身上有奇怪的圖案，還散發一股我不太想聞的味道，其他魔物似乎在躲著那隻哥布林。

看起來一劍就能打倒，本能卻在大喊這隻魔物很危險，因此我反射性抓住想要砍向那隻魔物的茱莉亞的肩膀制止她。

「等一下！不可以靠近他！」

「現在連戒備的時間都嫌浪費。在他發動攻擊前解決掉，就沒問題了吧？」

我也贊成先發制人，但我有股強烈的不祥預感。

所以我準備在他接近前先使用魔法，哥布林的一隻腳卻突然炸飛。

「唔!?誰的魔法！」

「剛才那招是……大哥嗎？」

風魔法沒那麼快，看起來也不像後面的士兵用的。

可是如果是大哥，為什麼不瞄準頭部，而是瞄準腳？

我不認為大哥會射歪，他在專心處理空中的魔物，還特地抽空攻擊這隻哥布林，肯定有原因。

「喂，他還活著耶。趕快解決掉。」

「不，師父八成是刻意瞄準腿部的。最好不要隨便靠近。」

艾爾貝里歐也覺得不對勁，阻止了想要上前的奇斯。

緊接著，大哥終於再度使用魔法，炸掉哥布林的頭——他的身體立刻噴發烈焰爆炸。

本以為是大哥的新魔法，大哥卻在爆炸同時用「傳訊」告訴我並非如此。

『我感覺到奇怪的魔力反應，測試了一下，看來是死後會自爆的類型。』

大哥沒有要我回話，所以我邊聽邊斬殺魔物，又出現那種奇怪的哥布林。大哥跟剛才一樣，攻擊腿部封住他的行動。

『雷烏斯，我偵測出魔物體內植入了疑似魔石的東西。那就是爆炸的原因。』

刻在魔石上的火魔法陣，導致他噴火爆炸嗎？

大哥為了確認魔法陣是否會在魔物死後發動，先射穿魔石才瞄準頭部，給他最後一擊，這次哥布林沒有爆炸就一命嗚呼。

『你在附近有觀察出什麼嗎？詳細描述給我聽。』

有些事遠看看不出，只有在附近才看得出來。

我按照大哥的要求，用頸鍊型魔導具將從哥布林身上看出的異狀告訴他，大哥馬上得出結論，向我說明。

『說不定是藉由能驅趕魔物的氣味避免傷及同夥，用畫在身上的魔法陣判斷生死。也就是經過改造，用途只有自爆的棄子。從遠距離殺掉，或者先破壞體內的魔石。』

「知道了！」

大哥的「傳訊」只有我聽得見，我便將他所說的話轉達給大家。

突如其來的指示令許多人感到疑惑，多虧茱莉亞跟艾爾馬上相信，大家都接受了。

以後戰鬥時得小心會自爆的魔物，不能再像之前那樣看到魔物就殺。

「茱莉亞殿下，那種魔物又出現了！我們會用魔法殺掉他，請您退——」

「不需要！」

通常應該要保持距離將其打倒，但我們一直以來都是用武器戰鬥，而非魔法。

無論目標再怎麼小，要砍中特定部位並不難。

茱莉亞似乎和我有同樣的想法，對士兵的制止充耳不聞，接近會爆炸的魔物，精準砍碎他體內的魔石，再反手砍下頭部。

「……原來如此，確實沒爆炸。小事一樁。」

「喔，我這邊也出現了！喔啊啊啊啊啊──！」

「真麻煩，反過來利用他們好了。」

奇斯連同魔石把魔物一分為二，艾爾貝里歐則沒有殺掉他，在魔物死掉的前一刻將他踢入敵陣，炸死其他魔物。

我當然也會先破壞魔石再殺死魔物……感覺真不舒服。

這些魔物是我們的敵人，所以我並不是在同情他們。我不爽的是逼他們犧牲自己的傢伙。

茱莉亞好像也有同樣的感受，憤怒地揮劍。

「這種糟蹋生命的做法，即使是敵人依然令人不悅！我絕不饒恕能夠面不改色地做出這種事的傢伙！」

「……嗯！」

我認為那個叫拉姆達的傢伙最可疑，不過這個之後再說。

為了痛扁幹這種好事的傢伙一頓，為了把那兩個人介紹給諾娃兒和諾艾兒姊認識，我得活下來。

——天狼星——

激戰持續到了日落時分……魔物在跟昨天一模一樣的時段同時撤退。

看到魔物逃跑，士兵們樂得歡呼，少數人則在為明日感到不安。

我們跟前天一樣，在會議室為明天召開作戰會議，用北斗獵來的肉煮晚餐，前往食堂討論今天的戰況。

「好不容易撐過今天了。」

「是的，前提是跟昨天一樣沒有夜襲。」

我們全都平安無事，沒有受重傷，士兵卻有一定程度的傷亡。

可是考慮到這場戰爭規模這麼大，死者已經算少了。全要多虧大家的努力、凱因的戰略，以及用魔法治療傷患的魔法師們。

最關鍵的醫療人員莉絲果然負擔很重，一跟我們會合就又餓又累，正在睡眼惺忪地吃飯。

「嚼嚼……還要……」

「光是能餵食莉絲，來這一趟就值得了！」

「這種機會可不常有。莉菲爾殿下，好好享受吧！」

莉菲爾公主和賽妮亞在餵她，所以也不能說是在吃飯，不過她們看起來很幸福，放著別管好了。

我用「掃描」檢查了一下，莉絲單純是太累了，只要補充營養，充分休息，隔天早上應該就會恢復。

「大哥，莉絲姊沒事是很好，茱莉亞真的不要緊嗎？」

「對呀，那個人比雷烏斯還要拚命耶。」

瑪理娜已經會自動跑來找我們，跟雷烏斯一起詢問我。

其實剛才茱莉亞也在場，吃完飯就回房間了。她看起來雖然很有精神，除了吃飯和中間的休息時間，幾乎整天都在戰鬥，想必累積了不少疲勞。

雷烏斯問她既然那麼累，大可派人把餐點送到她房間，何必特地跑來食堂。茱莉亞露出爽朗的笑容回答：

『因為我想跟你和瑪理娜一起吃飯。再怎麼疲憊，也不能忘記與心愛之人交流。』

她毫不害臊，沒等我們回答就轉身離去。那直接的好感令他們倆不知所措，相當擔心茱莉亞的身體狀態。

「放心吧，她不是會讓疲勞累積到明天的人。為此她才會提早回房。」

揮了一整天的劍，不僅能正常活動，還只有輕度疲倦，看得出她平常就有在鍛鍊。雷烏斯說她講過這比練一整天的劍還輕鬆，看來所言不假。

「所以你以後也只要照自己的意思行動就好。這不就是你節省體力的目的嗎？」

「喔！」

我看見戰鬥期間，雷烏斯不但沒有阻止茱莉亞埋頭猛衝，還特地節省體力，以便發生意外時能立刻趕過去。

為茱莉亞的身分和身體狀態著想是很好，坐在旁邊的瑪理娜卻有點不開心。她理智上能夠體諒，不過身為女人還是會嫉妒。

「啊，瑪理娜當然也是。別離開大哥和姊姊喔。」

「我知道。比起我，你更危險吧？小心不要再增加莉絲小姐的負擔。」

「嗯，沒精神就不能吃妳烤的肉了。明天也麻煩妳囉。」

「我可不是來煮飯的！」

她嘴上這麼說，看起來卻有點高興，肯定不是錯覺。

判斷莉絲和茱莉亞的身體沒有大礙後，我們接著討論之後的計畫。

「天狼星少爺，明天的作戰方針是？」

「目前都有辦法對付，所以我沒打算更動。視狀況臨機應變。」

「真的這樣就行了？我也試著思考過，沒有其他計策嗎？」

在餵莉絲吃飯的莉菲爾公主加入對話。

時間拖得越久，莉絲的負擔就越大，她自然會擔心這麼隨便會不會出事。

「嗯，我有想到幾個。可是現在執行為時尚早……」

不只莉菲爾公主，賽妮亞和梅爾特也很在意，為了讓他們放心一點，我決定分享一些現有的計策。

「……原來如此。真的沒問題嗎？萬一來不及，後果不堪設想。」

「那就撤回聖多魯。我和北斗負責殿後，到時莉絲就拜託各位了。」

「這還用說。既然你有先想好退路，我也不方便多說什麼。我會祈禱不要有用到那個計策的時候。」

目標仍未現身，因此就算我想使用那些計策也無從下手，只能等待時機來臨。

拜茱莉亞的戰績所賜，我軍的士氣仍然高昂，聖多魯也會定期補充人員及物資。至少可以確定即使有比今天更多的魔物進攻，前線基地也不太可能淪陷。

我們判斷還不是祭出殺手鐧的時候，比平常更早就寢。

然而……世事往往無法盡如人意。

有充足的戰力及物資，做了完善的準備，制定縝密的戰略，第三天卻開始出現破綻。

因為魔物的攻勢變得更加猛烈，再加上當天發生了足以顛覆戰局的重大問題。

「什麼!?趕、趕快讓盾兵和槍兵上前防禦！」

「快點！沒有盾牌的人就用身體抵擋攻擊！」

「無論如何都要保護茱莉亞殿下！」

因為比任何人都還要英勇奮戰，鼓舞士兵的茱莉亞……從前線退下了。

魔物跟昨天一樣沒有夜襲，我們迎來在前線基地度過的第三個早晨。

雖然有人因為激烈的戰鬥徹底失去戰力，多虧聖多魯送來的人員及物資，我軍的戰力比第一天更加強大。

然而，魔物的援兵永無止境。每隔一天，大型和特殊魔物都會變多，今天終於連山都出現了。

「會移動的山，巨峰嗎……遠比我看過的個體龐大。」

「我在資料上看過這種魔物，實際上更加巨大呢。」

獸王說的「巨峰」是棲息在魔大陸的魔物，外觀類似上輩子的駱駝。話雖如此，像的也只有整體的輪廓而已。

首先，牠有六隻腳，頸部異常粗大，臉頰附近長著兩根如同鞭子的觸角。

最大的特徵在於體型。牠是我看過最大的魔物，甚至可以碰到我們腳下的城牆的上半部。稱之為會移動的山絕不誇張，遠遠看過去甚至會讓人距離感失常。

儘管想要迎擊，牠還沒進入我軍的攻擊範圍內，獸王便在這段期間為我說明：

「雖然牠體積龐大，巨峰基本上是一種溫馴的魔物。只要不貿然出手，牠就不會攻擊人類。」

「您剛才說牠只棲息在魔大陸，那麼那隻魔物的資訊是從哪裡來的？聽說沒幾個人去過魔大陸。」

「有極少數的巨峰會從魔大陸渡海而來。有人說是一時興起，也有人說是為了逃避其他魔物的追捕。」

那麼龐大的身軀，確實有辦法在淺海行走。

既然牠性情溫馴，感覺可以放著不管，無奈曾經有巨峰將城牆視為障礙物，用身體撞擊，所以一有巨峰出現就要馬上處理。

簡單地說，前線基地不是第一次對付巨峰，但那都是只有一隻的情況下，這次光是視線範圍內就有兩隻，全軍都感到不安與緊張。

「最好不要以為牠很溫馴。那隻魔物好像也被操控了。」

「嗯，看牠背上載著魔物。應該是打算接在外牆上，直接侵入內部。」

前世有一種用來攻陷高大城牆的攻城兵器，名為「攻城塔」，那些傢伙想把巨峰當成攻城塔用。

我決定非得在牠接近前收拾牠，看見聽從凱因的命令，從正門出兵的茉莉亞他們。

昨天只帶了防守正門用的物資，今天則備有具機動力的馬匹，士兵也分成兩個大部隊。

「諸位，仔細聽好！現在開始，吾等將化為利槍！將眼前的敵人盡數貫穿的利槍！」

是騎在馬上，能夠敏捷行動的茱莉亞，以及她的親衛隊和精兵組成的突擊部隊。茱莉亞騎著裝備專用防具的駿馬，鼓舞身後的士兵。

「身為勇敢的聖多魯士兵，以及與我並肩作戰的同志，讓我看看你們的驕傲！」

「「「遵命！」」」

「「「願一生跟隨茱莉亞殿下！」」」

茱莉亞他們的任務，是殺進魔物群中打倒巨峰。

昨天召開作戰會議時，凱因預料到可能會出現更加巨大的魔物，提議組成突擊部隊，茱莉亞立刻自告奮勇。

有人認為王女親自衝鋒陷陣太過危險，試圖阻止她。她的決心卻不可動搖，堅稱若想提振士氣，除了自己以外別無他選。

儘管起了一些爭執，茱莉亞的突擊戰術依舊得到採用，想必是因為她的實力深得信任。畢竟除了雷烏斯和奇斯，衝進一大群魔物中最有可能平安歸來的，就是茱莉亞。

我當然建議過讓我們——尤其是能夠攻擊大型魔物的我和北斗來處理，可是茱莉亞希望我們等魔物逼近身前時再出手，我只得點頭答應。我和北斗是最後一道保險的意思。

率領突擊部隊的茱莉亞高聲激勵眾人，提高部隊的士氣，雷烏斯聽從我的吩咐對馬上的茱莉亞說：

「茱莉亞，把這個帶上。」

「什麼!?居然在這種時候送我禮物，真服了我的伴侶。」

「不是我做的，是大哥做的。他叫我拿給妳。」

「這樣啊……」

「別那麼沮喪嘛。妳聽好，這條項鍊……」

雷烏斯給她的項鍊上鑲嵌的魔石，刻著能在其上附加許多功能的魔法陣。這是我為了要衝鋒陷陣的茱莉亞急忙做出來的，調整成會接收周圍的聲音回傳給我，方便我掌握前線的狀況。

但我不想被人覺得我在竊聽，於是我拜託雷烏斯先說明原因再把項鍊給她，她只有因為不是雷烏斯送的禮物而沮喪，不打算拒收的樣子。

「是嗎？前線的資訊很重要，我就心懷感激地收下吧。如果是你送的就更棒了……」

「好啦，知道了。等事情告一段落我再送妳禮物，打起精神。」

「此話當真!?好久沒有這麼期待收到禮物了。」

在這種時候送禮，總覺得有點動機不純，不過有報酬果然會提升動力。

茱莉亞不久前還是個威武的女戰神，此刻卻露出與年齡相符的可愛笑容，連雷烏斯都不禁苦笑著建議她：

「妳要期待是沒關係，別因為太有幹勁，忘記逃走啊。」

「行，我背負著大家的性命，不會勉強的。你才要小心一點。」

順帶一提，雷烏斯也有自願加入突擊部隊，然而要在部隊分散的情況下守住正門過於困難，他便乖乖待在保衛正門的部隊。

「艾爾和奇斯也在，你的歸處就交給我們守護吧。」

「嗯！但你搞錯了一件事。我現在的歸處，是你和瑪理娜身邊。少了你就沒意義，所以你也要平安無事地等我回來。」

站在附近的艾爾貝里歐與奇斯神情複雜，看著互相凝視的兩人。

「嗯──聽起來像要上戰場的夫妻會有的對話……」

「是不是立場對調了？」

眼前的景象是雷烏斯抬頭仰望騎在馬上的茱莉亞。我不會說這樣是錯的，但我可以體會艾爾貝里歐和奇斯的心情。

部隊準備就緒，帶頭的茱莉亞高舉手中的劍，發號施令。

「好，讓我們收拾掉虛有其表的魔物！大家跟上！」

「「「喔喔喔喔喔喔——！」」」

雖說離魔物還有一大段距離，茱莉亞的部隊在敵軍排好陣形前就飛奔而出。太悠哉的話，我軍的箭矢和魔法會從天而降，他們得在那之前移動到射程範圍外。

首先盯上的是左邊的巨峰，茱莉亞他們直線衝向牠，還在與魔物接戰的前一刻加快速度。

「好驚人的氣勢。一面前進一面掃蕩魔物，速度卻絲毫未減。」

「證明了不只茱莉亞殿下，整支部隊都實力堅強。這邊也差不多要開始攻擊了，看來茱莉亞的部隊會比較早到。」

我們只是杞人憂天，突擊部隊不斷突破重圍，在幾乎無人脫隊的情況下逼近巨峰。幸好巨峰周圍沒有其他魔物。恐怕是因為牠的身體過於巨大，動作也特別大，魔物為了避免遭受波及，特意跟牠保持距離。

巨峰發現有敵人接近，伸長臉頰上的觸角發動攻擊。茱莉亞迅速繞到左側，逃出牠的攻擊範圍。

然後躲開想要踩扁她的魔物的腳，一面攻擊其中一邊的三隻腳，一面下達指示。

『散開來瞄準腳攻擊！別被踩到了！』

她的聲音透過魔石傳給我，突擊部隊從巨峰旁邊衝過去，針對左腳攻擊。

茱莉亞的劍切開了肉，士兵們的長槍接連刺中左腳，魔物終於無法支撐自身的重量，身體嚴重傾斜。

『就是現在！一口氣壓制住！』

茱莉亞沒有放過這個機會，從馬背上跳起來，直接在巨峰的身體上奔跑，擊落牠背上的各種魔物，在抵達頭部時停下腳步。

『砍下頭部是最快的……可惜有難度。』

茱莉亞判斷無法砍掉遠比自己的劍長的頭部，一下就放棄了。只要她有那個意思，多揮幾劍應該砍得斷，不過巨峰可能會在途中甩頭把她甩下來，這個決定並沒有錯。

她的語氣有點不甘心，但她馬上轉換心情，對慢了幾秒爬上魔物身體的親衛隊說：

『太慢了，伊安。還抬不動那把武器嗎？』

『已經用得跟我的手腳一樣順手啦。純粹是您身輕如燕。』

名為伊安的士兵身穿覆蓋全身的鎧甲，裝備跟身體一樣長的巨大鐵鎚，是親衛隊重戰士部隊的副隊長。

看起來只比我大幾歲，卻跟茱莉亞共同度過好幾次危機，連在這種狀況下都有餘力開玩笑，帶著三位戰友走到茱莉亞面前。

『讓您久等了。馬上著手準備！』

『麻煩了。不要急，穩紮穩打就好。』

站在魔物的頭部開始工作的伊安一行人，拿出巨大的鐵樁。比雷烏斯的大劍還長，尖端異常銳利，疑似是訂製品。

沒錯……凱因制定的戰略是讓部分士兵移動到巨峰身上，直接用鐵樁瞄準要害。畢竟牠的身體那麼龐大，人類使用的武器無法有效造成傷害，連上級魔法都不能輕易殺掉牠，我們才決定執行這個計畫。

這麼做實在很危險，茱莉亞和親衛隊的動作卻不帶一絲恐懼或迷惘，伊安他們也冷靜地準備將鐵樁敲進巨峰體內。

然而，或許是頭部多出這麼多人令牠感到不快，巨峰甩動長觸角攻擊伊安他們，待在旁邊的茱莉亞一劍將其砍飛。

『休想！給我安分點。』

不只觸角，在空中飛行的部分魔物也發動攻勢，這些魔物同樣由茱莉亞和其他親衛隊成員阻擋，因此一切都按照計畫行事。

『要害……是這裡。伊安，動手！』

『我等很久囉。喝啊啊啊啊啊啊啊啊——！』

伊安瞄準淺淺刺進巨峰頭部的鐵樁，全力揮下鐵鎚。

準確插在中心處的鐵樁輕易刺穿牠的肉，連骨頭都穿過了，直達腦部，巨峰抖了一下，向前癱倒在地。

看見山崩的瞬間，前線基地的士兵放聲歡呼，因為巨峰登場而趨於低落的士氣得到提振。

「厲害，照這情況來看，似乎用不著您和北斗先生出馬。」

「茉莉亞沒事吧？希望她不要在途中摔下來。」

只有艾米莉亞旁邊的瑪理娜為她擔心，看見茉莉亞騎上留在地面的馬，她鬆了口氣。茉莉亞看準魔物倒下的時機，跳了下來。

這已經是足夠輝煌的戰績，不過還有另一隻巨峰，茉莉亞他們跟在腳邊待命的部隊會合後，直接殺向右邊的巨峰。

「……喔，沒時間給我們看戲了。開始行動吧。」

「好的，走吧，瑪理娜。」

「是！」

基地的弓兵隊及弩砲有所行動，主要負責對付空中敵人的我們，也該開戰了。

我們在茉莉亞他們接近右邊的巨峰時，一同發動攻擊。

之後，茱莉亞的部隊跟剛才一樣成功殺掉右邊的巨峰，在戰場上輕快地奔馳，擾亂敵軍，回到正門。

儘管免不了有人傷亡，大部分的成員都平安歸來，也順利收拾掉兩隻巨峰，作戰計畫無疑是成功的。

突擊部隊立下亮眼的戰功，稍微退至後方休息。令人驚訝的是，茱莉亞馬上跟雷烏斯交換，與奇斯並肩作戰。

「喂喂喂，妳不是剛回來嗎？乖乖去後面休息啦！」

「我只有揮劍而已，不怎麼累。用不著顧慮我。」

連奇斯都忍不住擔心她，可是雷烏斯並未阻止，應該沒有大礙。

另一方面，跟打倒大型魔物，戰況還算順利的地面不同，城牆上的我們有點陷入苦戰，慢慢開始有地方被壓制住。

「該死，箭沒了！誰幫我拿過來！」

「這邊的部隊魔力耗盡了。暫時撤退！」

「左翼部隊殲滅敵人的速度變慢了！換後方部隊上來！」

茱莉亞他們的表現雖然能維持士氣，一部分的士兵卻因為連續數日的激戰而精神不濟。

就算晚上能輪流補眠，對未來的不安及緊張狀態害許多人睡不好，判斷力下降，晚了一步才發現箭矢不足及周遭的狀況。這種小失誤不斷累積，導致有些部隊來不及迎敵，讓魔物靠近。

「別因為這點小事就慌張！有時候敵人靠近，反而能讓我們充分使出全力。讓那些飛蛾撲火的白痴嘗嘗後悔的滋味！」

「石頭不行熱水也行，什麼都好，總之把他們從牆上砸下去！」

「我們這邊快念完咒了！大家小心點，以免遭受波及！」

多虧獸王和各部隊隊長迅速下令，士兵們又互相幫助，勉強應付得來。

雖然現在看起來是一陣兵荒馬亂，其實已經算五五波了。純粹是之前太一帆風順，這才是戰爭該有的模樣。

我一面支援被敵軍壓制的部隊，一面繼續擊落空中的魔物，在觀察魔物動向的期間，產生一個疑問。

「……就這樣？」

再怎麼努力殲滅他們，魔物依然源源不絕。

冷靜一想，繼續戰鬥下去，過沒幾天我們就會迎來極限，棄守前線基地吧。

不過……敵軍會不會太安分了？

儘管出現了巨峰這種棘手的魔物，到頭來也只有提升敵方的強度。倘若這場戰爭是敵人的遊戲，他們差不多該玩膩了，會想加點變化也不奇怪。

在我猜測敵方的企圖，提高警戒時……那傢伙終於出現了。

『向前線傳令！茱莉亞殿下，請準備突擊！』

難怪時常保持冷靜的凱因會急忙下令。

因為不斷冒出魔物的遠方的地平線，再度出現三隻巨峰。

光是巨峰就足以構成威脅，凱因和我們關心的卻是巨峰背上的人影。

「沒想到他會直接現身……」

我強化視力確認，那個人影是疑似幕後黑手的拉姆達本人。

他站在魔物背上，帶著看不出身在戰場的穩重微笑，散發異常的氣息。跟他同夥的露卡及席岡不見人影，不過出現明確的目標，是能改變戰況的好機會。

聽見凱因的命令，茱莉亞發現拉姆達出現了，站回突擊部隊的前頭，請人幫她發動「風響」對拉姆達說：

『竟敢出現在我們面前，好大的膽子。是想證明你綽有餘裕嗎？』

『不，我只是來看看你們。各位過得不錯嘛。』

拉姆達也發動「風響」，語帶挑釁地回應，茱莉亞露出無畏的笑容回道：

『很遺憾，如你所見。你想要的話，我可以靠近一點讓你看清楚。』

『呵呵，好啊。前提是妳來得了。』

拉姆達現身的理由不明，至少他沒打算逃跑。

雖然很有可能是陷阱，不管怎樣都得打倒巨峰，如果做得到，還必須生擒拉姆達打聽情報，所以也不能不發動攻勢。

雷烏斯叫茱莉亞小心一點，再度率領部隊衝進魔物群。

從旁看來，茱莉亞像是被人挑釁才衝出去，但她其實很冷靜。因為她先從左右兩邊的巨峰下手，而非拉姆達腳下的中間那隻。

或許是對付剛才那兩隻的經驗讓大家習慣了，左邊的巨峰一下就被殺掉，一行人直接盯上右邊那隻。拉姆達卻下達命令，一直只會直線奔跑的巨峰立刻改變方向，瞄準茱莉亞。

這樣下去得同時對付兩隻，因此茱莉亞盯著緊逼而來的魔物，告訴戰友：

『看牠的動作……不出所料，目標是我嗎？聽好，我會攻擊拉姆達爭取時間，你們去打倒另一隻！』

『您一個人太危險了！至少帶幾個人同行吧。』

『那麼那邊那十個人，跟我來！其他人注意，快把那隻巨峰收拾掉。趁我打倒拉姆達之前！』

茱莉亞開了個玩笑，帶著伊安及其他九名護衛跟右翼部隊分頭行動，奔往中間的巨峰。

靠僅僅十人突破魔物群的茱莉亞，用跟之前一樣的方法減緩巨峰的移動速度，將其中六人留在原地，跑到巨峰身上與拉姆達對峙。

——茱莉亞——

「才短短幾天，卻覺得很久沒見了。」

「我也有同樣的感想。我知道妳實力堅強，不過真沒想到妳能撐那麼久，令人驚訝。」

「多虧我國的菁英及我的同伴。不全是我一個人的力量。」

沒錯，因為有大家，我才能持續戰鬥。少了任何一個人，這座前線基地想必早已淪陷。

收拾掉他即可令戰況產生劇變的拉姆達出現後，我們突破重圍，來到巨峰背上。伊安他們卻因為裝備及體力的關係，得花一點時間才爬得上來，變成我和拉姆達單挑的局面。

可以的話，我想以劍士的身分跟他單挑，不過跟那傢伙的戰鬥應該要做好萬全的準備，還是拖一下時間吧。

「拉姆達，我能明白家人遭到殺害，你會想要復仇。但罪魁禍首是陷害你的那些人，不是這個國家。父王說過若你希望，可以把主謀交給你處置。你願意立刻停戰，坐下來跟我們談談嗎？」

「妳跟那個愚蠢的哥哥一樣。我已經連那個國家的存在都無法接受。折磨那些人，我的復仇心也不會消失。」

如我所料，跟他交涉果然沒意義嗎？

最後的希望消失時，伊安他們前來跟我會合，我舉起劍正式宣言：

「那就沒辦法了。拉姆達，我要以聖多魯王女的身分……砍了你！」

「志氣可嘉，不過妳只顧著對付我一個人，沒問題嗎？」

「我不是說了嗎？我有許多可靠的朋友。而且我們討論過你可能是操縱魔物的元凶，值得強行取下你的人頭。」

「哦，果然這樣想嗎？挺敏銳的，可是希望妳不要後悔。」

我一口氣衝到他身前，砍向拉姆達的右手，再反手砍斷他的左手，想要化解那從容不迫的態度和攻擊。

要瞄準頭部當然也可以，但我有件事無論如何都想跟這個男人問清楚，便在攻擊完的同時跟他拉開距離，觀察情況。

「真過分。不是應該要先瞄準頭部嗎？」

「我想問你，是你將魔石植入魔物體內，讓他們自爆的嗎？」

「正確地說是我和露卡想到的。儘管有點費工，總比白白被殺更好看有趣吧？」

「殺死你的動機又多了一個。我再問你，有辦法阻止這些魔物嗎？」

「我沒道理告訴妳。啊，說不定我一死，那些魔物就會恢復原狀喔？即使恢復原狀，我也不認為魔物會停止攻擊你們就是了。」

「……好。看來一切都只能等砍了你以後再說。」

我下定決心這次一定要殺掉他，先觀察站上前保護我的伊安、長槍手沙恩、擅長使用火魔法的黛娜的狀態，伺機而動。

「茱莉亞殿下，他少了手臂，攻擊方式應該會受到限制。我認為該立刻進攻。」

「別以為那傢伙跟我們是同樣的生物。即使沒有手，他肯定藏有某種計策……手？」

奇怪。我砍斷了他的手，他卻一滴血都沒流。而且天狼星先生和莉絲砍斷他的手臂時，他一下就接回去了，這次居然無動於衷。

「黛娜，扒了他的長袍！」

「是！風之刃啊，斬裂敵人吧……『風刃』。」

黛娜的屬性是火屬性，卻連風屬性的中級魔法都會用。她的魔法割裂覆蓋全身的長袍，使拉姆達的身體暴露在外。

我仔細觀察他的身體，根本不像人類。

除了頭部，全身都是由錯綜複雜的藤蔓構成的。

「……不只內心，連身體都變成怪物了嗎？」

「這叫進化，不是變成怪物。這是超越名為人體的極限姿態。」

這叫進化……？

能在身體變成植物的狀態下維持生命，確實可以稱之為進化，然而，拋棄人類重要事物的模樣，不可能有辦法讓我產生親近感。伊安他們亦然，毫不掩飾對他的厭惡。

拉姆達似乎很滿意我們的反應，愉快地笑著說：

「告訴你們吧。植物的生命力強大到在根部裂開的狀態下埋進土裡，依然能夠生長。也就是說，只要刻意讓它們分裂後再種植，即可增加同樣的植物。」

「同樣的植物？同樣…………你該不會!?」

「是的，妳猜得沒錯，在這裡的我既是拉姆達，也不是拉姆達。」

眼前的那東西，不是和我們相處過的拉姆達？

只是和本人相似而已……不行，天狼星(大哥)和凱因應該能理解得更快，我卻一頭霧水。

「而我的目標是妳……茉莉亞殿下。妳是那群人的軍旗，只要妳消失，未來應該會變得更有趣。」

「!?退下!」

危險的發言使我有股不祥的預感，我後退了一大步，腳邊——巨峰的肉體長出數不清的綠色觸手。

用劍砍斷那些觸手後，我看出它們是植物的藤蔓，假拉姆達的腳扎根在巨峰背上，藤蔓是從那裡長出來的。

「啊啊，可惜。這麼簡單的攻擊，妳果然閃得掉嗎?」

「你是寄宿在魔物身上的寄生蟲。為了不讓魔物受苦，看我馬上把你除掉。」

雖說有許多疑惑，不管那傢伙的真面目為何，都得砍了他。

我轉換心情，砍斷侵襲而來的觸手，壓低音量與伊安他們交談。

「……怎麼樣?」

「咒文快念完了。但考慮到魔法的攻擊範圍，不曉得能不能打中他……」

「足夠了。我會配合妳，念完咒就立刻施放。」

我們迅速商量好戰術，黛娜發動上級火魔法，數根火柱憑空而生，燒盡周圍的觸手。

其他人則在同時飛奔而出，我讓伊安和沙恩負責抵擋新長出來的觸手，逼近拉姆達，穿過他身旁砍飛他的腦袋。

「好!收拾掉腳下這隻巨峰就回——」

「還沒結束呢。」

「什麼!?」

明明砍斷頭部了，為何聽得見那傢伙的聲音!?

我急忙轉頭，發現從身體掉下來的拉姆達的頭在笑，反射性用劍指向他。眼角餘光瞥見身體的瞬間，我的劍尖產生了一絲遲疑。

「莫非你也一樣！」

「這個術式的缺點就是有點複雜，得花一些時間才能發動。那麼，各位還剩多少時間呢？」

我在戰場上看過無數次的自爆用魔石，從他身上的藤蔓底下浮現。而且比植入魔物體內的魔石大上一倍，不用想都知道威力不會是同一個等級。

反過來想，這是個好機會。放著這個拉姆達不管他就會自滅，只要我們在魔石爆炸前逃走即可。

「撤退！趕快離開！」

「這個選擇再合理不過，可是妳逃得了嗎？我很瞭解妳的個性。」

不管你說什麼，我都沒空理會。我明知危險，還是打算直接從巨峰背上跳下來，拔足狂奔，伊安他們的處境卻迫使我停下腳步。

「怎麼突然不能動!?」

「大家快過來這邊！哇!?」

「沒完沒了！那傢伙不會死嗎！」

因為伊安他們被拉姆達的觸手纏住了。

沙恩和黛娜一面用長槍和魔法切斷觸手，一面移動，離我們最近的伊安卻被牢牢困住。

因為伊安的切斷用武器只有小刀，來不及應對不斷纏上身體的觸手。

「啊哈哈哈哈哈！怎麼樣？逃不了吧？因為妳擁有高貴的情操，無法犧牲仰慕自己的部下！」

「該……死。茱莉亞殿下！請您拋下我逃走吧！」

自己的個性被人拿來評論，挺不愉快的，但我確實無法反駁。

我想都不想就衝了過去，砍斷困住伊安的觸手，同時使勁撞擊他的身體，將他撞向剛擺脫觸手的沙恩及黛娜。

「「茱莉亞殿下!?」」

「你們快走！這傢伙的目標是我。」

「我們不能丟下您！」

「別管那麼多，快跑！去下面準備接住我！」

數根觸手竄出來隔開我們，再加上我真心的怒吼，三人明白留在這裡只會礙事，發出悔恨的咆哮，開始爬下巨峰的背。

「……抱歉。」

這麼做很像在糟蹋你們的心意，我深感愧疚，可是你們在這傢伙面前，只會反過來被利用。

伊安用不著說，沙恩硬要說的話比較擅長防禦，黛娜因為剛用過魔法，魔力所剩無幾。若我帶來的是劍士，結果或許會不一樣，然而是我自己選擇了伊安他們。不能因為我的判斷失誤，把部下牽扯進來。

這段期間，無數的觸手將我的退路徹底封住。不是不能強行突破，但我不認為有辦法在魔石爆炸前逃走。

既然如此……

「完全如我所料，真是無趣。有時必須犧牲部下，保全自身的性命，這也是王族的義務喔？」

「不准再隨便對我下指導棋！」

先砍了魔石和拉姆達再說！

可是前方有觸手阻礙，就算我跟那傢伙只隔了幾步，也很難一口氣收拾掉他。

話雖如此，現在連思考的時間都嫌浪費。我判斷只能捨身攻擊，重新握緊劍柄，這時，有個東西從身旁飛過，擊碎隨時會炸開的魔石。

「喔喔……離這麼遠還射得中。真是的，他來到這個國家，是我最大的誤算。」
「他？該不會是天狼星先生!?」
雷烏斯說過，天狼星先生的魔法離多遠都能命中，竟然厲害成這樣。怎麼想都不是射得中的距離，究竟是哪種魔法？
不對，之後再感謝他。不能錯失未來的大哥賜給我的良機。
這次一定要把他的頭和身體切成碎片，結束一切！
「可惜，他還太天真了。」
「唔!?」
這男人到底究竟預測到了多遠的未來？
我邊跑邊砍斷觸手，他的手腳跟剛才一樣冒出了魔石。
看似隨時會爆炸的魔石共有七顆，剩下的時間不足以全數摧毀。以我現在的體力，一口氣揮六劍就是極限。
「別害怕！劍不會回應弱小的心靈！」
聽說剛劍曾經使用名為「斬破」的招式，同時攻擊八隻魔物。
跟他比起來，我只少了那麼一刀。絕非不可能！
「喝啊啊啊啊啊啊啊啊──！」
超越極限的動作令身體發出悲鳴，我忍受著手臂快要被扯下來的疼痛，使勁揮劍……成功砍碎七顆魔石。

「漂亮，那麼最後這一顆，妳來得及反應嗎？」

「啊……」

映入眼簾的，是人類外皮脫落，露出底下的植物的假拉姆達頭部，以及從他嘴裡吐出的魔石。

還來不及反應，魔石就爆炸了，火焰與衝擊波撲面而來…………

「……啊、嗚!?」

我昏迷了一瞬間，還活著。

為何被捲入那麼大規模的爆炸中還活得下來，我不得而知，但這不是現在該思考的問題。

視線模糊，周圍的聲音也聽不清楚，不過風劃過肌膚的感覺告訴我，我從巨峰背上掉下來了。

這樣那傢伙想要收拾我的目的就達成了……可惜還沒結束。

劍……握在手中。

魔力……也剩下一些。

只要能平安著地就不會有事，可是這麼高的高度，就算有護住身體，風險依然不小，再說我連自己離地面有多遠都不知道。

別著急。視覺和聽覺靠不住的話，就相信自身的直覺與經驗。

我憑藉魔物的氣息推測跟地面的距離，順從直覺揮劍。

「唔……喝啊啊啊啊啊——！」

這是我從學過一點剛破一刀流的人口中聽過的招式——「衝破」。

揮劍的同時釋放的衝擊波，成功減緩了降落的衝擊，無奈似乎沒辦法徹底消除，我在摔到地上的同時滾了好幾圈。

儘管如此……勉強撿回一條命。背部受到強烈撞擊，導致我呼吸困難，不過只要跟大家會合……

「哈……真是夠了。接下來換你們嗎……」

跨越這麼多危機，還不肯讓我休息。

魔物的移動速度果然比我的同伴更快，附近的歐克朝我揮下棍棒，我向一旁滾動，砍斷歐克的腳。

然後藉由反作用力站起來，跪在地上拿起劍。視覺及聽覺雖然恢復了一些，得到的情報卻只有我現在孤立無援。

可是，還不是放棄的時候。

「…………們……跑……」

「……快！沒有盾……身體……擋攻擊！」

「……茉莉亞殿下……身邊！」

因為我在魔物的呻吟聲中，聽見我的部隊在趕來救我的微弱聲音。

只要撐到援兵抵達即可，無奈我已經連劍都快握不住了。

扔掉這把劍可以輕鬆許多……唯有這件事我死都做不到。

我……必須活著回去。

我答應過要回到能以劍士的身分，以伴侶的身分依靠的兩人身邊，更重要的是，我自己想要回去。

但我的氣魄對魔物並不管用，他們無情地從四面八方襲來。我正想揮劍抵禦攻擊……周圍的魔物突然飛得遠遠的，那個人同時現身於我面前。

「打擾啦！唔喔喔喔喔喔喔——！」

你怎麼在這裡？

你明明果斷地說過：「正門就交給我吧。」為何會跑來救我？

雷烏斯無視困惑的我，衝過來以驚人的速度揮劍，接連斬殺周圍的魔物。

確認我安全無虞後，雷烏斯帶著不適合他的悔恨表情回頭望向我。

「抱歉，我遲到了。」

「啊……怎麼會，你來得正好。」

「其實我想在妳摔下來前接住妳。對不起，沒有像瑪理娜那個時候一樣。」

確實有點可惜，不過雷烏斯無須道歉。

該道歉的是中了敵人的奸計，害許多人操心的我。

「正門的防線……怎麼樣了？」

「有艾爾和奇斯在，不用擔心。妳知道他們很強吧？」

「……是嗎？」

唔……好難坦率地跟他道謝，大概是因為我身為指揮官，無法對雷烏斯的行為置之不理。本來是不能輕易原諒他擅自行動的。

然而，或許是我累得無法掩飾情感，導致這個想法反映在臉上了。雷烏斯看到我的表情，面露疑惑。

「嗯？我不該來嗎？」

「不、不是。我是在氣我太沒用，害你得離開崗位。」

「什麼崗位，我又不是妳的部下，要去哪裡都是我的自由吧？」

「唔……抱歉。又讓你看見我的醜態了。」

陷入自我厭惡，導致我的思緒亂成一團。看到我苦惱的模樣，雷烏斯於心不忍，笑著說道：

「這三天妳不是都沒休息，一直在前線奮戰嗎？今天起我來代替妳，傷勢痊癒前先別用劍了。」

「什麼!?這點小傷，休息一下馬上就能回歸戰線。」

「欸，可不可以聽一下我的話？大哥和姊姊說過，夫妻是要同甘共苦的喔？」

「!?」

原來如此……在眾目睽睽之下說想要結婚的我，其實是最不瞭解夫妻關係的。

雷烏斯不是部下……而是與我互相扶持的對象。

既然我要對他敞開心扉，得學會更加依賴他才行。

「知道了。請你代替我鼓舞大家。雖然現在講這個有點太遲，謝謝你……救了我。」

「嗯！我沒差啦，記得跟大哥道謝。是他從那場爆炸中保護了妳。」

「保護我？」

我望向被炸得遍體鱗傷的身體，發現只有鎧甲的胸口部分損傷特別輕微。那裡掛著我今天早上收到的大哥做的項鍊，如今只剩下鍊條的部分。

「大哥說他透過魔石釋放衝擊波，抵銷了爆炸的威力……什麼的，詳情去問大哥吧。妳的伙伴等一下就會來，乖乖在這邊等喔。」

「……嗯。」

看來沒時間給我難過了。

總不能帶著這種無精打采的表情，跟大哥和拚命想要救我的部隊成員道謝。

在我的精神完全振作起來時，突破魔物包圍的突擊部隊蜂擁而至，以我為中心排成圓陣，從四面八方保護我。

「趕快展開防衛陣形！」

「舉起盾牌！成為保護茱莉亞殿下的肉盾！」

「不准讓半隻哥布林過去！」

部隊裡面還看得見伊安他們的身影，推測是在跟我分開後成功會合了，我放下心中的大石。

眾人努力抵擋魔物，親衛隊隊長走到我面前跪下，淚流滿面。

「茱莉亞殿下！幸好……幸好您沒事！」

「是啊，出了一點糗，不過託大家的福，撿回了一條命。真心感謝諸位。」

「不敢當！茱莉亞殿下的尊軀由我們保護。接下來的事情請通通交給我們。」

「拜託了。可是……好像沒有那麼容易。」

聽見地鳴聲，我抬起頭來，看見有隻巨峰往這邊靠近。

我命令部隊長處理的那隻巨峰似乎已經死了，所以那隻應該是拉姆達騎的。背部都被魔石炸開一個大洞了還沒死，比想像中更耐打。

本來應該要暫時撤退，不過現在有雷烏斯在我身邊。

在我思考要不要把半數的隊員交給他，請他殺掉巨峰時，雷烏斯把大劍扛在肩上，面對巨峰宣言：

「茱莉亞，妳先帶大家回去。我去砍了那傢伙。」

「等、等等。帶幾個人過去……」

「我一個就夠了。還有，邊逃邊看也沒關係，希望妳看清楚。讓妳見識萊奧爾爺爺教我的真正的剛破一刀流。」

雷烏斯留下這句話，走向緊逼而來的巨峰。

本想叫人跟著雷烏斯一起去，他信心十足的笑容及發言卻導致我只能目送他離去，其他人亦然。

我不可能忍心放他隻身應戰，但我剛剛才發誓要學會依賴雷烏斯。我要……相信他。

我被隊長攙扶著，整頓陣形開始移動時，雷烏斯獨自掃蕩其他魔物，接近巨峰，跟我們一樣閃避觸角，移動到牠的側面。

緊接著，雷烏斯使用能在空中移動的魔法高高躍起，降落在巨峰粗大的頸部前，發出響徹戰場的吶喊。

「剛破……一刀！」

劍光一閃，雷烏斯揮下的劍……一劍就砍下了我放棄砍斷的巨峰的脖子。

那就是真正的剛破一刀流？多麼強大、美麗的劍法。

我大受震撼，認定那正是我的目標，明明傷得這麼重，卻不受控制地想要揮劍。

「總有一天……我也……」

然而，我在將雷烏斯的英姿與他的劍技烙印在腦海的期間迎來極限，就此失去意識。

——天狼星——

茱莉亞中了拉姆達的奸計，身負重傷，從前線撤退，導致軍心動搖。

雷烏斯為了補上茱莉亞的空缺，如鬼神般大顯身手，將防守正門的部隊傷亡控制在最低限度。

不過，在城牆上戰鬥的我們可謂損失慘重。

無法同時應付從外牆爬上來的魔物和來自空中的攻擊，傷患越來越多。

但我們靠著周圍的支援勉強重整態勢，天黑時魔物大軍也撤退了，成功撐過今天的襲擊，卻沒有半個人歡呼。

雷烏斯再活躍也無法拭去全軍的精神領袖茱莉亞遭到還擊的影響。眾人在略顯沉悶的氣氛中修補城牆及兵器，今天我也參加了在會議室召開的作戰會議。

「天狼星先生，茱莉亞殿下的狀況如何？」

「全身燒傷，傷勢挺嚴重的，幸好有莉絲的治療，性命無虞。可是，短期內應該沒辦法像之前一樣作戰。」

參加作戰會議前，我先去看過茱莉亞的傷勢，奇蹟般地沒有留下後遺症。然而，就算莉絲的魔法治得好燒傷，她還是得靜養數日才能徹底恢復。或許是超越身體極限的行為，導致骨頭及內臟也受到影響。

我將診斷結果通知眾人，凱因及部隊長吁出一大口氣。

「是嗎……不過茱莉亞殿下沒事真的太好了。不只雷烏斯先生，也得感謝莉絲小姐啊。」

「還要多虧茱莉亞殿下運氣好。被捲入規模那麼大的爆炸中，居然還活得下來，茱莉亞殿下果然深受幸運女神的眷顧。」

當時我叫雷烏斯給她的魔石項鍊，上面刻著仿造爆炸反應裝甲發明的魔法陣，會對強烈的衝擊產生反應，釋放衝擊波抵銷攻擊。若非如此，茱莉亞的身體搞不好會被炸得灰飛煙滅。

唯有獸王一人看著我，我輕輕搖頭，請他保密。解釋起來太麻煩，而且萬一我的技術傳開就糟了。

「既然確定茱莉亞殿下平安無事，開始整理戰況吧。麻煩各隊報告。」

「二號隊損失慘重，不過明天應該能恢復到不影響作戰計畫。」

「四號隊幾乎沒有能夠正常戰鬥的成員。」

「八號隊並無人員傷亡，可是缺乏物資，希望可以盡快補充。」

凱因迅速整理各隊的傷亡情形及要求，制定對策。

安排人數減少的部隊跟其他部隊合併，重新編制部隊。大致整頓完畢後，部隊長們為了轉換氣氛，以輕快的語氣說道：

「儘管發生了令人遺憾的事，成功打倒拉姆達那個叛徒，可謂收穫豐碩。」

「嗯，爆炸的威力那麼大，他不可能還活著。這樣戰況應該會產生一些變化吧。」

「不……我也不想潑冷水，可是拉姆達好像沒有死。」

只有透過魔導具聽見對話的我、直接與他對決的茱莉亞和三名護衛、聽伊安報告的凱因，知道那個拉姆達是假貨。

從凱因口中得知拉姆達是披著人皮的植物、擁有智慧的怪物，幾位部隊長同時面露疑惑。

「是拉姆達，又不是拉姆達……？到底是什麼意思？」

「我也不清楚。聽茱莉亞殿下說，她不認為自己是在跟拉姆達本人交談。殿下的直覺應該不會有錯……」

「也就是說，有兩個拉姆達？不對，身體是植物的話，稱之為魔物比較貼切吧？」

眾人提出各種假設，據我推測，那東西是拉姆達的複製人。正確地說大概不是，不過和本人一樣擁有智慧，又能自由行動，跟複製人差不了多少。

就算這個世界存在魔法，未必能在異世界重現科學技術的結晶，不過若他持有我在亞比特雷看過的擁有自我的魔石，搞不好辦得到。

意即只要有辦法在魔石上刻下自我意識，以及操縱植物的能力，即可像拉姆達一樣做出自己的複製人。

話雖如此，這是重生過的我才想得到的假設。

要說明詳情的話沒完沒了，是否該傳達目前所需的資訊即可？在我思考時，凱因命令部隊長保持肅靜，下達結論。

「雖然有許多疑點，想成跟拉姆達一樣的生物不只一個就對了。」

「也就是說，跟今天一樣的生物會再出現？」

「可惡！敵方究竟藏有多少戰力！」

「即使有無限個拉姆達，我們也不能放棄。」

「……我認為並非無限。」

我插嘴說道，其他人同時望向我，連凱因都一語不發，我便接著說道：

「假如他能大量生產那隻怪物，理應會出現得更頻繁。第三天他才出現，還只派出那一隻攻擊茱莉亞殿下。換成是我至少會準備兩隻。」

在體內植入大量自爆用魔石固然驚人，既然他知道茱莉亞的實力，應該要多準備一道保險措施。

畢竟有可能被茱莉亞帶過去的護衛以數量優勢壓制住，雖然從結果上來看，是他贏了沒錯。

「原來如此……有道理。如果數量真的有限就太好了。」

「戰況確實不樂觀，不過既然知道假拉姆達是植物，是否可以制定對策？」

「嗯，我也在想。各隊，挑幾個擅長火魔法的人出來。請瞭解植物的人製作毒藥或許也可行。」

眾人積極檢討我提出的可能性，或許是我之前的表現得到了他們的信任。

會議持續下去，討論出一個結果後，我們就地解散。我去食堂跟弟子們會合時，卻撞見一場糾紛。

大家坐在桌前，茱莉亞親衛隊的成員——伊安及數名年輕人一副隨時要開打的態度，質問正在吃飯的雷烏斯。

「幹麼那麼生氣？」

「這還用說嗎！你可是茱莉亞殿下選擇的男人！」

我走過去想確認發生了什麼事，艾米莉亞在人潮中開出一條路，前來迎接我。我坐到她為我拉開的椅子上，詢問詳情。

「茱莉亞殿下尚未清醒，雷烏斯不僅沒有去陪她，還在跟瑪理娜一起吃飯，他們無法接受。」

「從旁看來的確會覺得他沒把茱莉亞放在心上，不過雷烏斯沒有這個意思吧？」

「是的，那孩子吃飯時很安靜，瑪理娜也只是在一旁照顧他，沒什麼跟他聊天。」

雷烏斯這麼安靜，是想專心養精蓄銳，瑪理娜也明白這一點，默默照顧他。可惜失去冷靜的伊安一行人似乎看不出來。

或許是逐漸被敵人逼入絕路的現狀，加上無法保護自己崇拜的茱莉亞帶來的後悔及怒氣，導致他們情緒不穩。來找碴的人全是年輕人，可以理解他們不懂得控制情緒。

「中了敵人的陷阱，殿下連心靈都受到巨大的打擊。只有拯救了茱莉亞殿下的你，能夠治療她的心傷。拜託你，多關心茱莉亞殿下吧。」

「……欸，你們幾個有親耳聽見她說她很難過嗎？」

「這……」

「她還在昏睡，所以沒有對吧？茱莉亞才沒那麼軟弱。你們應該比我更清楚吧？」

「「…………」」

雷烏斯有點無言，聽見這番話，親衛隊成員好像冷靜下來了，一句話都無法回嘴。

「幫她治療的大哥和莉絲姊都說沒事，茱莉亞肯定會好好的。我在為明天的戰鬥補充能量，希望你們不要打擾我。」

「……抱歉。」

「但我可以理解你們想表達的意思，所以我等等會去看她。」

看見這抹笑容，親衛隊成員紛紛承認是自己的錯，向他道歉，雙方順利和解。

雷烏斯重新拿起餐具時，坐在附近的艾爾貝里歐向我搭話。

「會發生這種事，有部分也是因為大家會不安。基地裡的氣氛變得非常凝重。」

「她倒下來果然會重創軍心。倘若雷烏斯沒趕上，導致她失去性命，我們搞不好已經撤回聖多魯。」

「雷烏斯的行動在千鈞一髮之際救了大家。身為他的朋友，我感到十分驕傲。」

「不，正因為有你和奇斯他們守住正門，雷烏斯才能趕去救人。不只雷烏斯，這份功勞是屬於大家的。」

雷烏斯的表現固然亮眼，要不是因為有守在原地奮戰不懈的奇斯，以及觀察周遭的戰況臨機應變的艾爾貝里歐，正門肯定早已淪陷。

我誇了一下習慣貶低自己的徒弟，艾爾貝里歐像要掩飾害羞般提出問題。

「話說回來，師父。雷烏斯用來砍斷巨大魔物頭部的那個招式是什麼？他的劍明顯砍不到那麼遠的地方，卻把魔物的脖子砍成兩半。」

「那是……類似剛破一刀流奧義的招式。剛劍爺爺只有示範基礎給雷烏斯看，所以那或許是雷烏斯自創的招式。」

離開我的老家的不久前，雷烏斯最後一次跟萊奧爾爺爺見面時，他示範了某個招式給雷烏斯看。

那個招式似乎尚未完成，從旁看來僅僅是由上往下砍，萊奧爾卻說那是通往奧義的道路。

如今雷烏斯以自身的方式磨練劍技，完成了那一招，就是「剛破一刀」。

「威力如你所見，可是那個招式不只耗體力，還會消耗大量的魔力。萬一巨大魔物再繼續增加，明天我可能也得參與攻擊。」

「師父光處理空中的魔物，就分身乏術了吧。如果茱莉亞殿下還不能上戰場，可以讓我跟奇斯加入突擊部隊，也能拜託北斗先生……」

「北斗不行。牠現在不在前線基地，明天最好當成牠不會參戰。」

「咦!?」

之後，大家邊吃飯邊召開作戰會議，分享情報，輪流休息。我和艾米莉亞一同來到能夠將前線基地盡收眼底的高塔。

不是要找北斗，只是想吹吹風。

我看著夜空及周圍的景色，悠哉地跟艾米莉亞聊天時，一名男子出現在我們面前。

「喔，不好意思。我沒有要打擾年輕人約會的意思。」

「我們只是來吹風的，請不要介意。凱因先生不是應該要忙著重新審視作戰計畫嗎？」

「我想換個地方思考。畢竟以現狀來看，一有漏洞就可能害基地淪陷。」

他的語氣變得沒那麼恭敬，大概是因為不是在部下面前。我們共同跨越了危機，現在的關係更接近戰友。

「戰況果然十分嚴峻嗎？」

「無須多言。正因如此，你才會派百狼行動吧？」

北斗目前不在前線基地。

今天的戰鬥結束後，我請牠帶著一封信呼叫援軍。

開會時我已經提過牠最快明天會回來，不過應該趕不上開戰，在會議室引起一陣譁然。

大家雖然沒有明顯表現出要靠北斗的意思，北斗的戰力卻備受重視。

其中有人大罵我擅自調動珍貴的戰力，不過北斗原本就是我的搭檔，沒道理受到限制。

我補充說明目的是要動用我的人脈，呼叫強力的援軍。部隊長們聽見便露出複雜的神情閉上嘴巴，凱因大罵他們過於依賴外人，這個話題便到此結束。

「關於你拜託百狼找的援軍，真的可信嗎？」

「最好不要對人數抱太大的期望，不過應該會是勝過北斗的戰力。剩下就要看對方是否願意答應了，我相信他們一定會來。」

「……這樣啊。我不是在懷疑貢獻良多的你，可是我身為指揮官，不能依靠不確實的希望。對你擺出那種態度，我深感愧疚。」

「嗯，我可以體諒。」

敵人不僅會操縱魔物，還會製作複製人，在這個異世界明顯擁有超乎常人的技術。

現在不是保留實力的時候，於是我也決定打出一張王牌。

「我們的消耗量比本國送來的人力及物資還多。開會時我並未明言，可是據我推測，連撐不撐得過明天都不好說。」

「有可能棄守這座基地嗎？」

「應該吧。聽好，你們可別漏聽撤退的號令。一定要帶著茱莉亞殿下逃回國內。」

他之所以把茱莉亞託付給我們，八成是想留到最後爭取時間。

阻止已經做好覺悟的男人太不識相，因此我默默點頭。

凱因在最後留下一句：「別比我更早死啊。」轉身離去，艾米莉亞悲痛地看著他的背影。

「這樣好嗎？他簡直像要……」

「他不是急著想赴死。純粹是……身為率領眾人，肩負眾人性命的指揮官，想要履行職責到最後一刻。」

除此之外，說不定他還會覺得自己年事已高，死了也無妨。跟我上輩子出發執行最後的任務時一樣。

即使明白這個道理，艾米莉亞還是會難過他這麼不重視生命。我把手放在她頭上，微微一笑。

「就算棄守這裡，戰爭也不會結束。茱莉亞殿下應該不會願意逃走，妳不覺得反正都要靠蠻力把人帶走，多帶一個也沒差嗎？」

「天狼星少爺……」

「一切端看到時的狀況，盡量在力所能及的範圍內多救點人吧。好，該為明天的戰鬥休息了。」

「是！」

艾米莉亞滿足於這個回答，笑咪咪地輕撫我的手。隨從的身分會令她把我放在第一位，希望她不要丟失為他人著想的心。

接著……到了第四天早上。

在早上醒來的茱莉亞勉強恢復到能戰鬥的狀態，以不會勉強自己為條件，回歸前線。

拜其所賜，士氣恢復了。

魔物在全軍就定位時來襲，許多人為眼前的畫面感到疑惑。

因為我們怎麼找都找不到拉姆達的身影，八成是跟我想像的一樣，複製人的數量有限。再加上巨峰也只有兩隻，魔物種類沒有太大的變化，甚至有士兵鬆了口氣，認為這樣應該對付得來。

然而……開戰後，我們被迫意識到跟昨天明顯的差異。

「又來了！舉起盾牌！」

「不，別去抵擋！一面閃躲，一面繼續攻擊！」

「小心，那傢伙還沒死！」

之前曾經出現歐克之類的大型魔物撿起附近的石頭扔，不過地上大小適中的石頭所剩無幾，遠距離攻擊的威脅性大幅降低。

今天，他們卻學會抓附近的魔物來扔。

大多會用力撞上牆壁，砸不到城牆上方，就算掉在我們所在的位置，那些魔物也會直接摔死。可是偶爾會有撿回一命，大肆破壞的魔物。

最糟糕的是，會投擲魔物的大型魔物如同固定砲臺似的，一動也不動。之前他們並不會停止前進，只要等他們靠近再集中火力，即可輕易打倒。

雷烏斯和奇斯不時會率領部隊出擊，化為固定砲臺的魔物卻遍布戰場，難以驅逐。

子彈將近無限的遠距離攻擊，再加上偶爾會有之前那種自爆魔物飛過來，導致某些部隊陣形瓦解，開戰沒多久就出現傷亡。

「數量實在太多了！」

可惜北斗還沒回來，我們的負擔大幅增加。

我拚命發射子彈，以填補北斗的空缺，卻明顯忙不過來。

然而，北斗在不代表能顛覆戰局，我目前做得到的只有爭取時間。當然沒有疏於確認周遭的情況，以免誤判撤退的時機。

「我要再用一次魔法，瑪理娜支援我！」

「咦，不是剛剛才用過嗎……好的，馬上來！」

艾米莉亞也縮短發動上級魔法的間隔，巧妙地利用瑪理娜製造的幻影，持續奮戰。這種戰鬥方式並不適合長期戰，可是多虧她們兩個，全軍有了重整態勢的時間，勉強能夠維持戰線。

「唔！這裡交給我，你們去其他地方！」

「「遵命！」」

獸王也四處奔波，支援有危險的部隊，而不只是負責指揮。

「姊姊，這次換成那邊有人受傷了。」

「包在我身上！走開，別擋我們的路！」

「公主，請您不要跑得太前面！」

「有時間碎碎念，不如保護她們兩位！」

莉絲他們甚至主動出來尋找傷患，大概是連把傷患抬進去的心力都沒有。雖然很危險，有可靠的護衛守在旁邊，似乎不用擔心。

最後是負責守住正門的雷烏斯他們，戰況比我這邊樂觀一點。

「該死！那邊也有。再突擊一次！」

「等一下，我要重組部隊，奇斯先生先退至後方！雷烏斯，準備好了嗎？」

「嗯，隨時可以上！」

茱莉亞不僅會使劍，還擁有優秀的指揮才能，靈活地指揮雷烏斯和奇斯應戰。

不過昨天的氣勢蕩然無存，頂多只能維持現狀。

「大家還能繼續戰鬥，多數人也並未放棄。可是……」

隨著時間經過，我切身體會到極限將至。

不只是我，弟子們和戰鬥經驗豐富的人都還能戰鬥，但如果以軍隊為單位來看，這場戰爭註定會輸。別說明天了，半天都未必撐得過。

凱因也做出同樣的判斷，在我們戰鬥的同時於幕後派人準備棄守前線基地。安排給侍從及廚師等非戰鬥人員和重傷人士搭乘的馬車，依序逃往聖多魯。

剩下的只有負責擔任肉盾的戰士，為要逃跑的人爭取時間。不只凱因，很多人都決定要在這裡赴死。

「就算這樣，犧牲者還是越少越好。為了盡量讓多一點人活下來……上吧。」

一旦凱因下令撤退，我們應該會帶著茱莉亞逃走。到時即使援軍趕到，也難以顛覆戰局，需要在那之前行動。

「沒辦法，可以的話，我本來想留到跟那傢伙交手時再用這招。」

這張王牌不該用在這種時候，不過至少應該能維持戰線。

我立刻檢查所需裝備，握住師父的小刀時……

「嗷嗚嗚嗚嗚嗚──！」

『『『看招——！』』』

三道閃光伴隨熟悉的咆哮撕裂天空，將在我們頭上飛行的大量魔物一掃而空。

轉頭一看，三隻飛龍以驚人的速度從天空的另一側飛來，背上載著北斗。

「來了嗎！」

比之前交手過的龍種大上一圈的身體，分別是鮮豔的紅色、綠色、黃色，這三隻上龍種無疑是照顧過我們的艾依、庫瓦跟萊。

守護卡蓮的故鄉龍之巢的上龍種不停噴射好幾道凝聚魔力的龍息，從我們頭上飛過，開始攻擊空中的魔物。

魔物紛紛應戰，三龍卻絲毫不把他們放在眼裡，來回飛舞，接連反擊。上龍種被譽為天空的霸者，而他們確實展現了與這個美稱相稱的英姿。

『各位冷靜點！空中的龍是援軍！不要不小心攻擊他們！』

事先知道情況的凱因馬上向全軍說明，因此士兵的混亂並未持續太久。光是三龍就已經是足夠強力的援軍，後面卻還跟著兩隻上龍種。

『很久沒到外面了。讓我看看外面的魔物有多少能耐。』

『哼，數量倒是不少。看來值得讓我大鬧一場。』

連水藍色與紅色的上龍種——桀諾多拉和梅吉亞都來了。

我有料到桀諾多拉會來，沒想到和我之間有著複雜關係的梅吉亞也在。本以為有兩、三個人來支援就算不錯，他們居然派了五個人幫忙。

我很想感謝他們願意答應突如其來的請求，可惜現在沒那個時間。

沒道理放過這個改變戰局的機會。

「艾米莉亞，我去支援地面的軍隊！妳繼續──」

然而……援軍不只桀諾多拉他們。

連上龍種都不會輸，出乎意料的人物現身了──不對，是從天而降。

「……………喔啊啊啊啊啊啊啊啊啊啊啊啊啊啊啊啊啊啊啊──────！」

那個人降落於雷烏斯他們所在的戰場上，在著地的同時釋放強大的衝擊波。

衝擊波將地上的魔物震得遠遠的，蓋出一座將戰場一分為二的瓦礫山。

雖然跟之前比起來進化到了另一個境界，不會有錯，那是「衝破」的衝擊波。

這人到底做了多少訓練？

在我傻眼之時，以前跟他對練時聽到不想再聽的愉悅大笑聲響徹戰場。

「哈哈哈！小子！這麼久沒見，在玩這麼好玩的遊戲啊！」

我懂了……援軍會晚到，是因為在路上撿了他過來嗎？

在各種意義上令人心安，又充滿未知的伴手禮令我露出苦笑，發動「風響」通知全軍。

『全軍注意！剛劍萊奧爾抵達正門前！重複一次，剛劍萊奧爾前來助陣！』

《反擊之刃集結》

『全軍注意！剛劍萊奧爾抵達正門前！重複一次，剛劍萊奧爾前來助陣！』

萊奧爾爺爺現身的消息，經由我的「風響」傳開，全軍大受震撼。

其中也有人對此存疑，不過比魔物更大聲的吶喊及爆炸聲，讓他們不想相信也得相信。

「哈哈哈！魔物多到任我砍啊！喝啊啊啊啊啊啊啊啊——！」

上龍種梅吉亞和三龍自在地在空中翱翔，不斷擊落從上空進攻的魔物。

『我們上！讓這些只會飛的傢伙見識我們的力量！』

『遵命！』

『數量再多——』

『都不是我們的對手！』

拜援軍所賜，戰況發生劇變，我萬萬想不到爺爺會來就是了。

尤其是空中的魔物變少，大幅減輕我們的負擔，甚至有時間慢慢調整呼吸。

我趁機恢復魔力，補充水分，上龍種中唯一沒有參戰的藍龍——桀諾多拉緩慢往我們這邊降落。

「他不是同伴嗎⁉全員準備應戰！」

「等一下！那隻藍龍是同伴。」

獸王反射性下令，我急忙制止，避免桀諾多拉遭受攻擊。

桀諾多拉判斷沒有危險，靜靜降落在我們面前，我發現他背上載著一位青年。

「你該不會是貝奧爾夫吧？」

「是的，好久不見。」

他是人稱劍術高手的劍聖的兒子，以前我在鬥武祭跟他交手過，他以此為契機，想要拜我為師。

他說他要等見到萊奧爾爺爺，詢問亡父的臨終之時是什麼情況，再來跟我會合。既然他跟爺爺一起出現，表示他平安無事地見到了——

「不對……好像也不能說平安無事。」

「嗯……發生了很多事。」

貝奧爾夫從桀諾多拉背上跳下來，表情帶著一絲滄桑……總之，一年前的陽光氣質幾乎快要消失殆盡。

他的變化大到用野性形容更加貼切，是因為跟爺爺一起行動嗎？總之一眼就看得出他的心很累。

但他還是笑著跟我打招呼，可見貝奧爾夫的個性並沒有太大的改變，我感到心安。

「雖然是在這種狀況下，很高興能跟你重逢。那個人真的非常喜歡到處亂跑，我實在追不上各位……」

「我明白你很辛苦了，你們為什麼會騎著龍過來？」

我詢問事情經過，從三龍背上跳下來的北斗和變成人形的桀諾多拉簡單為我說明。

「我們在前來這裡的途中，發現在地面移動的他們。北斗說應該要把他們一起帶過去。」

「是北斗發現貝奧爾夫的嗎？正確的抉擇，北斗。」

「嗷！」

我摸了一下推測跑了半天以上的北斗慰勞牠，桀諾多拉看著我的臉，緩緩伸出手，我也伸手回握。

「再說一次……好久不見，天狼星。」

「嗯，感謝各位特地來幫忙。」

「畢竟是朋友的請求。硬要說的話，我們只是來還當時欠的人情。不必客氣。」

「謝謝，但我真沒想到你們會派這麼多人來。」

「其實梅吉亞原本沒打算要來……之後再跟你說明。」

五位龍種裡面最強的上龍種，如此強大的戰力，從旁看來，說是要來攻陷國家的都不為過。

「對付空中的敵人就行了對吧？包在我們身上。」

桀諾多拉露出可靠的笑容，變回龍形，飛向梅吉亞和三龍在奮戰的空中戰場。

這樣天空的敵人就不足以構成威脅了，不曉得地面的戰況如何。

那位爺爺在盡情發洩，負擔照理說會減輕……

「爺爺，你跑得太前面了！先把周圍清乾淨再說啦！」

「喝啊啊啊啊啊啊啊————！」

「剛劍先生！請你對東側再用一次剛才的招式！攀在牆壁上的魔物太多了。」

「再來！不能來多一點嗎！」

可惜爺爺似乎不受控制。

他不停殲滅魔物，卻只會往敵人密集的地方衝，不肯使用降落時展現的那招廣範圍攻擊技。

如果敵人只有一隻也就算了，在團體戰用這種方式戰鬥效率並不好，再加上他毫不顧及團隊合作，反而加重了雷烏斯他們的精神負擔。

「他之前更冷靜啊……貝奧爾夫，你知道原因嗎？」

「恐怕是因為他遇到了北斗先生和桀諾多拉先生。」

聽說北斗發現貝奧爾夫，接近他的時候，爺爺看見有強者登場，笑著對他拔劍相向。緊接著桀諾多拉他們也出現了，爺爺亢奮到了最高點，得知事情緣由後只得心不甘情不願地收起劍。

簡單地說，他在將沒能跟強者切磋的怒火發洩在魔物身上。

「要阻止那個人真的很累。北斗先生說萬一太晚到會給各位添麻煩，他才終於安分下來。」

「恐怕不是因為我，而是艾米莉亞吧。」

「我不否認。雖然有很多話想跟你聊，我也下來戰鬥吧。」

「這樣好嗎？你不需要上戰場，而且地面現在打得很激烈喔？」

「你的徒弟雷烏斯都在奮戰了，我怎麼可能不拿起劍呢。再加上……我早就習慣他那樣了。」

早就習慣了嗎……

這句話的分量，迫使我不得不接受。我看改天最好約他喝杯酒，聽他抱怨一下爺爺。

「那麼，我走了。」

「喂、喂!?小哥，那裡是——」

貝奧爾夫從周圍的士兵身旁走過去，果斷跳下城牆，拿在外牆上攀爬的魔物當階梯，下到地面。

安全抵達地面的貝奧爾夫，用雙劍斬殺緊逼而來的魔物，奔向雷烏斯他們。

「不只武藝，還能精準掌握戰況。看來他變得更強了。」

跟爺爺共同行動，他似乎失去了許多，同時也得到了些什麼。儘管我只能遠遠觀察，不只我之前覺得他需要多加鍛鍊的臂力，揮劍的速度及技術也明顯進步了。

『別鬆懈！戰爭尚未結束！趁援軍幫我們撐著，趕快重組部隊，檢查裝備！』

凱因下達指示的期間，獸王負責確認傷亡程度和重組部隊，發現我在準備某個東西，往這邊走過來。

「我本來就不覺得會是一般的援軍，居然是上龍種和剛劍。你總是令我大吃一驚。」

「剛劍我也完全沒料到。不過，這樣戰況就會產生劇變了。」

「是啊，看見希望了。」

我在短時間內恢復體力及魔力，望向正看著在地面奮戰的爺爺的艾米莉亞。

「準備完畢後我也會下去，剩下就麻煩您了。」

「嗯，盡情大鬧一場吧。」

獸王乾脆地送我離開，我一面觀察爺爺的動向，一面前往艾米莉亞身邊。

——雷烏斯——

我們力有未逮，差不多要下令撤退時……大哥找來的桀諾多拉先生他們來幫忙了。

能在空中自在飛翔的桀諾多拉先生他們大顯身手，難纏的飛行魔物接連墜落。

至於我們，完全出乎意料的剛劍——萊奧爾爺爺出現了。

都一把年紀了卻沒有衰老的跡象，甚至精力十足的爺爺，以不輸給桀諾多拉先生他們的氣勢殲滅魔物……戰況卻稱不上對我們有利。

「呼哈哈哈哈哈哈！這次那邊比較多的樣子！」

「大家退下！別再靠近剛劍先生！」

「離開那個老爺爺！會被波及到喔！」

因為爺爺他亂搞一通，連我們都差點被砍中。

即使跟他保持距離，爺爺的斬擊會參雜在魔物中飛過來，完全無法安心。

「雷烏斯，我問你，那個人真的是同伴嗎？」

「……大概。」

「什麼意思⁉講清楚一點啦！」

跟我講也沒用，我也很懷疑。

與其說他是救兵，說他只是想來發洩的更有說服力。

「啊啊……多麼豪邁美麗的劍技。跟傳聞一樣……不，是更在其之上。我一定要向他討教！」

順帶一提，茱莉亞為爺爺的劍技深深著迷。

附近的魔物她都有清掉，我沒資格念她，不過連在這種情況下，她都是那個樣子耶。茱莉亞似乎察覺到了我無奈的眼神，笑著回過頭。

「你放心。剛劍的劍技再怎麼令我著迷，我喜歡的異性都只有你一個。」

我搞不懂她想表達的意思，但我可以確定茱莉亞誤會了。

思及此，爺爺的衝擊波又飛了過來，差點被捲進去的奇斯連忙躲開。

「唔喔⁉那個爺爺看都不看這邊。剛劍是你的師父，快點阻止他！」

「如果用講的他就會停手，還需要這麼累嗎？而且我是大哥的徒弟！」

我們一直在跟他溝通，爺爺卻半個字都聽不進去。

某方面來說等於多了一個敵人的狀況，令我們不知所措，這時我發現有個人正在迅速接近這邊。

茱莉亞他們和我一樣，提高戒心，邊跑邊不停斬殺魔物的……是將雙劍操控自如的男人。

雖然他的外表改變了不少，我對那像在跳舞般揮動雙劍的劍技有印象。

「好久不見，雷烏斯。你看起來很頭痛。」

「呃……貝……貝……你叫什麼來著？」

「我早知道你是這樣的人，可是別人的名字好歹記一下吧。我叫貝奧爾夫。」

「喔喔！對，是貝奧爾夫。好久不見！」

他皺起眉頭，不過我一呼喚他的名字，貝奧爾夫便笑著走過來。

聽見這段對話，茱莉亞他們明白貝奧爾夫不是敵人，面露疑惑，我簡單向大家介紹了一下。

「……也就是說，貝奧爾夫先生是雷烏斯的好友？」

「硬要說的話，是該打倒的勁敵。妳也是雷烏斯的伙伴嗎？」

「我是預計成為他妻子的茱莉亞。能認識你這麼優秀的劍士，我真的很高興。」

「謝謝稱讚……咦？妻、妻子!?」

茱莉亞不只是感謝他前來救援，還對貝奧爾夫的劍技產生興趣，露出爽朗的笑容熱情地凝視他。那是……嗯，是等等想跟他打一場的眼神。

聽見茱莉亞的妻子發言，不瞭解她這個個性的貝奧爾夫陷入錯亂，奇斯和艾爾貝里歐略顯強硬地加入對話。

「不好意思，在你驚訝的時候打擾，你是那位爺爺的同伴對吧？」

「我軍也開始有人受傷。沒辦法阻止那個人嗎？」

「要阻止當千先生嗎……」

貝奧爾夫邊說邊把頭轉向爺爺，看這個反應我就知道沒救了。因為貝奧爾夫的視線不是落在爺爺身上，而是遙遠的彼方。

「辦不到。我跟他相處了近一年，像現在這樣亢奮的時候，絕對停不下來。貿然阻止的話……會死喔？」

「總覺得……有點對不起你。好像不該問這個問題。」

「我們果然只能退到後面嗎？」

「可是這樣一來，剛劍先生會被魔物包圍，遲早會耗盡體力。一點點也好，真希望他能配合我們行動。」

我們一面注意魔物和爺爺的攻擊，一面煩惱該不該後退，突然透過「風響」傳來的聲音，使爺爺發生劇變。

『爺爺！』

「唔!?」

宛如脫韁野馬的爺爺突然停止動作，無視周遭的魔物轉頭望向城牆。

爺爺的視線前方有姊姊在，雖然因為距離太遠的關係，我看不清楚。一看到姊姊，爺爺瞬間砍飛身旁的魔物，淚流滿面。

「喔、喔喔……艾米莉亞！妳怎麼……怎麼長這麼大了。彷彿在發光！」

那、那個爺爺不只把視線從魔物身上移開，還樂得像天真無邪的小孩!?到底多想見姊姊啊？

每個人都搞不清楚狀況，只有瞭解爺爺個性的我和貝奧爾夫錯愕地看著他。

「他經常呼喚艾米莉亞小姐的名字，想不到這麼嚴重……」

「說什麼長大，他看得清楚姊姊長什麼樣子嗎？這麼遠應該看不見吧。」

「白痴！看艾米莉亞綻放的光輝就知道了！」

看來在萊奧爾爺爺眼中，姊姊無時無刻都處於發動「光明」的狀態。我好像聽見大哥咕噥了一句「你把她當佛祖看嗎……」不曉得是什麼意思。

那不重要，爺爺終於肯聽我說話了。

看到姊姊，他好像冷靜了一點，因此我再次要求爺爺：

「爺爺，對那邊用一下剛剛那招『衝破』！情勢不妙啊。」

「少依賴別人了，小子！衝入敵陣親手斬殺敵人，才是剛破一刀流！」

確實如此，但現在不是顧慮這個的時候了吧。就算他聽得進我說的話，也沒有任何差異。

不過爺爺說得對，輕易向人求助不符合我的個性。

反正貝奧爾夫也來了，在我準備用還留有一些的魔力發動「衝破」時，我發現大哥不知何時站到了姊姊旁邊。

『爺爺，請你對那個方向用一次剛才的招式。當然不可以破壞城牆喔。』

「喝啊啊啊啊啊————！」

聽見姊姊的聲音，爺爺馬上使用「衝破」，將姊姊所指的東邊的魔物全數轟飛。

威力跟他從天而降的時候一樣驚人，不過……

「……剛破一刀流不是要衝入敵陣，親手斬殺敵人嗎？」

「既然是艾米莉亞的請求，那也沒辦法。怎麼樣？艾米莉亞！老夫很厲害吧！」

他把我的抱怨當成耳邊風，揮手叫姊姊稱讚他，繼續開始攻擊魔物。

唉，這人還是老樣子，光跟他講話就累。他從各方面來說都沒有變，挺懷念的，或者說令人心安。

唯一不同的……是劍技的威力。

一眼就看得出威力遠遠超出我最後見到他的時候，我還以為稍微追上他了，剛劍的背影卻變得更加遙遠。

「可是……我絕對會超越你。等著看吧。」

因為萊奧爾爺爺是我必須超越的高牆，等於是我的跳板。害怕他的話，什麼都不會改變。

於是我邊觀察爺爺的動作，邊跟靠近這邊的魔物交戰，爺爺突然停下來仰望天空。

數不清的魔力塊同時從上空砸下，釋放衝擊波，將爺爺四周的魔物全部炸飛，最後降落於地面的人是大哥。剛剛的攻擊似乎是大哥的「衝擊」。

爺爺甩掉劍上的魔物血液，轉頭看向大哥，笑得非常開心。

「哈哈哈！漂亮。你變得比想像中還要強，老夫放心囉。」

「沒先打聲招呼就分析別人的實力是沒關係，麻煩不要無視我的徒弟。」

「哼！為何老夫得聽那些小鬼的命令？」

「你這人真的是，一點都沒變。現在情勢危急，之後再聊吧。」

完全沒有親友重逢的氣氛……有部分應該也是因為我們身在戰場。

硬要說的話，大哥和爺爺一副隨時要打起來的樣子。

兩人把我的擔憂晾在一旁，不是往魔物，而是往對方那邊衝……

「喝！」

「哼！」

魔法與劍轟飛了從雙方背後襲來的魔物，大哥和爺爺背靠著背，揚起嘴角。

「你還玩不夠吧？借我點時間，帶你去個好地方。」

「行！這一帶的獵物也變少了。」

先不說姊姊，平常誰的話都不聽的爺爺竟然乾脆地答應了。

儘管覺得有點不合理，這也是正常的。

因為大哥和爺爺交手過好幾次，並且互相承認。千萬不能忘記的，是大哥的勝率比較高。意即大哥比較強。

那兩個人衝向大群魔物時……我們看到了真正的強者。

「從左邊開始擊破！好好跟上啊。」

「呼哈哈哈哈！你才是，要是你敢亂搞，老夫就砍了你！」

我們也有直接從正面殺入敵陣過，大哥和爺爺的氣勢卻明顯不同。

我最先發現的，是爺爺揮劍的速度變快了。

剛才只是在把累積已久的怨氣發洩出來的粗暴劍法，現在才是他真正的劍技。

他追著邊跑邊掃蕩魔物的大哥，揮動宛如暴風的劍，在被魔物淹沒的地面堆起屍山，開出一條路。

「什麼鬼……？跟老爸和媽媽一樣……不對，比他們更厲害？」

「師父和剛劍先生在的地方，差異竟如此之大。」

被這麼多魔物包圍還能笑著揮劍的爺爺固然厲害，最震驚眾人的卻是大哥。

因為他為了帶路，保持著被爺爺砍中也不奇怪的距離不斷前進。

「喂喂喂，為什麼老師要在那個位置戰鬥？太危險了吧。」

「大概是因為在萊奧爾先生面前沒有意義。」

爺爺的劍連劍刃砍不到的魔物都殺得了，大概是在使用類似我昨天用的「剛破一刀」的招式。他第一次表演給我看的時候說這是奧義，現在卻跟呼吸一樣使用自如，好可怕。

簡單地說，如果跑到爺爺的攻擊範圍外，魔物可能會介入其中，把他們兩個隔開。因此大哥才沒有離太遠，一面閃躲爺爺的攻擊，一面前進。還看都不看他一眼。

「師、師父背上有長眼睛嗎？」

「不，那個人的招式就算看得見，也沒辦法輕易閃掉。純粹是天狼星先生實力堅強。」

再補充一點，爺爺完全沒有手下留情。

如果攻擊範圍內有同伴，自然會控制力道，爺爺的攻擊卻沒有一絲遲疑，反而讓人以為他的目標是大哥。

爺爺剛才威脅大哥「敢亂搞就砍了你」，他好像是認真的。畢竟他在正面意義和負面意義上都是個老實人。

「我看我們也不必跟過去了。」

「照他們那個打法，我們只會礙手礙腳。茱莉亞殿下，建議暫時撤退，重整態勢……」

還想……見識更多。

想在更近的地方，見識我的目標的力量。

大哥他們的身影逐漸消失在視線範圍內，我急忙轉頭跟其他人道歉。

「抱歉！我去看看！」

「等等，那兩個人放著不管也會面不改色地回來吧。」

「我不是擔心，是想去看啦！不追上去我一定會後悔！」

「那要跟我一起去嗎？」

假如其他人不在場，我搞不好已經飛奔而出。這時，不知不覺消失的茱莉亞騎著馬出現在我面前。

她帶著數名護衛，這身裝備怎麼看都是要衝鋒陷陣，艾爾和奇斯連忙制止她。

「喂喂喂!?不是跟妳說過不要勉強嗎？」

「我只是要追上剛劍先生而已。別擔心，跟在那兩人後面，魔物的攻勢不可能激烈到哪去。」

「確實如此，但這不代表不會有危險。而且我們不能讓這裡的守備出現漏洞……」

「我知道這麼做欠缺思慮。可是我無論如何都不能錯過那兩個人的戰鬥！」

看來茱莉亞和我有同樣的心情。

問題在於我和茱莉亞離開後，正門少了一部分的戰力，幸好這件事似乎不用擔心。

「而且貝奧爾夫先生也在，這裡有足夠的戰力。」

「是啊，是你的話，我也能放心交給你。」

「我就是來幫忙的，受人依賴的感覺也不差，不過我做了什麼事讓你們一下就相信我嗎？」

「『看你的劍就知道了。』」

「……兩位真的很配。」

不只貝奧爾夫，其他人也一臉錯愕，我說錯話了嗎？

算了，之後再想。決定跟茱莉亞一起去追大哥他們後，我發現她騎在馬上對我伸出手。

「那麼趕緊出發吧。雷烏斯，你坐我後面就好。」

「沒有另一匹馬嗎？我滿重的耶。」

「我想盡量讓馬保留體力，而且我的馬沒那麼柔弱。只有你能讓我把背後的位置讓出去。」

為什麼呢……我並不排斥，卻有種不能跟她騎同一匹馬的感覺。

我懷著不可思議的心情，跟茱莉亞騎著同一匹馬追向兩人。

大哥和爺爺開出的路上，魔物的屍體堆積如山，不過如茱莉亞所說，數量少了不少，所以我們沒花多少時間就追上大哥他們。

雙方都以驚人之勢不斷打倒魔物，大哥用「霰彈槍」轟飛附近的魔物，向爺爺下達指示。

「爺爺，麻煩朝那邊來一發大的。」

「嘖，你怎麼也這麼懶！這樣老夫能砍的份不就變少了嗎！」

「這樣啊。其實我會使用類似的魔法，要不要較量一番？」

「哦……有趣。讓老夫瞧瞧！」

大哥巧妙地誘導爺爺，讓他往不會波及大家的方向使用「衝破」，同時使出「反器材射擊」掃蕩魔物，然後沿著剛清出來的道路繼續前進。

我們追在他身後，茱莉亞突然一邊駕馬，一邊喃喃說道：

「好厲害。他們不是只會胡亂攻擊，而是立刻殺掉該優先解決的魔物。」

「嗯，這是大哥和爺爺才辦得到的做法。」

我們因為是以部隊為單位行動，即使能突破魔物的包圍，也沒辦法靈活變更戰術，好幾次漏掉分散於戰場各處，應該要優先處理的魔物。

大哥和爺爺只有兩個人，能夠自由行動，魔物再怎麼試圖阻擋，都會被他們突破防線。

再加上遠方如果只有幾隻棘手的魔物，兩人會用魔法或衝擊波一同炸飛，不必特地繞路過去。

「爺爺，別停啊。一定要收拾那傢伙！」

「簡單地說，見一隻殺一隻就對了！喝啊啊啊啊啊啊啊────！」

我們在路上看到用來操縱魔物大軍，跟曾經在艾爾的故鄉交戰過的合成魔獸（奇美拉）一模一樣的魔物，大哥踩在牠頭上跳過去，爺爺馬上追過來，把牠砍成兩半。

跳起來後，大哥在空中轉了好幾圈，連續發射魔法，優先射殺難纏的魔物，降落在地面。

大哥真的……沒有任何多餘的動作。

他無時無刻都在預判下一步，而不是光顧著埋頭猛衝，開闢道路。

仔細觀察會發現，難以用魔法打倒的大型魔物，大哥會推給爺爺處理，優先打倒不方便用劍砍的小型魔物。因此爺爺比隻身應戰時更有活力，看起來非常滿足。

為爺爺的劍技深深著迷的茉莉亞也察覺到大哥的動作，一本正經地問我：

「……雷烏斯，天狼星先生究竟是什麼人？」

「什麼意思？大哥就是大哥啊。」

「我知道剛劍先生那麼強，是因為他練了數十年的劍。可是天狼星先生與我年齡相仿，為何有辦法那麼強？」

「很簡單。因為大哥鍛鍊的時間不輸給爺爺。」

大哥說是因為他擁有什麼「前世的記憶」之類的知識，但我認為影響不大。

再怎麼努力學習，想讓身體按照自己所想行動都不容易。

而且我知道，大哥也失敗過好幾次，要求自己做會累到吐血的訓練。我跟他對練時從未獲勝，卻沒有要放棄的意思，就是因為知道他有多努力。

無論如何都絕對不能疏於自我鍛鍊，堅持向前邁進。所以大哥才會那麼強……不對，是才會變得那麼強。

「真的想要變強，沒有特殊的力量也沒有捷徑可以走。看他們兩個就知道了吧？」

「……是啊！」

儘管我說得不清不楚，茉莉亞依然理解了我想表達的意思，滿足地點頭，繼續策馬狂奔。

我們繼續跟在大哥他們後面，由於出現了兩隻巨峰，實在不能再旁觀下去。

「追上來果然是對的。雖然只能略盡綿薄之力，我們也去幫忙吧。」

「茉莉亞殿下，準備就緒。」

茱莉亞親衛隊拿出打倒巨峰用的鐵樁，等待她發號施令，大概是早就料到會發生這種事。

在她正準備通知大哥他們可以幫忙對付一隻時，遠方又出現三隻巨峰。

「唔……真的不妙。我們趕快也去幫忙吧！」

「不，看來不需要了。」

高高跳到空中的大哥回頭看了這邊一眼，對我使眼色。

總覺得……他在叫我不用插手。

「我離開一下。比較近的那兩隻麻煩你了。」

「哈哈哈！這傢伙看起來挺值得給老夫練手！」

大哥直接用「空中踏臺」在空中奔馳，從魔物頭上跳過去，跑去找後面那三隻巨峰。

他跳到三隻巨峰頭上，往正下方連續發射「麥格農」，其中一隻巨峰便全身僵硬倒在地上，跟茱莉亞他們用鐵樁打倒他時一樣。

「什麼!?他、他到底做了什麼！」

「大概跟妳用的是同樣的方法吧？」

大哥的魔法「反器材射擊」能夠直接轟爛頭部，但它需要消耗大量的魔力。可是「麥格農」又會被肉塊擋住，射不中要害。

所以大哥朝同一個地方射出三發「麥格農」，開出一個洞讓攻擊射得中要害。記得他說過……這叫連發射擊。

大哥在跟剩下的巨峰擦身而過時，接連擊殺牠們，萊奧爾爺爺則是……

「喝啊啊啊啊啊啊啊啊啊啊啊啊──！」

他一刀就把宛如一座會移動的山峰的巨峰砍成兩半。

還是從正面攻擊，不是像我那樣繞到側面攻擊脖子。

將遠比那把劍還要長的魔物一分為二的爺爺，看著分成左右兩半掉在地上的巨大肉塊嘀咕道：

「唔……有點往太右邊砍了，算了。繼續！」

「「「…………」」」

茱莉亞和身後的護衛全都說不出話。

大家呈現半恍神狀態駕馬前進的期間，爺爺把另一隻巨峰砍成兩半，收拾完後面那三隻的大哥也回來了。

「接下來去那邊。還是你想回去休息？」

「說什麼蠢話！老夫還沒砍夠！」

那就是……立於頂端之人的戰鬥嗎？

真的離我好遙遠，眼前的道路顯得模糊不清，可是為了多少接近他們一些……

為了繼續前進，我將大哥和爺爺的英姿烙印於心中。

——天狼星——

全軍陷入絕境，甚至考慮撤退的第四天。

跟剛劍爺爺一起將難纏的魔物清得差不多時，我確信這一天的戰鬥落下帷幕了。

我和他一直在魔物群中奮戰。看到魔物一同落荒而逃，我才注意已是日落時分。

我制止想去追那群魔物的爺爺，和跟過來的雷烏斯一行人一起回到正門，許多士兵歡呼著迎接我們。看他們這麼高興，我也很開心，但爺爺不知為何悶悶不樂地看著這群士兵。

「吵死了。有精神大吼大叫，何不去練劍！」

「我也有同感。不過士兵們是在為您的到來歡呼。還請讓他們再高興一下。」

「哼，好吧。話說回來，這個小姑娘是誰？」

「不好意思，忘了自我介紹。我叫茱莉亞。」

見到崇拜的對象，茱莉亞面露喜色，然而對方可是自我中心的爺爺。面對茱莉亞純潔如孩童的目光，他毫不掩飾不耐煩的表情。

「老夫是流浪劍士一騎當千。不認識什麼剛劍。」

「爺爺，你在說什麼啊？你就是剛劍啊。」

「吵死了！老夫叫一騎當千！」

這麼說來，他曾經說過要以一名劍士的身分重新鍛鍊自己，決定用其他名字活下去，而非剛劍萊奧爾。

他對這件事莫名堅持，因此我制止雷烏斯繼續追究，在正門前等待的貝奧爾夫和艾爾貝里歐跑了過來。

「歡迎回來，雷烏斯。有觀察到師父的戰鬥嗎？」

「唉，他們打得超激烈的。早知道我也跟去。」

「我們會負責善後，各位先去休息吧。」

我側目看著貝奧爾夫他們檢查有沒有還活著的魔物混在屍體中，艾米莉亞用風魔法從城牆上跳下來。

「辛苦了，天狼星少爺。請用毛巾。」

「謝謝，雖然沒被打中，還是免不了被血噴到。」

我從她手中接過毛巾，擦拭身上的汙垢，發現艾米莉亞看著我的眼神異常熱情。

「真是精采的一戰。我以身為您的隨從為傲。」

「不，要多虧有爺爺在。這幾天都是遠距離戰鬥，今天充分運動到了。」

「那麼，我之後幫您按摩。啊，這邊也有沾到汙垢，我為您擦乾淨！」

艾米莉亞喘著氣開始照顧我，我身後的人則比她更興奮。

「唔……長得這麼漂亮可愛！妳想殺了老夫嗎！」

「過了十年當然會長大。爺爺要不要也擦一下？」

「還這麼精明幹練……呃啊!?嘖，有沒有還活著的魔物！快搜！」

長大的艾米莉亞過於耀眼，爺爺抑制不住激動的心情。

他流下如同瀑布的男子漢的淚水……吵著尋找能給他發洩情緒的對象，周圍的士兵紛紛跟他保持距離。

這場騷動引來了在跟茱莉亞說話的雷烏斯，聽見他的嚷嚷聲，雷烏斯傻眼地看著爺爺。

「什麼嘛，你剛剛還說她在發光，果然沒看見吧。」

「發光？我聽不懂你在說什麼，先用毛巾擦擦身體吧。啊，順便幫爺爺擦一下眼淚。」

「好吧，爺爺，擤一下鼻涕。」

「唔!?為何是你這小子！不是該由艾米莉亞來嗎！」

雷烏斯隨手將毛巾按在他臉上，爺爺會生氣很正常，不過這麼厚臉皮的發言也滿不可取的。

在我為揮劍追著雷烏斯到處跑的爺爺感到無奈時，從空中檢查周遭環境的桀諾多拉和梅吉亞降落在地面。

『小嘍囉好像清光了。那麼大群的魔物，居然同時撤退。』

「對吧？我們的敵人就是做得到這種事，還鮮少露面。所以我們才會只能防守。」

『哼，真窩囊。既然我們來了，勸你最好捨棄那天真的想法。』

「嗯，爺爺和貝奧爾夫也來了，這樣我軍就有完備的戰力。現在開始才是真正的戰爭。」

敵人的真面目及規模尚未明瞭，不過有如此強大的陣容，無論敵人是誰，都不是我們的敵人。

我看著可靠的家人及摯友，發動「傳訊」，跟等待我回來的菲亞和卡蓮報告今天發生的事。

番外篇《雙劍眼中的剛劍》

——貝奧爾夫——

「喝啊啊啊啊啊啊啊啊啊————！」

今天，剛劍萊奧爾——不對，是當千先生的咆哮也響徹四方。

當千先生的劍伴隨撼動山峰的咆哮揮下，將我們盯上的魔物一分為二。

許多前來討伐牠的冒險者都遭到擊退，對附近的城鎮及村莊造成威脅的這隻巨狼，遇到那個人一劍即可解決。

問題在於來到深山尋找強敵的當千先生的心情……

「哼！無趣。」

他果然嫌不夠。

變得光聽咆哮就能理解當千先生在想什麼，令我感到無奈……心情好複雜。

「這種程度的魔物就吵成那樣，真沒用。不覺得最近的人全是窩囊廢嗎？」

「嗯……是啊。」

當千先生講得很輕鬆的樣子，不過剛才那隻巨狼和中龍種差不多大，本來是上級冒險者都會陷入苦戰的對手。純粹是這個人的實力超乎常人。

結果我連劍都沒拔，戰鬥就結束了。於是我轉換心情，打算把成功討伐魔物的證據帶回去，感覺到身後傳來驚人的殺氣，連忙轉過頭。

「還有一隻!?不只那隻狼嗎！」

「搞不好是手足或夫妻，不重要。小子，那傢伙交給你處理了。」

「咦!?我一個人嗎？」

「廢話，那種小狼你一個就夠了。」

「在你心中，多大的狼才叫大？」

當千先生無視我的碎碎念，一句話都不回就坐到地上，切下剛才殺死的魔物的肉開始生火。看來他肚子餓了。

也是啦，看過身為百狼的北斗先生，自然會覺得那隻狼不算什麼，可是要我獨自應戰未免太……不行，不可以說喪氣話。換成雷烏斯，他八成會喜孜孜地答應。面對這種程度的魔物就裹足不前，有損父親的劍技幻流劍的名聲。

我拔出愛用的雙劍，吶喊著迎擊撲面襲來的魔物。

經過將近半天的攻防戰，我終於打倒那隻狼。可是有一擊沒能用雙劍擋住，不小心受了傷，在確認魔物斷氣的同時癱坐在地。

「呼……呼……成功……了。」

「怎麼這麼慢。拿去，新的肉剛烤好，趕快吃肉補充體力。這可是老夫特地為你烤的，要心懷感激。」

「謝……謝。」

我見到了當千先生，以詢問亡父的情報；我們的目的都是跟天狼星先生他們會合，便一同踏上旅程。如今已經過了一年，每天的生活都是這種感覺。

虧這個人有辦法活下來……明明是自己的生活，我卻站在客觀的角度審視，聞著烤肉味昏了過去。

之後，我好不容易恢復體力，跟當千先生一起回到鎮上，領取討伐魔物的報酬後繼續踏上旅途。

「我再說一次，今天要專心移動，請你不要胡思亂想，顧著走路就好。」

「好啦好啦。那老夫要走去哪？」

「吃早餐時不是說過要往北走嗎？聖多魯的方向。」

不只當千先生，我們在找的天狼星先生他們也相當引人注目。

除了實力堅強，隊伍裡還有妖精和百狼，看過一次就不會忘，不難打聽到他們的情報。

我們得知天狼星先生一行人要去世上最大的國家聖多魯，緊追在後。遇到某條岔路時，當千先生看著據說是上龍種棲息地的龍之巢所在的方向，大吵大鬧。

「別去北方了！去跟龍打一場吧！」

「唉……饒了我吧。」

「你小子嘆什麼氣！」

當然會想嘆氣啊。

如果沒有像這樣突然跑去其他地方或繞遠路，我們應該早就跟天狼星先生他們會合了。

不過，這次已經算比較好的了。

最誇張的是要搭乘定期船前往我們所在的休普涅大陸時，當千先生坐錯船了，跑去其他大陸。要不是因為天狼星先生他們去過的地方會留下大家的事蹟及傳聞，搞不好一輩子都找不到人。

「我能理解你的心情，但還是不要吧。你不想見艾米莉亞小姐嗎？」

「那還用說！可是，老夫無法克制想與強者戰鬥的衝動。」

「對當千先生來說，你的好對手是天狼星先生吧？」

「煩死了！這跟那是兩碼子事！」

目的地再明確不過，卻始終追不上他們，令我感到焦慮。

而且在戰鬥以外的方面，當千先生太隨便了。我要負責照顧他的生活起居，他卻從未跟我道謝，基本上只會罵人，我不知道考慮過幾次乾脆拋下他獨自行動。

「嘖，連區區一隻野狗都要花那麼多時間對付的小鬼，講話還敢那麼大聲。」

「那個，昨天我們遇到的不是狗，是狼，還不是一般的狼。是一掌就能把我打飛的巨狼喔。」

「白痴！就是因為你太依賴小伎倆，沒有站穩腳步，才承受不住攻擊！幻龍那傢伙不僅能輕易擋住老夫的劍，身體還穩如泰山！」

「唔……」

然而，他會像這樣給予我無法回嘴的中肯建議，還會跟我分享我所不知道的父親的過去。拜其所賜，我捨不得離開他……總之心情好複雜。

而且當千先生又是會主動踏入絕境的人，所以我也不斷遭受牽連，提升不少實力。代價是失去了各種東西。

我克制住不要嘆氣，將當千先生的忠告銘記於心，把被扯開的話題拉回正軌。

「總而言之！如果你想見到艾米莉亞小姐和厲害的高手，應該要快點追上天狼星先生他們。別再繞路了，我們去聖多魯吧。」

「不要！老夫要跟龍打！想在被龍包圍的情況下戰鬥！」

「你是鬧脾氣的小孩嗎？」

不，如果他只是像小孩子一樣大吼大叫也就罷了，這個人會開始亂揮劍，我根本阻止不了。

講點題外話，在旁人眼中，他怎麼看都是在胡鬧，其實他只是想藉由揮劍恢復鎮定，十分瞭解自己的個性。真是的，只會學到這種不重要的知識。

我沒能說服當千先生，踏進連上級冒險者都不敢隨便靠近的龍之巢——正確地說是通往龍之巢的森林……

「嗯，都是小隻的。不能來點更大隻的龍嗎？」

「……與其關心龍，可不可以關心一下我們的處境？」

我們完全迷路了，在森林裡遇險。

踏進森林前，我自認是朝遠方的山直線前進，可是怎麼走都只看得見樹木，無法抵達疑似出口的地方。這片森林大到不輸給阿德羅德大陸中據說有妖精居住的樹海，會迷失方向也很正常。

意識到我們遇險後過了兩天，有種一直在原地繞圈的感覺，置身於這麼令人不安的情況下，我卻並不著急，真不可思議。

因為只要狩獵魔物就不愁沒食物吃，儘管不大，到處都有河流或泉水，只是要求生的話不成問題。

最大的原因在於，當千先生依舊只會碎碎念。

倘若他是真心想要脫離困境，會走到哪裡就用「衝破」破壞周圍的環境，不會基於好玩的心態挑釁魔物，害我們被魔物包圍。

「不過，魔物源源不絕這一點還不錯。來點更大隻的包圍我們就更好囉。」

「拜託不要。我不想再被魔物包圍。」

「哼，你居然不懂殺氣來自四面八方時有多麼舒適。唔……想著想著，又想跟滿地的大群魔物打一場了。真的很愉快。」

「滿地的魔物，哪裡有那麼多魔物？」

「怎麼，你不知道嗎？聖多魯會發生那種現象。」

「經你這麼一說……」

我想起來了，記得聖多魯會發生大群魔物來襲的現象，名為「氾濫」。

當千先生待過聖多魯，幫忙抵禦在氾濫時襲來的魔物大軍，如今廣為人知的「剛劍」這個稱號就是來自於那時的功績。

我想像著他到底殺了多少魔物，因為魔物停止出現而閒下來的當千先生，向我描述當時的狀況。

「好不容易有一大群魔物出現，其他人卻只會在城牆上用魔法或遠距離武器攻擊。等待魔物靠近太無聊了，老夫就跳下城牆，直接殺入敵陣。」

「其他人想必很驚訝。在各種意義上。」

主動踏入險境自不用說，我記得聖多魯的城牆蓋得非常高，他們八成無法相信有人能從那裡跳下來。以當千先生的實力，落地的衝擊用「衝破」即可抵銷。

「那是超過十年前的事吧？你那愛亂來的個性不僅沒有改變，還更嚴重了耶。」

「囉嗦！總之，在後面吵的傢伙雖然煩得要命，有殺不完的魔物可以砍真愉快。」

「對你來說跟作夢一樣對吧。話說回來，你為何參加了那場戰爭？」

「記不清楚了，老夫當時滿腦子想著要跟強者交手。應該只是想藉此發洩。」

「你怎麼一副置身事外的態度……」

還以為是因為聖多魯是他的故鄉，原來只是遵循本能行動。

「以你的個性，這個理由挺有說服力的。啊，順便請教一下，當千先生的故鄉在哪裡？」

「不知道。」

「什麼？不不不，怎麼可能不知道。你的雙親——」

「也不知道。老夫有記憶的時候就已經在森林狩獵魔物了。」

身邊沒有其他人，當千先生懂事前就獨自住在森林深處，狩獵魔物，宛如一個野孩子。我經常覺得他像隻野獸，沒想到他以前真的過著那種生活。

我為驚人的真相大吃一驚，同時產生新的疑惑。

「那個……既然你缺乏跟人類的交流，你是怎麼接觸劍術的？」

「老夫狩獵魔物時會使用削尖的木頭，某一天撿到了掉在森林裡的劍。隨手揮了幾下才知道，世上竟有如此愉快之事。」

「然後就迷上鑽研劍術了……那麼，你為何會來到外界？」

「老夫想要更重更堅固的劍。走在附近的街道上時，遇到一個帶著好劍的傢伙，老夫叫他把劍交出來，那人便傳授了許多在外面生存的方式給老夫。」

「我很想說你未免省略太多過程了。那個人是誰啊？」

有人突然叫自己把劍交出來，直接攻擊對方也不奇怪，那人卻願意指導如同野孩子的當千先生語言和在外謀生的方式。這要有女神般的慈愛之心才做得到吧。

咦？不過仔細一想，當千先生就是因為那個人，才長成這種個性的吧……

「對方是什麼樣的人？」

「忘了。」

「……我想也是。」

嗯，我料到這個答案了。

我明白再問下去也沒用，可是沒想到他連恩人都忘了。真的好厲害。

我邊走邊嘆氣，發現走在前面的當千先生突然停下腳步。

「記得是個女妖精……」

「!?又來了！」

他咕噥了一句意味深長的話，被新出現的魔物的叫聲蓋過，害我沒聽清楚。

輕鬆收拾掉往這邊逼近的魔物後，我詢問同樣的問題……

「你剛才是不是說了什麼？我好像聽見女妖精……」

「唔，真的想不起來。那不重要，快去砍龍！」

「就叫你別管龍了，認清我們遇險的現實吧。」

當千先生大概是放棄思考了，沒有繼續說下去。

日後跟天狼星先生提到這件事時，他露出尷尬的表情喃喃說道：「難道是……」

當千先生的謎團仍未解開，我們在森林裡多迷路了兩天……

「出、出來了！終於……總算離開森林了！」

終於回到森林的入口處。

我們前進的方向果然錯得徹底，只是一直在森林裡打轉。

結果沒有任何收穫，不過光是能平安歸來就將近奇蹟了。這麼大的森林，只有妖精有辦法不迷路。

看見開闊的景色，我高興得快要哭出來，當千先生的心情卻明顯變差了。

「嘖，搞什麼鬼！有龍在的山為何還離那麼遠！再進去一次！」

「放棄吧！至少要找個妖精帶路……對了，天狼星先生的同伴之中有位女妖精，下次要不要帶她過來？這樣就不會迷路好幾天，還能跟艾米莉亞小姐一起在森林裡散步。」

「唔……」

當千先生像在沉思似地開始揮劍，或許是覺得這個主意還不錯。雖然這個行為怎麼看都不像在想事情，這次好像有希望。

揮了三十下左右的劍後，他似乎整理好思緒了，提出出人意料的建議。

「沒辦法。既然不能跟龍打，去屠殺氾濫的魔物吧。往聖多魯出發！」

「你終於想通了。可是，氾濫不是數十年才會發生一次嗎？我記得還要再幾年才會發生……」

「那就跟聖多魯的人打！那些傢伙曾經害老夫大吃苦頭。是時候回敬他們了。」

「什麼!?」

意思是假如氾濫沒有發生，他就要去找聖多魯的碴？這個人不會開這種玩笑，事情麻煩了。

啊啊……希望天狼星先生他們在聖多魯。

萬一當千先生跟聖多魯的人大打出手，我絕對阻止不了。

不曉得是不是我懇切的願望傳達給上天了。

我懷著不安前往聖多魯的途中，北斗先生和五隻上龍種突然從上空降落。

看到強者登場，當千先生激動不已。我們費了好一番工夫才安撫他，騎著上龍種成功跟天狼星先生一行人會合。

北斗先生……真的是各種意義上的救星。

因為不只是我，他還拯救聖多魯免於遭到剛劍的荼毒。

後記

各位讀者，好久不見。我是看到十四集順利發售，鬆了口氣的ネコ。

工作時程規劃不當，再加上有些地方我莫名看不順眼，導致製作十四集的途中我的筆停下了好幾次，幸好成功把這本書送到各位手中了。感謝協助本書發售的相關人士，以及支持這部作品的讀者。

十四集跟上一集一樣，天狼星他們的戰鬥尚未結束。

我也覺得一個篇章拖好幾集不太好，可是大規模的戰鬥實在很難一筆帶過，請大家再耐心等候一段時間。

不是主要角色，卻讓人留下強烈印象的剛劍萊奧爾，終於跟主角一行人會合。前幾集的登場人物也齊聚一堂，戰爭即將邁入尾聲。

現在剛劍也加入了，不知道我有沒有辦法描寫好更加激烈的戰鬥，總之我會努力生出十五集。

再會！

WORLD
異世界式教育特務
TEACHER

WORLD

異世界式教育特務

TEACHER